*La Malédiction des Mouthier*

*Déjà parus*

*Aux Éditions Albin Michel*

LES ENFANTS DE LA VOUIVRE, t. 1

LES HERBES NOIRES, t. 2

*Michel Dodane*

LES ENFANTS DE LA VOUIVRE

* * *

# *La Malédiction des Mouthier*

ROMAN

*Albin Michel*

*À Claire*

Ce qui fut sang et ténèbre dans une bête devint âme en nous et continue à crier comme une bête. Et elle crie vers toi.

RAINER MARIA RILKE,
*Chant des femmes pour le poète.*

# I

# *Le takata blanc*

# 1

*Île Kunié. Sud-Ouest de la Grande Terre. Mercredi onze juin 2006. Cinq heures du matin.*

De l'obscurité chassée par le soleil levant, émergeait peu à peu le saillant de hauts murs effondrés. Ceux de l'ancien bagne de Kunié, l'île des pins colonnaires : plusieurs hectares de friches, en bordure de la route reliant l'aéroport à Kanuméra, la plage de Nataïwatch, semés de ruines colonisées par les fougères arborescentes, les bouraos et les niaoulis. Là, derrière les barreaux maintenant rongés de rouille, étaient autrefois enfermés les communards et les droit-commun, partageant pour des causes différentes un sort identique.

Les lueurs de l'aube accrochaient des flammes orangées aux feuilles des banians et aux racines des palétuviers. Sur l'escalier défoncé menant à l'entrée du bagne, un homme dormait. Sa chemise blanche, dégrafée sur son torse, était tachée de graisse. Une bouteille échappée de ses doigts gisait dans les hautes herbes. Trois hommes passèrent devant lui en riant. L'un d'eux alla le secouer et le remit sur ses jambes. Le groupe prit la direction de Kuberka. Ils venaient de quitter la fête, dont on percevait la rumeur à une trentaine de mètres, derrière des rideaux de palmiers et d'eucalyptus. Un mariage. Celui de Simon Wanahae avec Niaoha, la fille de Louis Bekemoï, le chef de la tribu de Kéranu.

La fête durait depuis deux jours et deux nuits. Ce soir, Niaoah avait laissé son mari s'amuser avec ses amis. Simon avait bu jusqu'à l'aube, dansé avec les hommes de la chefferie, fait la coutume avec un clan voisin, qui l'avait invité au Nakamal[1] pour y déguster le kava[2]. À la lueur du brasero, il avait avalé le breuvage qui permet d'entendre la voix des anciens. Ceux-ci lui avaient conseillé d'aller retrouver celle qui était désormais son épouse. Sorti du Nakamal, il avait marché vers la maison et s'était fait surprendre par une averse. L'eau tombée du ciel lui avait remis les idées en place. Maintenant il cherchait Niaoah. La dernière fois qu'il l'avait vue, elle montrait sa robe de mariée à ses nièces qui l'admiraient.

Simon Wanahae traversa la cour et se dirigea vers le coin des femmes. Elles rangeaient des assiettes, lavaient des verres, faisaient cuire du riz. Il n'obtint aucun renseignement précis. Il passa à la salle de danse, où des couples fatigués chaloupaient sur une musique reggae. Niaoah n'y était pas. Il rentra dans la maison, qu'il explora chambre après chambre. Les enfants de son frère dormaient, sa mère veillant sur leur sommeil en chantonnant. Des cris venus de la cour interrompirent sa recherche. Une bagarre avait éclaté. Simon redescendit en courant et tenta de ramener le calme. Il y renonça vite et, haussant les épaules, se dirigea vers le portail. Le soleil s'était levé. Simon traversa la route. À travers le maquis de gaïacs et de fleurs de daturas, le Pacifique roulait son écume jusqu'au sable blanc, en un ressac

1. Baraque où on déguste le kava.

2. Décoction de racine.

puissant et continu, tandis qu'un vent léger agitait les feuilles des cocotiers. À deux pas de l'asphalte, un énorme banian étouffait de ses racines le tronc d'un bourao.

– Niaoah !

Il n'entendit en retour que le chant des perruches, des guêpiers et des fauvettes. Il alluma une cigarette et retourna à la fête.

Les chiens de l'île Kunié sont frivoles. Ils errent jour et nuit en quête d'aventure, suivent le premier venu et l'abandonnent sans vergogne pour une lippée plus prometteuse. Yandla, un petit bâtard au pelage beige et aux babines toujours retroussées en un sourire gourmand, s'accrochait aux basques de deux touristes revenant de la boulangerie du cimetière des déportés, et regagnant Kanuméra par la plage. Arrivé à l'anse Kuto, il stoppa net. Tandis que les promeneurs s'éloignaient, il trottina sur quelques mètres en direction des cocotiers bordant la plage. Sous les racines courbes d'un palétuvier, se dessinait une forme familière. Yandla vérifia qu'aucun autre chien ne traînait alentour. Puis il s'approcha.

La bagarre s'était soldée, comme de coutume, par quelques côtes meurtries, des yeux au beurre noir et de petits dégâts matériels : une jarre cassée et des chemises déchirées. Assis sur des bancs de bois, les belligérants scellaient la paix des braves en entrechoquant des bières-bouteilles et en s'offrant des cigarettes. Le premier à voir le chien entrer dans la cour fut Louis Anthem, de la tribu de Kouméné. Il eut un rire bref, qui se figea aussitôt dans sa gorge. Il cria :

– Simon !

Celui-ci, attablé avec son ami d'enfance Maurice Lembeha, se retourna en soupirant. Encore un de ces ivrognes qui réclamait à boire. Mais les rires et les conversations avaient cessé brusquement. Simon vit le petit chien se diriger vers lui en trottinant. Ce qu'il tenait entre ses dents était ce qu'on pouvait imaginer de pire en ce lieu, à cet instant. Et quand l'animal posa à ses pieds la tête tranchée de Niaoah, Simon perdit connaissance et s'effondra sur le sable de la cour.

# 2

Je rentre au pays. Avec, au fond de mon sac, une balle que je me destine. Ce n'est pas moi qui la tirerai. Je veux, je dois finir de la main d'un Mouthier. Moi je n'ai plus le droit de porter ce nom. Je l'ai sali. Je l'ai couvert de cendres.

Je rentre au pays, dans cette Comté qui m'a vu naître et grandir, et qui me verra mourir. Vingt ans d'errance, vingt ans de fuite. J'en ai assez. Je veux revoir les monts et les rivières, les villages, les sources. Je veux planter mon regard dans celui des chiens et des hommes. Me montrer à eux tel que je suis. Je veux écouter l'eau sur les rochers de Consolation, traverser des lacs gelés, laisser neige et soleil me brûler les yeux. Je veux traverser le brouillard des vallées humides, côtoyer de vertigineux abîmes et goûter de nouveau à l'ivresse des horizons clairs. Je veux marcher à couvert des forêts où nichent le bec-croisé et le grand corbeau noir.

Je veux revoir mon pays. Une dernière fois.

# 3

L'avion décolla de l'île Kunié à six heures trente A.M. Quand il vira sur l'aile, Jacques eut un bref regard pour le paradis qu'il laissait derrière lui. Au-delà du cercle brillant du hublot se déchiraient, brassés par les hélices du bimoteur, de fins nuages d'un blanc éblouissant. Le bleu du ciel rejoignait l'émeraude de l'océan et l'indigo cernant les atolls.

Il passa sa main dans ses cheveux noirs et bouclés et, retirant un instant ses lunettes de soleil afin de les essuyer, dévoila un regard glacé. D'un bleu encore différent, ses yeux semblaient taillés dans le vitrail, volés au visage d'un ange, ou à celui d'un démon.

– Votre ceinture, monsieur.

– Oui. Pardon.

Sa voix était douce et profonde. Un sac de toile était posé à ses côtés, et après avoir bouclé sa ceinture, il en tira un stylo à pointe fine et un carnet dans lequel il se mit à écrire, tandis que l'avion prenait de l'altitude.

# 4

Le corps décapité de Niaoah fut retrouvé par des enfants sur une crique couverte de débris de coraux, non loin de la baie des Rouleaux. Les hommes de la chefferie allèrent le chercher et le ramenèrent au village. Quand le takata[1] entra dans la Grande Case, celle du chef Louis Bekemoï, père de la victime, le silence se fit. Il avait revêtu ses vêtements cérémoniels, coiffé son masque. De petite taille, les jambes courbes, il s'avança vers Niaoah, dont la tête avait été replacée, un collier de fleurs d'hibiscus masquant la décapitation. La jeune femme reposait sur un lit de feuilles de palmiers. Du parfum de bois de santal avait été versé dans une coupelle de bois, afin de permettre à l'esprit de Niaoah d'être reconnu au pays des morts. Le takata souleva le linceul et en accrocha les extrémités à des piquets de bois, masquant aux hommes présents dans la Grande Case la vue du corps supplicié. Il prononça les paroles rituelles puis se mit à examiner le cadavre. Quand il eut terminé, il décrocha le linceul qui épousa de nouveau le corps de Niaoah. Le takata se dirigea alors vers Louis Bekemoï et s'accroupit de façon à lui parler à l'oreille. Leur conciliabule dura de longues

1. Sorcier.

minutes, le chef demandant au takata des précisions supplémentaires. Puis le sorcier se dressa sur ses jambes et alla s'asseoir sur le côté gauche du seuil de la Grande Case.

Bekemoï garda un moment le silence, laissant les esprits attachés au sorcier regagner l'éther ou les ténèbres. Puis il essuya ses yeux mouillés de larmes, passa sa langue sur ses lèvres et prit la parole.

– Je sais maintenant ce qui est arrivé à ma fille. Je demande à tous les hommes présents, principalement à Simon Wanahae, mon gendre, et à son père, de m'écouter, car ce que je vais dire est la vérité. Niaoah a été battue, poignardée et décapitée, après avoir été violée...

Il s'interrompit, brisé par l'émotion, but un verre d'eau que lui tendit Malaï, un de ses jeunes neveux, et poursuivit.

– Qui a pu avoir l'idée d'une telle forfaiture ? Dieu et les esprits peuvent seuls répondre.

Il but à nouveau.

– Je demande au conseil de m'autoriser à demander l'avis du *takata blanc*, mon ami et celui de toute notre chefferie.

Il y eut des murmures d'approbation. Seul le sorcier de la tribu garda les yeux baissés vers le sol.

– Je vous remercie.

Le chef fit un signe à Malaï qui se leva et sortit de la Grande Case. Le soleil était haut dans le ciel. Un vent léger léchait les branches du palétuvier rouge marquant la case du chef. Assises sur des bancs, les femmes parlaient à voix basse. Malaï se dirigea vers la case du takata blanc. Elle était située à l'extrémité nord du village.

Malaï appela, puis, n'obtenant pas de réponse, pénétra dans la case.

– Naïmen ?

C'était le nom tribal du takata blanc. Cela signifie : « Celui qui voit loin. »

Les volets de bois avaient été baissés. Il faisait sombre. L'armoire en bambou était ouverte. Vide. La natte où dormait le takata blanc était roulée. Sur la table de bois, une enveloppe. Malaï s'en empara. Le timbre représentait un village au bord d'une rivière. Le cachet de la poste indiquait sa provenance : la France. Le pays des *zoreilles.* Le pays de Naïmen. Malaï examina le cachet de plus près : la lettre était datée du dix juin, dix jours avant la date de mariage de Niaoah et de Simon Wanahae. Vingt ans, jour pour jour, après l'arrivée du takata blanc dans l'île.

# 5

*Île Kunié. Sud-Ouest de la Grande Terre. Juin 86. Vingt ans plus tôt.*

L'autocar assurant la liaison entre l'aéroport et le cimetière des déportés stoppa devant l'abribus dans un bruit d'essieux surmenés. Deux femmes, en robe-mission, larges et rondes comme des troncs de palmiers, en descendirent et prirent le chemin de la baie de la Corbeille. Suivit un vieil homme, vêtu d'un short en nylon, portant dans ses bras une petite fille. L'autocar repartit pour s'arrêter cinquante mètres plus loin. La porte s'ouvrit à nouveau, et un jeune homme sauta sur la route. Il était vêtu d'un denim noir, d'une chemise noire et de baskets ayant dû être blanches. Un chapeau le protégeait du soleil, qui, en ce début d'après-midi, cognait haut et fort. Il jeta un regard circulaire et s'enfonça dans les taillis bordant la route. Le chemin, qui serpentait entre des cordylines et des touffes de canne à sucre, menait à une plage déserte. Le Pacifique grondait à une vingtaine de mètres. Le jeune homme longea une rangée de cocotiers bordant la plage, repéra les vestiges d'une cabane grossière faite de feuilles de palmiers entremêlées à des branches de niaouli, s'y glissa, jeta son sac sur le sable en guise d'oreiller et s'allongea sur le sol. Il s'endormit aussitôt. Deux heures plus tard, un souffle chaud et une sensation humide le réveillèrent. Un chien lui léchait l'oreille. Court sur pattes, la peau tachetée de gris, il correspondait à la description qu'on lui avait faite des *chiens bleus*, une espèce endémique. Il lui caressa le museau. L'animal avait envie de jouer. Il lui lança un débris de noix de coco et s'amusa avec lui pendant une dizaine de minutes. Puis il lui fit comprendre que cela suffisait et le chien s'assit à ses côtés. Il sortit de son sac un miroir dans lequel il se regarda. Pâle à faire peur. Les joues creusées, mal rasé, il avait l'air d'un détenu en cavale. Il fouilla dans la poche de son jean, en sortit un paquet de cigarettes. Il en alluma une avec son zippo, tira une longue bouffée qu'il savoura. Au loin, près du rivage, des enfants jouaient au ballon. Le chien finit par les rejoindre et il replongea dans le sommeil.

La nuit était venue. Il faisait froid. Le jeune homme avait passé un pull. Assis en tailleur, les mains sous les aisselles, il essayait de se réchauffer. Le Pacifique n'était plus qu'un miroir sombre. Des chiens traînaient, langue pendante, leurs pattes soulevant une écume de sable. Il fouilla dans son sac, y trouva un biscuit salé qu'il croqua. Sa bouteille d'eau était vide. Il se leva et marcha vers l'océan. À l'horizon, l'air semblait se figer en torsades. Il contempla l'immensité vide. Sur la droite, une forme sombre : l'île s'étirait en un surplomb qui épousait la courbe d'une petite plage où des débris de corail luisaient sous un rayon de lune. Sur la gauche, la baie de Kou-Bugny et sa rangée de cocotiers hauts comme des immeubles. Au loin, l'île Bayonnaise, dernière terre émergeante avant le banc de Kwé Naré et le grand large.

Il marcha vers l'océan, s'accroupit sur le rivage, inclina la bouteille de plastique qui se remplit presque complètement d'eau de mer. Il la redressa, l'enfonça dans le sable de quelques centimètres, s'agenouilla et écarta les bras tel un oiseau ouvrant ses ailes. Il inspira profondément à trois reprises. À chaque expiration, son ventre se creusait, sa poitrine était secouée d'un spasme, libérant un petit cri étouffé. Puis il baissa les bras, sa respiration s'apaisa. Il prit la bouteille entre ses mains et la porta à ses lèvres. Il but longuement.

– Tu comptes sur l'eau de mer pour te désaltérer ?

Il sursauta. Derrière lui se tenait un homme de haute taille, à la peau noire, les cheveux courts et crépus, vêtu d'un pantalon beige et d'une chemise rouge.

– Ma parole, tu es fou ! Tu es un zoreille, c'est ça ?

– Un quoi ?

– Un zoreille ! Un métropolitain.

L'homme s'approcha. Il tendit le bras et s'empara de la bouteille.

– Donne-moi ça ! Je vais t'indiquer un endroit où tu trouveras de l'eau douce.

– Merci. Mais celle-ci est très bonne.

– Tu te fiches de moi ? Je t'ai vu emplir cette bouteille dans l'océan.

– Goûtez. Si cette eau est potable, vous me devez un repas.

– Un repas !

L'homme le pointa de l'index :

– Attention. Si tu te joues de moi, notre sorcier saura te punir.

Il regarda la bouteille, porta le goulot à sa bouche et avala une rapide gorgée.

– C'est de l'eau douce !

– Bien sûr. Vous me devez un repas.

Un moment décontenancé, l'homme éclata de rire.

– Entendu ! Suis-moi. En chemin, tu m'expliqueras ce mystère.

– Lequel ? Celui de l'eau minérale ?

La lune éclairait de biais le visage des deux hommes. Ronde et cuivrée, elle dansait entre les feuilles de cocotier.

– Comment t'appelles-tu ?

– Jacques, répondit le jeune homme comme si on lui extorquait un aveu.

– Moi je suis Louis Bekemoï, chef de la tribu de Kéranu. Tu viens d'arriver ? Et évidemment, tu ne sais pas où dormir ?

Son visage s'illumina.

– Tu es un globe-trotter ? Un aventurier ? Un hippie ?

– Un peu de tout ça. Qu'est-ce qu'un chef de tribu fait sur une plage déserte, si tard dans la nuit ?

– Un chef de tribu a le droit de chercher son chien.

Il siffla trois fois entre ses doigts.

– Un chien bleu ?

– Oui. Tu l'as vu ?

– J'ai joué avec lui. Il n'est pas loin.

– Il m'a sûrement entendu. Mettons-nous en route. Il nous suivra.

Ils prirent la direction de Nataïwatch. Leurs ombres ondulaient sur le sable, la lune en faisait des géants. Le chien bleu sortit des fourrés et trottina sur leurs traces.

Le village était endormi. Les flèches faîtières des cases transperçaient le ciel noir. Le chien délogea un chat en maraude qui fila vers la plage.

– Attends-moi ici. Ma fille dort. Je vais chercher ton repas.

Le chef entra dans sa case. Jacques s'assit sur un banc

de bois et attendit. Il scrutait la nuit, comme on cherche à regarder au-delà d'un miroir. Il semblait connaître le chemin de l'ombre et le frisson qui accompagne celui qui s'y aventure. Les ténèbres lui étaient familières.

– Tiens.

Louis Bekemoï lui tendit une grande assiette de bougna de poisson et une bière.

– Bois et mange.

Lui aussi but une bière, en silence. Le chien bleu s'était couché à leurs pieds. Le bruit de l'océan parvenait étouffé. Bekemoï alluma une cigarette, la fumée s'envola dans l'air frais et léger. Jacques mangea avec appétit. Quand il eut terminé, il reposa son assiette.

– Merci.

– Je t'écoute, jeune zoreille.

Jacques regarda Bekemoï, surpris.

– Tu as sans doute des choses à me dire. Tu es mon hôte mais en tant que chef de village je dois en savoir plus sur toi, afin de ne pas mettre en danger la communauté dont j'ai la charge. D'où viens-tu ?

– De France.

– Sois plus précis.

– Mouthier-Le-Château, un village en Franche-Comté. C'est le berceau de ma famille.

– Justement quel est ton nom de famille ?

– Mouthier.

– Tu portes le nom de ton village ?

– C'est l'inverse. Il s'appelait Mayes-Le-Château. Mais mon père a beaucoup fait pour sa renommée. Et il a été très généreux pour ses habitants. En son honneur, le village a été rebaptisé.

– Ton père est chef de village ?

Jacques sourit.

– Pas exactement. C'est un enfant du pays. Il a épousé

la fille du châtelain, Philippe Lucas, mon grand-père. Ensuite il est parti vivre à Besançon, une ville de Franche-Comté, avec ma mère. C'est là que je suis né.

– Quel âge as-tu ?

– Vingt-six ans.

– Que viens-tu faire dans cette île ?

– J'aime voyager.

– C'est tout ?

– C'est tout.

Le lendemain, Louis Bekemoï partit de bon matin faire des courses à Vao. Il croisa la fourgonnette des gendarmes, à qui il adressa un salut amical et diplomatique. Les événements sur la Grande Terre n'avaient pas affecté leurs relations. Là-bas, ça chauffait : embuscades, échauffourées, les indépendantistes menaient la vie dure à la maréchaussée, et les forces de l'ordre n'étaient pas non plus avares de provocations. Bekemoï acheta du pain, quelques packs de bière, et du chewing-gum pour Niaoah, sa fille. À son départ du village, il l'avait vue courir vers la plage avec des enfants de son âge. Elle avait à peine quatre ans et ressemblait déjà trait pour trait à sa mère, Maléwé. Celle-ci n'était plus là pour s'émerveiller de cette ressemblance : les esprits l'avaient rappelée à eux, deux ans plus tôt. Depuis, Louis Bekemoï dormait seul, vivant dans le souvenir de cette femme qu'il avait aimée. Parfois, quand le ciel transportait des nuages, il l'imaginait, là-haut, poussière d'étoile accrochée à la queue d'une comète, et il lui parlait. Il n'obtenait pour réponse que la mémoire de son sourire.

Le 4 × 4 reprit la route de Nataïwatch. La courbe des araucarias découpait des quartiers dans l'horizon cobalt. Bekemoï s'essuya le front. La chaleur montait. Il klaxonna avant d'arriver au snack, se gara à la diable et monta boire une bière. Assis sur les escaliers, à côté d'une jeune Asiatique et d'un zoreille hors d'âge qui la couvait du regard, il alluma une cigarette. Au lointain le soleil couvait les patates de corail, une pirogue passait, glissant sur le platier. Bekemoï termina sa bière et sa cigarette, salua la patronne, sa cousine, une forte femme portant un jean et un tee-shirt humide de sueur, et remonta dans son engin. Quelques minutes plus tard il était au village. Malaï accourut à sa rencontre.

– Viens vite, chef, viens vite.

Trois jeunes garçons avaient déposé à l'ombre d'un niaouli un brancard improvisé fait de branches d'arbustes et de feuilles de palmier.

– Niaoah !

Louis Bekemoï se précipita vers sa fille, étendue, inerte.

– Qu'est-ce qu'elle a ?

Un des enfants, le plus âgé, prit la parole :

– Chef, elle s'est évanouie, alors qu'on jouait au ballon, sur la plage. Elle est tombée d'un coup.

Louis posa la main sur le front de sa fille.

– Elle a de la fièvre. Elle a dû être mordue par un tricot rayé [1].

Il la prit dans ses bras et se dirigea vers sa case.

– Dites au sorcier de me rejoindre au plus vite.

La case était plongée dans l'obscurité. Bekemoï, suivi par la femme de Kalaeh, se dirigea vers le lit de sa fille. Il l'y déposa doucement. La femme lui retira ses vêtements pendant que son père allait chercher de l'eau.

– Que se passe-t-il ?

Jacques Mouthier était assis dans l'ombre.

– Ma fille est malade, répondit Bekemoï.

1. Serpent venimeux.

Jacques se leva vivement.

– Je suis désolé. Je ne veux pas vous déranger. Merci pour votre hospitalité.

Saisissant son sac, il se dirigea vers l'entrée de la case. Bekemoï et la femme se regardèrent. Jacques sortit, pour tomber entre les mains de deux Kanaks qui le repoussèrent à l'intérieur.

– Excuse-moi, jeune zoreille, mais je ne peux pas te laisser aller et venir à ta guise. C'est trop tôt. Suis ces hommes sans protester, dit Bekemoï en passant un mouchoir humide sur le front de sa fille.

Le soleil entra dans la case comme le feu d'une torche éclaire les parois d'une grotte. Gürman le sorcier se dirigea vers le lit de Niaoah. Petit et râblé, il portait un casse-tête à la ceinture, un pagne de paille et des bracelets de cuivre à chaque bras. Son visage et son torse étaient couverts de tatouages. Il avait à la main une écuelle de terre, qu'il posa au chevet de Niaoah.

– La femme doit sortir. L'étranger aussi. Toi, chef, recule de deux pas et garde le silence.

Chacun fit comme il l'ordonnait. Jacques se laissa emmener par les Kanaks dans la case voisine et la femme de Kalaeh s'assit sur un banc de bois, à l'extérieur de la case. Le vent s'était levé. L'océan grossissait, la barrière de corail était devenue un mur écumant. Tous les pêcheurs étaient rentrés, pressentant la pluie. Elle ne se fit pas attendre. De fines gouttes ruisselaient sur les feuilles de cocotiers ou se laissaient prendre au piège des fleurs d'hibiscus. Le tonnerre roulait du côté de Vao. L'océan était recouvert d'une vapeur légère. Le vent soulevait les tôles des cases, faisant claquer les volets de bois. Les chiens s'étaient mis à couvert. Puis le calme revint et le soleil perça les nuages, faisant briller le tronc des arbres luisants de pluie.

Le sorcier sortit de la grande case, suivi de Louis Bekemoï, qui fit signe à la femme de Kalaeh.

– Veille ma fille, et assure-toi que la fièvre ne remonte pas.

Le takata intervint :

– Le mal est parti. Niaoah est guérie.

Il salua le chef et s'éloigna.

– Veille ma fille, répéta à mi-voix Bekemoï à la femme de Kalaeh.

Il se dirigea vers la case où Jacques Mouthier était retenu prisonnier. Les trois hommes qui le gardaient s'effacèrent pour laisser passer leur chef. À l'intérieur, les volets étaient inclinés, ne laissant entrer qu'une lumière diffuse. Jacques était assis à même le sol, le chien bleu à ses côtés.

– On dirait qu'il t'a adopté. Je crains que pour l'instant tu n'aies pas d'autre ami dans ce village.

Jacques leva les yeux vers lui. Bekemoï eut du mal à soutenir son regard. Il croisa les bras pour se donner une apparence d'autorité.

– En ce moment, la Grande Terre est en crise. Les gendarmes sont sur les dents. Les zoreilles sont de plus en plus mal vus par ceux de notre peuple. Même ici, à Kunié.

Jacques gardait le silence.

– Qui es-tu ?

– Tu le sais.

– Je suis sûr que tu me caches quelque chose. Pourquoi es-tu venu jusqu'ici ? Tu ne ressembles pas aux touristes ordinaires.

– Je ne te le dirai que si tu me promets de me laisser partir.

– Marché de dupes. Attention, si tu t'obstines à te taire, je vais dire à mes hommes de te faire danser. Autrefois les zoreilles n'ont pas été très tendres avec nos pères. Mes jeunes seront ravis de s'amuser avec toi.

À ce moment la femme de Kalaeh entra dans la case.

– Louis, viens vite, ta fille va très mal.

Niaoah se tordait sur sa couche. Elle se tenait le ventre, le corps tendu comme un arc. Des larmes de douleur coulaient sur ses joues.

– Donne-lui de l'eau !

– Elle la refuse.

Il essaya de la faire boire. Niaoah le repoussa. Il essaya encore. Elle le frappa en hurlant.

– Elle souffre beaucoup, chef, intervint la femme de Kalaeh. Il faut rappeler le sorcier.

– Il a essayé de la guérir. Tu vois le résultat. Dis à André Morchoï de ramener le médecin blanc de Vao. Qu'il prenne ma voiture. Dépêche-toi.

Le docteur Vallier replaça la seringue dans son étui et prit dans sa sacoche une plaquette de comprimés qu'il donna à Louis Bekemoï.

– Cette piqûre va la calmer. Faites-lui prendre ces antibiotiques matin, midi et soir, pendant une semaine. Demain, elle ira mieux. Il faut qu'elle dorme, qu'elle se repose. Ce n'est qu'une mauvaise fièvre. Rien de grave.

Il partit en laissant derrière lui un parfum de tabac et d'eau de Cologne. Niaoah semblait apaisée. Son père fit un signe à la femme de Kalaeh.

– Ne quitte pas son chevet.

Le soir tombait. Niaoah dormait paisiblement. La femme de Kalaeh somnolait à ses côtés. Dans la case voisine, Bekemoï avait allumé un feu où brûlaient des herbes aromatiques. Jacques Mouthier regardait danser les flammes.

– Ces herbes n'ont pas de vie propre. Elles se consument en exhalant leur parfum. Puis elles se transforment en cendres.

Il fouilla dans son sac, en sortit un fagot d'herbes sèches.

– Celles-ci sont différentes.

– Elles viennent de ton pays ?

– Oui. Elles poussent au bord des chemins, à l'orée des forêts, dans la pénombre des sous-bois. On les trouve aussi dans le berceau des rivières ou au pied des grands chênes.

Il sourit. Puis, présentant le fagot à la lumière des flammes :

– Ces herbes sont la vie. Et la mort.

Quand elle se réveilla, Niaoah crut voir une nuée d'insectes furieux se jeter sur elle et la tailler en pièces. Elle hurla. Leurs piqûres lacéraient sa chair, un venin brûlant s'insinuait dans ses veines. La femme de Kalaeh se retint de crier, fit le signe de croix appris des missionnaires et sortit en courant. Niaoah essayait de chasser les insectes, mais ses forces l'abandonnaient. Elle se mordit les lèvres, gémit de douleur, eut un spasme et perdit connaissance.

Bekemoï était en prières. Gürman, le takata, invoquait les esprits bienfaisants mais ceux-ci faisaient la sourde oreille. La femme de Kalaeh égrenait un chapelet. Niaoah semblait déjà partie pour le pays des ombres. Sa poitrine se soulevait faiblement, un souffle chaud sortait de ses lèvres entrouvertes. Le docteur Vallier entra dans la case, s'agenouilla à son chevet. Le regard sombre, le takata recula de trois pas. Vallier prit le pouls de l'enfant, puis se pencha vers son père.

– Il faudrait l'hospitaliser. Malheureusement, je crains qu'elle ne soit intransportable : elle est trop faible.

Bekemoï sembla sortir d'un songe. Il se leva et quitta la case. Dehors, des femmes faisaient cercle, des hommes fumaient en silence. Bekemoï s'assit sur le banc de bois. Ses yeux étaient remplis de larmes. Le médecin et le takata le rejoignirent.

– Ma fille va s'en aller. C'est sa mère qui la réclame.

Il fit signe à un de ses hommes :

– Fais sortir la femme de Kalaeh. Que chacun rentre chez soi et éteigne son feu. Aucune lumière : il faut laisser les esprits travailler. Nous ne pouvons plus rien pour Niaoah.

Le village fut bientôt désert. Le soleil glissait vers l'océan. La Grande Case semblait abandonnée. Bekemoï buvait le kava dans une case voisine. Dans le noir.

Une ombre longea la palissade, franchit la haie de niaoulis et se dirigea furtivement vers l'entrée de la Grande Case. Elle se glissa à l'intérieur. Les braises couvaient encore dans le feu. Le poteau central masquait la couche de Niaoah qui gisait, les bras le long du corps. Jacques Mouthier le contourna et s'approcha. Il s'agenouilla devant l'enfant, sortit de son sac une poignée d'herbes, qu'il disposa en faisceaux sur son corps. Puis il ferma les yeux et inclina la tête en proférant des paroles muettes. Peu à peu il se mit à trembler. Il ressentait les picotements familiers qui marquaient le début de la transe. Il la laissa venir, puis, luttant pied à pied, la détourna vers Niaoah : le corps de la fillette fut à son tour agité de soubresauts. C'est en elle que se trouvait la *pâture.* Niaoah gémissait, fouillée, sondée, jusque dans les zones d'ombres où était tapi le mal. Il fut débusqué comme un renard qu'on enfume et jaillit en couinant de sa gangue. Jacques frissonnait et serrait les poings à saigner. Une lutte furieuse agitait la Grande Case. Des éclairs de feu crépitaient sur les murs. Le poteau central vibrait, tremblait. Une langue de flammes lécha les murs de torchis. Puis un foyer se déclara près de la flèche faîtière : une force vive cherchait à s'échapper par les hauteurs. Vite, Jacques reprit les herbes, les rangea dans son sac et sortit de la case. Dehors, le soleil avait disparu, l'horizon était une barrière noire. Jacques se dirigea vers l'océan, sans remarquer, derrière une haie de daturas, une silhouette accroupie. Il s'engagea dans le chemin. Au loin des bateaux de pêche pesaient sur l'eau. Alors qu'il sortait des limites du village il croisa une ombre. Bekemoï.

– Où étais-tu ? Mes hommes te cherchent.

Il se tenait devant lui, les yeux rougis par le chagrin.

– Ma fille doit être partie au royaume des ombres. Je vais saluer sa dépouille.

Il semblait ivre, d'alcool ou de kava. Jacques ne put articuler un mot. Il était blême. Sa poitrine était secouée de spasmes. Comme s'il essayait de contenir des sanglots. Il prit en titubant la direction de la plage de Kanuméra. Bekemoï le regarda partir puis il marcha vers la Grande Case.

Les braises allumaient des lueurs rouges sur le flanc du poteau central. Il planait une odeur étrange. Chair brûlée, musc, eucalyptus. Bekemoï s'approcha de la couche de Niaoah. Il se pencha sur elle. Le visage de l'enfant était paisible. Le chef s'assit à ses côtés et lui caressa les cheveux en pleurant. Alors elle ouvrit les yeux.

Aussitôt un éclair jaillit de la flèche faîtière. Une flamme bleue stria le ciel. Vers Aldébaran, les ténèbres se déchirèrent, comme s'il y avait eu collision de météorites. Puis le calme revint et la nuit, encre et argent, habilla le silence.

Sur la plage de Kanuméra, le chien bleu veillait une forme allongée. Jacques Mouthier, tremblant de fièvre, cherchait sur le sable humide un peu de fraîcheur. Les yeux rougis de larmes, il regardait l'océan filer ses rouleaux. L'écume lui rappelait l'eau des torrents et la chanson des sources de son pays natal. Son cœur se serra et ses mains s'enfoncèrent dans le sable. Il avait tout perdu. Par sa faute. À l'horizon, la nuit se fondait dans l'océan, on ne distinguait de la barrière des brisants qu'une houle muette, là-bas, dans ce grand champ d'ombres couvert d'une brume salée. Le vent était tombé, les feuilles des palmiers ployaient, inertes, comme des parapluies fatigués. Dans l'air flottait un parfum de viande grillée. Des voix d'hommes percèrent le silence, avec le bruit de bouteilles entrechoquées. Le chien dressa l'oreille, jeta un coup d'œil à Jacques, prostré, se mit sur ses pattes et trottina dans la direction de Kou-Bugny. Arrivé au bout de la baie, il obliqua et s'enfonça dans les fourrés. Jacques cacha son visage dans ses mains. Niaoah était sauvée. Pourquoi avait-il fait ça ? Pour racheter une partie de sa dette ? Elle était si exorbitante qu'il n'aurait pas assez d'une vie pour la payer. Était-il soudain devenu bon ? Appliquait-il sans le vouloir les préceptes de Flora, sa grand-mère franc-comtoise, fervente croyante pour qui une bonne action était aussitôt récompensée ? Il n'adhérait pas à ce catéchisme.

Il sursauta. Une main s'était posée sur son épaule.

– Jacques ?

Bekemoï s'accroupit à ses côtés. Il tenait dans sa main une bouteille de rhum et deux verres qu'il remplit. Du liquide ambré montèrent des arômes puissants, cannelle, sucre et fruits macérés.

– Niaoah dort paisiblement. Elle est sauvée. Finalement le sorcier a fait du bon travail.

Jacques ne répondit pas. Il savoura le breuvage qui lui chauffait la gorge, lui rappelant ces alcools paysans que Barthélémy, son oncle, servait lors des fêtes de famille, à Mouthier-Le-Château, quand la neige recouvrait tout, transformant la campagne en une mer de nuages.

– Pourquoi m'offres-tu à boire ?

– Tu viens d'arriver au village. Et le même jour se produit un miracle.

Jacques détourna la tête.

– Je n'y suis pour rien.

– Non. Mais c'est un signe.

Il leva son verre.

– Je te souhaite la bienvenue, jeune zoreille. Tu m'as porté chance. Si tu le souhaites, tu peux t'installer chez nous. Et y construire ta case.

Il but d'un coup son verre de rhum. Au moment de resservir Jacques :

– Pourquoi as-tu l'air si triste ? Quand je t'ai croisé, tout à l'heure, tu semblais désespéré.

– Le mal du pays. Ça passera.

Ils trinquèrent et trinquèrent encore, jusqu'à ce que la nuit devînt blanche.

Le jour suivant vit le triomphe du sorcier. Il paradait, masqué, dansant et chantant ses propres louanges. Il reçut du chef trois packs de bières, une cuisse de cochon et trois gros poissons. Bekemoï dut de plus subir ses sarcasmes : avoir fait appel au médecin blanc de Vao était un signe de faiblesse. Le takata riait grossièrement, mimant les pleurs d'un père affligé, agitant les bras comme une poule agite ses ailes. Bekemoï fit amende honorable, les villageois rirent à ses dépens mais lui conservèrent sa confiance. Dans d'autres clans, il n'en eût peut-être pas été ainsi. Il arrivait qu'un chef fût destitué pour une affaire plus bénigne. Mais Bekemoï avait voulu sauver sa fille, et sa faiblesse fut considérée comme excusable.

Les jours suivants furent consacrés par la tribu à construire la case du zoreille. Les anciens avaient un peu renâclé, mais l'hospitalité, au pays des esprits et de la coutume, n'est pas un vain mot. Faite de torchis et de parpaings – concession au modernisme –, tapissée de feuilles de cocotiers et couverte d'un toit entièrement végétal, la case de Jacques Mouthier était de forme oblongue. Louis Bekemoï en avait lui-même choisi l'emplacement, au nord du village, tout près du chemin menant à l'océan. Jacques s'y installa une semaine plus tard. Il passa une autre semaine à tailler dans du bois de houp un totem, qu'il installa à trois mètres de l'entrée de sa case. Tout le village défila devant cette étrange sculpture : les yeux rouges d'une bête inconnue fixaient le large, semblant chercher à voir, par-delà l'horizon, les rives lointaines de son pays d'origine. Le zoreille s'installait à son pied, certains soirs, cigarette à la bouche. L'homme et la bête regardaient alors dans la même direction.

# 6

C'était un rocher en surplomb qui dominait la baie. Un plongeoir idéal pour les gamins du village qui s'élançaient en criant et en gesticulant avant de frapper l'eau dans une gerbe écumante. Les plus petits étaient installés au pied de la falaise, avec leurs mères. Certains tétaient, d'autres mangeaient des bananes ou des mangues en assistant aux exploits de leurs aînés. Jacques et Bekemoï étaient assis côte à côte, le vide sous leurs pieds. Au loin, les contours de l'îlot Brosse ondoyaient sous une brume de chaleur.

– Ce rocher est là depuis toujours. Les anciens l'appellent la Nuit des Temps. Il y a des milliers d'années, nos lointains ancêtres sautaient de son sommet comme le font ces enfants aujourd'hui.

– Qu'en sais-tu ?

– Il y a des pétroglyphes à sa base. La mer n'a pas réussi à les effacer, ils décrivent des scènes primitives, chasse, pêche, cannibalisme.

– Cannibalisme ?

Le visage du chef s'illumina d'un sourire.

– Qu'est-ce que tu crois, petit zoreille ? Il y a deux cents ans, tu aurais peut-être fini au four, accommodé avec des ignames et des patates douces, dans du jus pimenté ! Du bougna de zoreille ! Ça devait être excellent !

Il redevint grave.

– Autrefois, les guerriers se mangeaient entre eux. Malheur aux vaincus. Puis les Blancs sont arrivés. On en a mangé quelques-uns. Pour se venger, ils ont mangé notre âme. Ils nous ont tout pris. Nos traditions, qu'ils ont ensevelies sous l'encens de leurs églises. Nos rites, nos coutumes. Nous ne sommes plus des guerriers, à peine des paysans. Il nous reste la chasse et la pêche. Et les esprits, qui veillent sur nous. Eux, personne ne peut nous les voler : on ne peut pas voler une croyance. On ne peut que la remplacer par une autre. C'est pour cela que certains de nos frères et de nos sœurs vont à l'église, tout en continuant à honorer les esprits des anciens.

– Et toi, à quoi crois-tu ?

– À tout ça.

Bekemoï eut une geste large qui embrassa l'océan, le ciel et la terre.

– La vie, et l'esprit du vent.

Il ramassa un peu de sable qu'il laissa couler de sa main.

– Des grains de sable poussés par le vent. Voilà ce que nous sommes. C'est-à-dire pas grand-chose.

– C'est tout de même avec du sable qu'on a construit les cathédrales : du sable, de l'eau, des pierres et des hommes.

Bekemoï haussa les épaules :

– Pour créer des monuments d'orgueil à la gloire de votre dieu. Où est Niaoah ?

– Elle barbote dans l'eau, la femme de Kalaeh la surveille.

– Je ne la vois pas.

– Mais si, chef, regarde, elle s'amuse avec le chien.

À vingt mètres en contrebas, Niaoah jouait à lancer un bâton au chien bleu qui, inlassablement, se jetait à l'eau pour le repêcher.

– Elle ne se ressent plus de sa fièvre ? demanda Jacques d'un ton détaché.

– Non, elle se porte comme un charme.

Jacques le regarda avec curiosité.

– Grand chef, quelque chose m'intrigue : les hommes et les femmes du village s'expriment d'une façon assez… fruste. Toi, tu parles très bien le français.

– J'ai fait des études. Mes parents et les parents de mes parents ont beaucoup fréquenté les Blancs, là-bas, sur la Grande Terre, avant la « Transportation [1] ». Nous vivons depuis peu sur l'île des Pins. Guère plus d'un siècle. Mon père travaillait pour les missionnaires. Ils m'ont appris le français. Mais je sais aussi parler le dialecte. Je t'apprendrai, si tu veux.

Il faisait chaud. Le soleil brûlait la peau, l'ombre était rare.

– Tu viens te baigner ?

– Non.

– Moi j'y vais.

Bekemoï s'engagea dans le raidillon creusé dans la falaise. Jacques le vit disparaître derrière des arbustes, puis réapparaître en bord de plage. Il entra dans l'eau et nagea vers le large, poursuivi par des gamins qui voulaient faire la course avec le chef. À vingt mètres du bord il fit demi-tour, la meute aux trousses. Il sortit de l'eau en courant et se laissa tomber sur le sable en riant aux éclats, vite enseveli sous une grappe d'enfants hilares.

Jacques regardait la scène quand une fulgurance lui

1. Déplacement de population.

vrilla les tempes. Les images étaient floues. Des gamins couraient vers Bekemoï. Mais ils ne riaient plus. Ils semblaient effrayés. La mer était tranquille. Le danger venait d'ailleurs. Un grondement. Jacques ferma les yeux. Ses mains se mirent à trembler. Ses lèvres à bouger. Les images étaient plus précises. Le danger se rapprochait. Il se leva et courut vers le rocher.

Deux adolescents s'apprêtaient à plonger dans la mer. Il les prit violemment par le bras et les tira en arrière. Ils se laissèrent faire, éberlués. Puis Jacques chassa une dizaine d'enfants des alentours du rocher. Quand il fut certain qu'ils étaient hors de danger il se mit à crier en direction de la plage.

– Courez ! Courez !

Le fracas des vagues couvrait sa voix. La femme de Kalaeh finit par l'apercevoir, gesticulant. Elle donna l'alerte. Des fragments de roche commençaient à se détacher, tombant sur la plage. Des femmes se mirent à hurler et à appeler leurs enfants. Bekemoï courut vers Niaoah et la prit dans ses bras. Jacques continuait de crier. Il sentit le sol bouger sous ses pieds, recula de cinq mètres. Le rocher se fissura, une faille s'ouvrit, tout près du vide. Dix secondes plus tard, des tonnes de terre et de pierre mêlées se jetèrent dans la mer. Sur la plage, la panique était totale. Certains se jetaient dans les vagues. D'autres couraient. Une vieille femme trébucha, fut relevée par Bekemoï, qui l'entraîna à l'abri. L'énorme masse, en percutant l'eau, créa une vague de fond qui submergea la plage, remontant jusqu'aux cocotiers qui la bordaient. Les femmes hurlaient, les enfants pleuraient. Des fragments de roches continuèrent de dévaler la colline, formant au bord de l'eau un monticule large de dix mètres. Les vagues l'absorbèrent en quelques minutes. Puis le silence retomba et la mer reprit son paisible ressac.

La Nuit des Temps reposait maintenant au fond du lagon. Ses débris formaient de petites îles, espacées de quelques dizaines de mètres. Les anciens se regroupèrent, alors que les femmes réconfortaient leurs enfants. Jacques avait rejoint Bekemoï sur la plage. Le chef tenait Niaoah dans ses bras. Il était en état de choc. Son regard allait du rocher disparu aux débris effondrés dans la mer. Ses mains tremblaient.

– Il n'y a pas de blessés ?

Bekemoï sembla sortir d'un rêve. Il fit non de la tête.

– Tous sains et saufs. Grâce à toi.

Il posa Niaoah à terre, gardant sa main dans la sienne.

– Les anciens regardent dans ta direction.

Le vieil André Morchoï désignait Jacques du doigt, tout en parlant aux deux adolescents qu'il avait tirés en arrière, quelques minutes plus tôt. Il fit signe aux hommes qui l'entouraient et tous s'avancèrent vers lui. Morchoï prit la parole.

– Nous n'avons pas pour habitude de remercier les zoreilles, qui nous doivent plus que nous ne leur devons, mais toi…

Il secoua la tête, ses lèvres se fendirent en un large sourire.

– … tu as sauvé nos vies aujourd'hui. Merci. Tu es un *homme*, un *Kanak*. Tu es l'un des nôtres. Ce soir, nous danserons pour toi, nos femmes feront un repas de fête. Nous convoquerons les esprits, ils te donneront ton nom, celui par lequel nous t'appellerons désormais. Aujourd'hui nous avons perdu La Nuit des Temps, mais nous avons gagné un frère.

Tandis que le village se préparait à la fête, Bekemoï s'entretenait avec Jacques. Les deux hommes buvaient le café, assis autour du feu, au milieu de la Grande Case.

– Comment as-tu su ?

Jacques gardait le silence. Bekemoï poursuivit :

– J'ai parlé aux enfants. Quand tu leur as dit de fuir, tout était calme. Personne n'aurait pu prévoir ce qui est arrivé. Personne, sauf toi.

Le chef alluma une cigarette, tira une bouffée dont il regarda les volutes danser au-dessus du feu.

– Ton esprit est comme cette fumée, il peut monter haut dans le ciel, se fondre dans les éléments, disparaître et voir au-delà des choses visibles.

– Mon esprit peut faire tout cela, répondit Jacques d'une voix douce.

– Et sans doute beaucoup plus. Tu fais disparaître le sel de la mer, ton esprit va au-devant des événements. Tu es un sorcier. Un takata. Un takata blanc

Lors de la cérémonie qui suivit le festin, les esprits furent convoqués, et, malgré la mauvaise volonté du sorcier, acceptèrent de donner les lettres sacrées. Jacques fut baptisé pour la deuxième fois. Il devint Naïmen : « Celui qui voit loin. »

Avant de rentrer dormir dans sa case, Jacques leva les yeux vers son totem. Les yeux rouges de la bête fixaient un point précis, par-delà la langue de sable qui cerne Nataïwatch : l'endroit où, il y a quelques heures, se dressait La Nuit des Temps.

# 7

Quand Bekemoï rentra de la pêche, ce matin-là, portant sur ses épaules une branche de bourao à laquelle étaient accrochées deux loches castex, il fut étonné de trouver le village en ébullition. Des femmes parlaient bas, à l'ombre des cocotiers, tandis qu'un groupe d'anciens palabraient à l'écart. Louis posa sa charge sur une pierre plate, à l'entrée de sa case, et se dirigea vers eux. Ils le saluèrent avec respect.

– Assieds-toi, chef Bekemoï, nous avons à te parler, lui dit le vieux Morchoï.

Louis prit place sur un banc de bois installé à côté du grand totem. Deux anciens s'assirent à ses côtés. Les autres firent cercle.

André Morchoï lui tendit une photocopie couleur de format A4.

Bekemoï jeta un rapide coup d'œil. La photo était accompagnée d'une légende : *Cet homme est recherché*, assortie du téléphone de la gendarmerie et d'un nom : Jacques Mouthier.

– Cette affichette était placardée à la boulangerie, devant la gendarmerie et sur le panneau d'informations générales.

– Pourquoi est-il recherché ?

– Peu importe. Si la police veut le retrouver, c'est qu'il a fait quelque chose de grave.

– Tu as raison. Où est-il ?

– Il dort.

– Que deux hommes gardent l'entrée de sa case, pour l'empêcher de s'échapper.

Cela faisait un mois que le takata blanc était arrivé au village. C'était un hôte parfait. Respectueux des usages, intéressé par *la coutume,* il tentait de s'initier à ses subtilités. Sans ressources, il offrait ses services, aidant au calfatage des bateaux, au remaillage des filets. Il avait de bonnes notions d'électricité, de plomberie. Les enfants l'appréciaient. Il connaissait des tours. Les villageois venaient parfois le trouver. Ses dons de guérisseur attiraient la sympathie. Il soignait les fièvres, la *gratte,* la dysenterie, et c'était un grand mystère et un sujet de colère pour le takata attitré du village, que l'on consultait de moins en moins.

Comment la science de ce zoreille, tombé de son avion trente jours plus tôt pouvait-elle égaler la médecine sacrée et traditionnelle ?

– Il dort toujours ?

– Non, chef, je l'ai entendu bouger.

Bekemoï frappa l'applique de chambranle de la case du takata blanc et entra sans attendre sa réponse.

– J'ai à te parler.

Jacques était assis à sa table. Il écrivait. Un livre relié était posé à côté de son zippo et de ses cigarettes.

– Assieds-toi.

Bekemoï prit place sur une chaise que Jacques avait trouvée dans une benne à ordures et qu'il avait repaillée.

Le chef lui tendit la photocopie. Jacques y jeta un rapide coup d'œil. Il la reposa aussitôt.

– Déjà.

Par le volet entrebâillé il apercevait le chemin menant à la mer. Au loin se dressait l'à-pic de l'île Aventure. Il s'imagina planant dans les airs, puis s'écrasant sur les rochers. Un excellent dîner pour les crabes de palétuvier.

– Parle. Pourquoi es-tu recherché ?

Jacques alluma une cigarette, souffla sur la braise, faisant tomber quelques cendres sur sa peau. Bekemoï attendait patiemment. Un chien fit irruption dans la case. Le chef le chassa. Jacques se mit à parler.

Quand il eut terminé, Jacques, les mains jointes pendant entre ses jambes, fixa le sol. Bekemoï ne le quittait pas du regard.

– Tu es un monstre.

– Oui. Et encore, tu ne sais pas tout.

Le chef eut un geste de la main.

– C'est suffisant. Désolé, Naïmen, mais je vais devoir te livrer à la police.

– Pourquoi ? Je n'ai fait de mal à personne dans ce village. Laisse-moi partir.

– Tu plaisantes ? Tu es un criminel. Ta place est en prison.

Jacques leva à nouveau les yeux vers la fenêtre, vers le bleu du ciel et le bleu du grand large. La liberté.

– N'essaie pas de t'enfuir. Mes jeunes courent vite. Tu n'aurais aucune chance.

– J'en suis conscient. Mais souviens-toi que c'est à moi qu'ils doivent la vie.

Bekemoï parut ébranlé.

– C'est vrai. Mais ces vies que tu as sauvées, ne vas-tu pas essayer de les reprendre un jour ?

À cela, Jacques ne trouva rien à répondre. Il abattit sa dernière carte.

– Quelqu'un dans ce village me doit deux fois la vie. Ta fille, Niaoah.

– Tu as empêché qu'elle ne soit ensevelie sous des tonnes de rochers, c'est vrai. Mais quelle est cette deuxième fois dont tu parles ?

La réponse vint de la femme de Kalaeh. Elle se tenait sur le seuil, Niaoah dans ses bras.

– Que fais-tu là ? Tu nous espionnes ?

– Non, chef, c'est Niaoah qui voulait dire au revoir à Naïmen. Le takata blanc te dit la vérité. C'est lui qui l'a guérie, quand elle a eu cette terrible fièvre.

– Non ! C'est grâce à la science de Gürman le sorcier qu'elle s'en est sortie.

– Pas du tout.

Elle raconta ce qu'elle avait vu, tapie dans un recoin, cette nuit où le ciel s'était déchiré, où la Grande Case avait failli s'embraser et où Niaoah avait été rendue à la vie.

– … et quand Naïmen a fini son boucan[1], j'ai fui et me suis cachée derrière une haie de daturas. Il est sorti juste après. Je l'ai vu passer devant moi.

– C'est vrai, Naïmen ? Pourquoi ne m'as-tu rien dit ?

Jacques releva la tête, secoua sa chevelure.

– Je n'ai pas à te répondre. Mais j'ai sauvé deux fois la vie de ta fille.

Il planta ses yeux dans les siens.

– Tu as une dette envers moi, chef Bekemoï.

1. Rituel magique.

Il faisait nuit noire. Le bateau frappait la houle, rebondissant encore et encore, poussé par son puissant moteur. Ils dépassèrent l'île Koumo, puis la baie de Ouaméo.

– Si nous avons de la chance, nous y serons dans trois heures. Prie pour que la mer se tienne tranquille.

Jacques était assis à côté de Bekemoï, son sac à ses pieds.

– Elle se tiendra tranquille.

– Ah oui ? Qu'est-ce que tu en sais ?

– Je l'ai *vu*. En revanche, ne rentre pas cette nuit. Dans cinq heures, la mer sera grosse.

– Puisque tu es devin, pourquoi n'as-tu pas *deviné* que les gendarmes te cherchaient ?

– Je ne vois que pour les autres, pas pour moi.

Ils gagnèrent le grand large, laissant derrière eux les lumières de Gadji. La lune, entourée d'un halo poisseux, était collée au firmament. Le bateau laissait dans son sillage un parfum d'huile brûlée et de pétrole. Bientôt ils furent entre deux terres. L'île Kunié n'était plus qu'une ligne au ras de l'eau, un trait noir posé sur l'océan. Devant eux, un monde d'ombre et de brume, et le sel qui leur sautait à la bouche. Il faisait froid. Bekemoï tendit à Jacques sa flasque de rhum. Lui se tenait debout, campé sur ses jambes, maintenant fermement la barre. Il fixait l'horizon.

– Où m'emmènes-tu ?

– Tu le sais, puisque tu devines tout.

– Je ne vois pas dans le noir.

Bekemoï rit :

– Tu te fiches encore de moi !

Ils se turent pendant de longues minutes. Le moteur donna soudain des signes de fatigue. Il se mit à tousser, puis s'arrêta. Le bateau continua sur sa lancée, puis, immobilisé, se contenta de danser sur la houle.

– Ça lui arrive de temps en temps. Ne t'inquiète pas. Il va repartir. Il faut qu'il se repose. Le temps d'une cigarette.

Ils fumèrent, seuls sur l'océan.

– Nous sommes assis sur trois cent mètres de vide. Ça t'était déjà arrivé, Naïmen ?

– Oui, en avion. Et c'était 10 000 mètres.

– Tu as raison. Je n'ai jamais pris l'avion.

– Tu n'as rien perdu. Une boîte à sardines avec des ailes chargées de kérozène. Rien de très excitant.

Bekemoï tira sur sa cigarette.

– Tout ce que tu m'as dit tout à l'heure, avant que la femme de Kalaeh n'arrive avec Niaoah, est vrai ?

– Tout ce que je t'ai dit est vrai.

Bekemoï jeta son mégot dans l'eau.

– Mais tu ne m'as pas *tout* dit.

– Non.

– Donne-moi le rhum.

Jacques le lui tendit. Bekemoï but une longue gorgée et reboucha la flasque.

– Tu me poses un problème, c'est pour ça que je t'éloigne du village : je ne peux pas protéger un criminel.

– *Mon* problème, c'est de me protéger contre moi-même.

Bekemoï posa sa main sur le bras de Jacques :

– Naïmen, nous pourrions résoudre d'un coup ton problème et le mien.

– Je vois ce que tu veux dire.

Jacques se leva, monta sur l'à-plat du bateau. Tournant le dos à Bekemoï, il fixait les ténèbres.

– Je nagerai pendant quelques minutes, te regardant t'éloigner vers Kunié. Ensuite…

– Tu as le choix, Naïmen, ce n'est pas moi qui te pousserai à l'eau.

Jacques tourna son visage vers lui. Pour la première fois depuis qu'ils se connaissaient, Bekemoï y vit un regard d'enfant. D'enfant perdu. Il lui tendit la main.

– Viens. Nous repartons.

Il actionna le démarreur, le moteur crachota puis se mit à tourner. Bekemoï plongea l'hélice dans l'eau. Le bateau se cabra, prit son cap et disparut dans le noir.

Les contours de la Grande Terre se dessinaient peu à peu. Le vent s'était levé. La mer grossissait.

– Bientôt on ne verra plus la côte. Il faut faire vite. Mets ça.

Il tendit à Jacques un suroît, passa le sien. La pluie se mit à tomber alors qu'ils dépassaient la baie Ué. Les vagues frappaient la coque, toujours plus fort. Le bateau faisait des embardées. Bekemoï dut ralentir. Il avançait au jugé. Le pic Ngo leur apparut, puis la baie des Pirogues.

– Allez, allez.

Bekemoï encourageait la machine, comme s'il s'agissait d'un animal. Accroché à la coque, Jacques écopait avec un vieux seau en plastique.

– Là ! Je les vois !

À travers l'averse, des feux brillaient sur la côte. Le bateau n'était plus qu'à cent mètres du rivage.

– Il n'y a plus de fond. Saute, j'attache le bateau.

Il enroula la corde autour d'une bouée à laquelle était déjà amarré un hors-bord de belle taille. Puis il rejoignit Jacques dans l'eau.

– Allez, tout droit.

Les débris de coraux et de roches rendaient la progression difficile. Ils glissaient, tombaient, trempés jusqu'aux os. Deux hommes vinrent à leur rencontre. Un Blanc, le cheveu rare, la cinquantaine, assez corpulent et de taille moyenne, vêtu d'un pantalon roulé aux genoux et d'un pull sombre, et un Kanak de deux mètres, d'une trentaine d'années, en tee-shirt et short rayé rouge et blanc.

– L'engin [1] ! Salut vieille douille, t'as la boulette [2] de venir par ce temps.

– Salut « l'Ours », je t'amène mon zoreille. Le géant n'a qu'à le prendre, ça ira plus vite.

– Casse pas la tête, on va le mettre au sec, ton emboucaneur [3].

Jacques se retrouva perché sur le dos du colosse tandis que le Blanc s'emparait de son sac.

– Tu viens claquer un coup de fête ? Je te montrerai mon nouveau 4 × 4.

– De toute façon, je ne peux pas rentrer ce soir.

– Et t'as pas encore signé à la Croix-Bleue [4] !

Les quatre hommes regagnèrent le rivage. La mer grossissait, les contours des îlots semblaient tracés au fusain. Arrivé sur la plage, le géant kanak reposa Jacques sur le sol détrempé et les quatre hommes marchèrent vers l'est.

Ils longeaient la rivière des Pirogues. La latérite, rendue boueuse, leur collait aux chaussures. De flaque en flaque ils progressaient, de la vapeur montant de leurs pieds et de leurs souffles. Le géant marchait en tête,

1. La vache !
2. T'as du courage.
3. Magicien.
4. Ligue antialcoolique.

écartant à coups de machette les herbes rétives. Jacques suivait comme il pouvait. Son séjour au village lui avait redonné quelques forces mais face à ces hommes aguerris il ne faisait pas le poids. Bekemoï se retournait de temps en temps pour l'encourager. Ils arrivèrent à un creek gorgé d'eau, le traversèrent en sautant d'une pierre sur l'autre. Derrière eux la brousse se refermait, hermétique et sombre. Des ruisseaux se formaient, serpentant dans cette jungle touffue et rase. L'eau coulait sur leurs visages, se glissait dans les poches de leurs vêtements, s'insinuait dans leurs chaussures.

– C'est le déluge ! cria l'Ours. Accrochez-vous, les hommes, la bouteille carrée [1] nous attend.

Ils arrivèrent enfin à la route : un serpent de coaltar [2] se faufilant entre les arbres et les herbes, une enclave de civilisation. Sur le bas-côté, le 4 × 4.

– Voilà la bête. On y est.

La voiture fut envahie par une humanité fébrile et fumante.

– On est au sec ! Et dans cinq minutes, on sera au chaud.

L'Ours mit le contact. Le 4 × 4 s'ébranla. Ils parcoururent trois kilomètres, au gré des virages incessants et d'une géographie lisse mais sournoise. Ils frôlèrent des précipices maquillés en paisibles pâturages et se retrouvèrent à un embranchement improbable, l'entrée d'un sentier semé d'ornières où le conducteur s'engagea sans hésiter. Les phares balayaient le sol boueux, découvrant des fondrières que l'Ours évitait avec dextérité, laissant filer l'engin dans les descentes, rasant le talus pour trouver de l'adhérence dans les montées. Une fourche appa-

1. Whisky.
2. Goudron.

rut, deux sentes filant dans le noir. À droite, deux piquets tendus d'un calicot : « Le domaine du Sud ». L'Ours appuya sur l'accélérateur. Le 4 × 4 se déroba, un coup de volant lui fit reprendre son cap et éviter un rocher, faisant gicler la boue sur les jantes.

– On est presque arrivés. Louis, prépare ton gosier.

Bekemoï esquissa un sourire. À ce moment, son village était loin. Il ne songeait qu'à se faire plaisir. L'Ours était son ami. Complicité de forbans, de corsaires de bord de mer. Ils avaient, ensemble, vidé des bouteilles, partagé le kava, quelques nems [1], des femmes aussi. Louis lui avait rendu des services, et l'Ours n'était pas un ingrat.

Jacques les observait, intrigué par leur complicité. Ils semblaient si différents. Lui pouvait deviner bien des choses. Mais les sentiments étaient pour lui *terra incognita*. Une seule fois il s'était senti ému, quand sa mère lui avait murmuré qu'elle l'aimait, devant la fenêtre donnant sur le jardin qui plongeait vers la rivière, là-bas, au pays des sources et des torrents, des hivers qui n'en finissent pas. C'était un moment d'une telle douceur que chaque fois qu'il y pensait lui venaient des larmes. Mais ce n'était plus qu'un souvenir lointain, une brume parmi les brumes, un brouillard, une absence.

La maison de l'Ours était juchée sur un promontoire, une aire pour les oiseaux de proie. Égalisé au caterpillar, le terrain dominait une vallée profonde d'où montaient des chants et des rires.

– Les ouvriers font la noce. On va les imiter.

L'Ours chassa à grands coups de bottes une famille de paons qui se prélassait sur la terrasse, à l'abri de l'averse.

– Calice ! Ils ont encore chié partout.

1. Joints.

Il fit coulisser la baie vitrée et les invita à entrer. Deux chats noirs et pelés les devancèrent, accourant des taillis cernant la maison.

– Tiens, les greffiers !

L'Ours prit dans le réfrigérateur une boîte de pâtée entamée qu'il leur servit dans une écuelle sale. Les chats se jetèrent sur leur pitance avec voracité.

– Ils n'ont pas mangé depuis quinze jours !

– Casse pas la tête, Louis. Ils se goinfrent de mulots. Look !

Il lui montra deux têtes de rongeurs posées au pied d'un des poteaux soutenant le toit de la terrasse.

– Je vais faire une flambée.

Dix minutes plus tard la première bouteille carrée avait rendu l'âme. Les quatre hommes étaient installés dans des fauteuils disposés autour de la cheminée. Jacques ne quittait pas des yeux les flammes dansant dans l'âtre. Il avait refusé le verre qu'on lui proposait. L'Ours le regardait du coin de l'œil.

– Qu'est-ce qu'on va faire de toi, l'emboucaneur ? T'as pas l'air très costaud. Bon à peau ! Et en plus tu bois pas.

Il balança la bouteille vide sur un canapé râpé couvert de coussins éventrés et en attrapa une deuxième.

– Tu verras, l'Ours, il a des talents cachés, ça pourra te servir.

– Me demande bien à quoi, vieille douille. Il a avalé sa langue ? C'est une huître de cailloux[1] ou quoi ?

– Laisse-le, il a des ennuis.

– C'est ce que j'ai cru comprendre. Mais chez moi, il craint rien. Les tuniques bleues, ici, on n'aime pas. Quoi que t'aies fait, l'emboucaneur, dans la maison de l'Ours, tu peux dormir tranquille.

---

1. Difficile à ouvrir.

Il décapsula la deuxième bouteille et servit ses invités. Jacques tendit son verre.

– Tiens, il se décrispe ! Allez, le zozo, à la gueule.

Il lui remplit son verre à ras bord. Jacques ne se démonta pas et l'avala d'un trait.

– Calice ! Il fait son daguet[1] ou quoi ?

Jacques tendit son verre une deuxième fois. L'Ours, décontenancé, le servit à moitié. Il ne retira pas son verre. L'Ours dut le remplir de nouveau à ras bord. Quelques gouttes coulèrent sur les doigts de Jacques tandis qu'il le vidait. Pour le tendre une troisième fois. L'opération se renouvela jusqu'à ce que la bouteille soit vide. Les trois hommes étaient muets de stupeur.

– Natcha ! C'est pas possible, il est fin canard ! lança finalement l'Ours.

Bekemoï traduisit :

– Mon ami pense que tu es complètement ivre, Naïmen.

Jacques se leva et, d'un mouvement gracieux et preste, se mit sur les mains. Il marcha ainsi autour du billard, qui occupait le centre du salon, revint vers la cheminée et sauta sur ses pieds.

– Wanamatcha ! s'exclama le géant noir.

L'Ours plissa les yeux et alluma un cigare.

Bekemoï était hilare :

– Alors, il est toujours bon à peau, mon zor ?

L'Ours fit claquer sa langue.

– Kaloum, va chercher la naï[2].

Le géant noir sortit et revint quelques minutes plus tard avec une jolie Asiatique vêtue d'un bustier de soie moulant et d'une longue jupe.

1. Le matin.
2. Asiatique.

Bekemoï siffla d'admiration :

– Awou ! Comment tu t'appelles, princesse ?

– Laisse tomber, elle parle pas un mot de français. Mais on lui demande pas de parler.

– Où l'as-tu trouvée ?

– Aux baraques. Elle faisait la pute à son compte. Je lui ai proposé de travailler pour moi. J'ai quinze mecs en bas. Des solides, mais quand ils descendent en ville le week-end pour trouver des filles, ils se pètent à la Number One et, au retour, c'est direct au fossé, puis à l'hôpital. Le lundi je sais jamais sur qui je peux compter. Mauvais business. Avec la naï, je suis tranquille. C'est une bosseuse, les gars sont contents, ils l'ont sous la main. Vas-y, Louis, tu peux même lui manger la chouchoute et tout ce que tu veux. Amène-toi, mon caillou[1].

Il fit signe à la jeune femme qui s'approcha en souriant. Jacques regardait la scène, assis sur l'accoudoir d'un des fauteuils, la cigarette à la bouche. Ses mains commençaient à trembler.

Le cagou avançait prudemment. Sa femelle avait disparu depuis plus de deux heures. La nuit s'était posée sur la forêt comme un couvercle sur une marmite. La pluie avait percé le feuillage des houps et des kaoris. Les fougères arborescentes tremblaient sous l'averse. L'échassier dressa la tête, secouant sa huppe. Il avait entendu un froissement d'herbes, le bruit d'une course dans un taillis. Pendant quelques secondes, il resta immobile, l'œil aux aguets. La prudence était sa seule arme : il ne savait pas voler. Tout danger semblant écarté, il avança vers un buisson de meamoru. Son instinct ne

1. Ma jolie.

l'avait pas trompé : dans un berceau de feuilles reposait sa femelle, éventrée, une cuisse arrachée et le cou lacéré.

Les baffles crachaient du métal en fusion. Le tuner envoyait trente mégawatts qui faisaient trembler les enceintes placées sur des équerres, à trois mètres du sol. La musique devait s'entendre à des kilomètres à la ronde. L'Ours avait roulé un nem sur lequel il tirait goulûment. Vautré sur le canapé, au milieu des cadavres de bouteilles carrées, le pantalon sur les chevilles, il caressait de la main les cheveux de la fille agenouillée devant lui. La tête de la naï allait et venait entre les cuisses de l'homme en un mouvement lent et régulier. La jupe retroussée, elle offrait sa croupe à Bekemoï qui s'enfonçait en elle à grands coups de reins. Le feu ronflait dans la cheminée, alimenté par Kaloum, qui attendait son tour. Assis dans un fauteuil, l'œil sombre, Jacques essayait de contrôler les tremblements de ses mains. Tandis que, dos à la scène, il contemplait l'âtre, deux petites taches rouges s'étaient mises à briller dans les flammes.

Le cagou s'immobilisa de nouveau. Cette fois il en était sûr : le craquement qu'il avait entendu n'était pas celui d'une branche de tamanou malmenée par le vent. Abandonnant sa femelle, il se lança dans le chemin qui longe la rivière. Derrière lui, le taillis s'ouvrit sur une gueule. Le molosse surgit : un chien de la taille d'un léopard, le pelage strié et les oreilles basses. La bête se lança à la poursuite de l'échassier dont il apercevait le cou oscillant au rythme de sa course. Arrivé au bord de la rivière, il stoppa net : l'oiseau avait disparu, comme la lune, masquée par les nuages. Il colla son museau à la glaise, hésita un instant, puis dévala la berge. Le cagou était au milieu du gué, sautant de pierre en pierre. En un éclair, le chien fut sur lui. L'oiseau poussa un cri étrange, comme un aboiement. Le chien l'attrapa à la gorge et le secoua frénétiquement. Il roula dans l'eau avec sa proie, fou de rage il donnait des crocs dans cette viande chaude et parfumée, son mufle fouillait les entrailles du volatile, cassant les os, déchirant les viscères, lapant le sang chaud et épais. Puis il se calma, lâcha sa proie qui s'en alla au fil de l'eau, happée par le courant.

L'énorme chien sauta sur un rocher, fila vers la berge et disparut dans le noir.

Kaloum s'activait entre les jambes de la naï, qu'il avait installée sur le billard. La fille en avait assez. Son visage n'exprimait que de l'ennui et du dégoût. Elle tenait ses seins, secoués par les coups de boutoir du colosse. Bekemoï était sorti fumer une cigarette. Nu comme un ver, il se promenait sur la terrasse, son verre de whisky à la main.

Jacques brûlait de l'intérieur. Il connaissait le pouvoir de l'alcool, savait l'utiliser à son compte. L'énergie distillée dans ses veines aiguisait sa perception, chauffait ses entrailles, portant son harra à incandescence. Il respirait calmement, laissant venir la transe, évaluant sa progression aux picotements dans ses reins, au frisson glacé mordant sa nuque. L'Ours avait monté le volume de la sono. Il s'était approché du billard, une caméra à la main.

– Vas-y Kaloum, fais-moi du joli cinéma. Et toi, chérie, essaye de sourire, t'es payée pour ça.

Il promenait sa caméra sur le corps de la fille, tandis que de l'autre main, il vidait lentement sur son sexe le contenu d'une bouteille de bière.

– Bouffe-lui la chouchoute, Kaloum. Allez.

Le géant s'exécuta. L'Ours était de plus en plus excité. La fille était épuisée. L'Ours lui avait introduit le goulot de la bouteille dans la bouche, lui imprimant un obscène mouvement de va-et-vient.

Jacques tressaillit. Un éclair, au milieu des flammes. Puis une image plaquée sur sa rétine : l'Ours, une queue de billard à la main, la fracassant sur le crâne de la naï. Il bondit sur ses pieds, marcha vers eux. La naï venait de repousser violemment l'Ours qui lui enfonçait la canette de bière toujours plus profond dans la gorge.

– Sale pute !

L'Ours se dirigea vers le râtelier où quatre queues étaient alignées, s'empara de l'une d'entre elles ; il la levait pour frapper quand une langue de feu l'atteignit de plein fouet.

Sur la terrasse, Bekemoï vit la scène à travers la baie vitrée. Il en lâcha son verre. Le salon était en flammes. Il distingua la silhouette de Jacques à travers la fumée. L'Ours était à terre, tenant son visage entre ses mains. La naï avait sauté du billard et fuyait. Kaloum était pétrifié. Les flammes léchaient maintenant les baffles qui continuaient de cracher le son à plein volume. Le tapis du billard s'était embrasé. Un nuage de vapeur enveloppait la scène. Dans un coin de la pièce, les deux chats, le poil hérissé, les yeux traversés par la lueur des flammes, avaient l'air de démons. La naï disparut dans l'obscurité, Bekemoï la vit s'enfoncer dans les taillis. Jacques tomba sur les genoux. Se tournant vers la cheminée, bras écartés, il fit face à la langue de feu. Aussitôt elle recula et les flammes réintégrèrent l'âtre. Les deux lueurs rouges s'éteignirent, comme deux paupières qui se ferment. Jacques cherchait son souffle. Sur le bar était posée une carabine. Il sauta sur ses jambes. Kaloum comprit son intention, tenta de lui barrer la route. Mais il trébucha sur les débris d'un fauteuil et s'effondra. Jacques s'empara de l'arme, courut vers la baie vitrée, se glissa audehors et disparut dans la nuit.

Le molosse dormait. La langue pendante, les yeux miclos, les babines tachées de sang, il était abîmé dans un rêve profond et atroce. Le souvenir des coups assenés par son ancien maître lui arrachaient des gémissements. Ses flancs se soulevaient, portés par des vagues d'angoisse. Autour de lui, la forêt bruissait de murmures, de cris étouffés. Derrière un éboulis de roches, la rivière jouait sa musique de nuit. Croches, brèves et silences.

Jacques courait, l'arme à la main. Il avait repéré un chemin taillé dans la brousse, qu'il suivit sur une centaine de mètres, avant de couper à travers les fourrés.

– Kaloum, cours-lui au cul ! Je le veux vivant, ce doghi[1] !

Un torchon mouillé sur le visage, l'Ours vociférait, les lèvres fendues, le souffle court. Le Kanak, la machette à la main, s'enfonça dans la nuit. Bekemoï contemplait le désastre, le regard perdu.

1. Démon.

# 8

Jacques regarda le jour se lever, assis sur une souche. Il avait longuement bu à la rivière. La vallée était enveloppée d'un brouillard que les arbres les plus hauts parvenaient à peine à percer. Puis le brouillard devint vapeur, poudre de nuage et s'évanouit. En contrebas, des lumières s'étaient allumées dans la bananeraie. Les ouvriers se réveillaient. Une voiture démarra, prit la direction des docks, dont le toit émergeait de la végétation. Deux hommes se retrouvèrent à une croisée de chemins, prirent la même direction, machette à la main. Puis un tracteur tirant une benne s'engagea dans une pente boueuse qui longeait une haie de manguiers. Le tracteur s'arrêta, le conducteur en descendit et se mit à couper des régimes de bananes, qu'il chargeait ensuite dans la benne. Les deux hommes l'avaient rejoint et l'aidaient dans cette tâche. Un 4 × 4, celui de l'Ours, dévala la colline et stoppa près du tracteur. L'Ours, un fusil à la main, et Bekemoï marchèrent vers les ouvriers. Ils leur parlèrent avec de grands gestes, désignant les collines, puis ils remontèrent dans le 4 × 4. Jacques décida qu'il était temps de partir. Auparavant, il retourna à l'ancienne scierie. Il y avait passé la nuit, à l'abri d'une des machines rouillées et couvertes de mousse. À l'une d'elles, surmontée d'une roue de levage, était attaché Kaloum. Jacques s'avança vers lui. Comme le géant roulait des yeux terrifiés, il le rassura d'un geste, posa la carabine pour ajuster son bâillon et vérifier que ses liens étaient bien serrés, reprit l'arme et s'enfonça dans la brousse.

Il se fraya d'abord un chemin à travers les herbes hautes, prit pour repère un pic qu'il apercevait entre des troncs de houps, puis descendit vers la rivière. Il lui serait plus aisé de semer ses poursuivants en remontant le cours d'eau. Il se demanda s'il avait bien fait d'épargner la vie de Kaloum. Quand, cette nuit, ombre parmi les ombres, il l'avait laissé approcher, puis, surgissant d'un buisson de fougères, l'avait désarmé d'un coup de crosse et assommé avec le canon du fusil, le géant était tombé d'un bloc, en une chute lente et lourde. Jacques avait pris la machette entre ses mains, éprouvé le fil de la lame. Il ne l'avait jamais *fait* avec *ça*. Il avait eu envie d'essayer et approché l'arme de la gorge du gisant. Le fer avait mordu la peau et le sang était apparu. Jacques n'en avait retiré aucun plaisir. Peut-être perdait-il le goût de tuer. Il avait mis l'arme à sa ceinture et entrepris de ficeler le géant avec des cables électriques abandonnés dans la boue.

Le soleil montait dans le ciel, séchant les rochers, faisant craquer les rameaux des arbustes de pente. Jacques était parvenu à un ravin plongeant vers la rivière. De là il pouvait voir sans être vu. Tout le long du cours d'eau courait une suite de tuyaux mis bout à bout approvisionnant la bananeraie. Cette canalisation était installée dans le mitan de la rivière. De loin en loin, des câbles la rattachaient aux berges, pour lui éviter de se disloquer et d'être emportée par le courant. La largeur du cours d'eau n'excédait pas quatre mètres. En de nombreux endroits, des rochers affleurant permettaient la traversée. Jacques examina longuement les environs puis, avec mille précautions, commença à descendre. À une centaine de mètres en aval il apercevait la petite plage de galets où, cette nuit, il avait étanché sa soif. Sa gorge était encore irritée. La fumée et les flammes. Avalant sa salive il poursuivit sa descente.

– Alors, Louis : droite, gauche ?

– J'en sais pas plus que toi.

L'Ours était un mauvais pistard. Bekemoï répugnait à l'aider. Il avait essayé de le convaincre que Jacques ne lui voulait aucun mal : quand il s'était précipité sur lui, c'était sans doute pour le protéger du feu. L'Ours n'avait rien voulu savoir : si c'était vrai, pourquoi s'était-il enfui ? Naïmen possédait des pouvoirs redoutables, plus que ceux de tous les sorciers de l'île ou de la Grande Terre réunis, Bekemoï avait dû en convenir. Il était très dangereux, pourtant le chef de la tribu de Kéranu ne pouvait se résoudre à le condamner. Sentiment paternel, ou simple reconnaissance ? Il avait bien sûr détecté des traces de son passage : Jacques remontait la rivière. Mais l'Ours ne méritait pas une telle proie. Il avait changé, il n'était plus le même. Une brute. Trop d'alcool, de solitude, trop d'impunité sur ces terres lointaines. Bekemoï désigna un point dans la forêt :

– Il est parti par là.

– Tu en es sûr ?

Louis haussa les épaules :

– Bien sûr que non. Il est malin. Si tu as une meilleure idée…

L'Ours empoigna son fusil et les deux hommes s'enfoncèrent dans la brousse, dans la direction opposée à celle de Jacques.

Tapi derrière le tronc d'un houp, le chien le vit passer, sautant de pierre en pierre, alors que la rivière creusait son lit, dévalant une pente plus raide. Le jeune homme semblait peiner. Il s'assit sur une grosse roche, scruta les environs, but longuement. Son pantalon était déchiré. La sueur coulait sur son front, sur ses joues. Il resserra les lacets de ses chaussures, s'aspergea le visage et se remit en route. Le chien se dressa sur ses pattes et, longeant la rive, se lança sur ses traces.

– Et Ghost, qu'est-ce qu'il est devenu ?

– Cet enfoiré de clebs a essayé de me mordre. Je venais de lui filer une danse. Je suppose qu'il a pas aimé.

– Tu le battais ?

L'Ours ne répondit pas. Bekemoï insista :

– C'est moi qui te l'avais donné. Une bête magnifique. Tu sais où il est ?

L'Ours fit un geste vague.

– Par là. Il a filé il y a dix jours. Je ne l'ai plus revu depuis.

– Et tu n'es pas près de le revoir. D'ailleurs je ne te le souhaite pas : quand il était au village, un type a essayé de l'emmerder. Il a fait le tour de l'île avec Ghost au cul, et quand le chien l'a attrapé, il a fallu se mettre à cinq pour lui faire lâcher prise.

– Tu m'offres un fauve et tu t'étonnes que je lui cogne dessus ?

– C'est pas un fauve. Si tu l'avais bien traité, il t'aurait mangé dans la main.

Bekemoï le planta là et fit demi-tour.

– Louis ! Où tu vas ?

– T'es trop con !

Il s'éloigna, ses épaules larges frôlant le tronc des bouraos et le feuillage des bancouliers. L'Ours s'assit sur une souche, posa son fusil et, le visage sombre, alluma une cigarette qu'il jeta aussitôt. Puis il reprit son arme et tira plusieurs coups vers la cime des arbres. L'écho des détonations roula au-delà des collines, fit s'envoler quelques nautous et fuir des cochons sauvages. L'Ours sortit de sa poche une flasque de whisky qu'il vida d'un trait avant de la jeter dans les fourrés.

# 9

*Quai Veil-Picard. Besançon. France. Juin 1986.*

Elle traversa la pièce comme une ombre. Ses cheveux blonds lui cachaient le visage. Elle semblait glisser sur le sol, les bras le long du corps, la tête penchée en avant. Une cigarette pendait à ses lèvres. Sa robe de chambre était entrouverte, dévoilant ses seins, son ventre. Just la regarda passer. Il posa son livre.

– Maurine.

Elle ne répondit pas, disparut dans le corridor. Just se leva, alla à la fenêtre. Il entendit l'eau couler dans la salle de bains. Au-dehors, les arbres masquaient la rivière, qui glissait vers Chamars, la Gare d'Eau et les contreforts de la citadelle. Le soir tombait, des lumières s'allumaient sur le quai Vauban. Derrière les immeubles aux façades grises, rue Claude-Pouillet, se trouvait le commerce de Ferdinand Béliard, son ami d'enfance. Il l'imagina, pérorant derrière le comptoir d'acajou, vantant aux chalands le bouquet d'un poulsard, la complexité d'un bâtard-montrachet. Il eut envie de le rejoindre, de se perdre à nouveau dans le brouillard de l'enfance, les fumées de l'adolescence. Ferdinand fermerait la boutique, ils partiraient trager en ville, et pour quelques heures, il pourrait oublier. Just retira ses lunettes, se massa les yeux. Sa place était ici. Maurine avait besoin de lui.

Leur chambre ressemblait à un camp retranché. En désordre, comme elle l'avait toujours été. Mais ce désordre-ci ne procédait plus de l'insouciance. Les meubles avaient été placés de telle façon qu'ils isolent le lit, le cachant à la vue. Un étroit passage entre une commode et une coiffeuse permettait d'y accéder. Partout des livres, des vinyles. Pas de tables de nuit. Sur le matelas, posé à même le sol, des livres encore. Et des coussins, des oreillers. Au chevet de Maurine, des boîtes de médicaments et un cendrier empli à ras bord. Il faisait sombre. Just ouvrit la fenêtre pour aérer la pièce, poussa les volets. On sonna à la porte. Il longea le corridor, passa devant la salle de bains. Pas un bruit. Maurine était dans son bain. Il alla ouvrir.

Le docteur Vaughn salua Just et le suivit au salon. Les deux hommes s'assirent autour de la grande table de noyer dont la surface vernie renvoyait leur image à la façon d'un daguerréotype. Ils se dirent quelques mots, comme des gens habitués à un rendez-vous quotidien, à un rituel obligé. Maurine sortit de la salle de bains, les cheveux pris dans une serviette de bain, la robe de chambre toujours bâillante. Just se leva, en ajusta les pans et embrassa sa femme sur le front. Maurine retourna dans la chambre, suivie par le docteur Vaughn. Just resta seul au salon.

– Elle dort. Je lui ai fait sa piqûre. Elle est calme. Est-ce qu'elle a mangé un peu aujourd'hui ?

– Un potage. Un peu de pain et du fromage. Une pomme.

– C'est bien.

Le docteur Vaughn eut un geste fataliste.

– Pour l'instant, on ne peut espérer mieux. Elle a surtout besoin de vous. À demain.

Just raccompagna le médecin. Au moment de le quitter, il fut tenté de lui demander un peu d'attention pour lui-même. Il y renonça. Le docteur Vaughn disparut dans l'escalier. Les jours étaient longs. Moins que les nuits. Maurine dormait à contretemps. Les calmants, les piqûres la maintenaient dans un état végétatif. Vers trois heures du matin, elle se levait et commençait à vivre. Jusqu'à l'aube, parfois moins. Puis la réalité la rattrapait, et elle abandonnait la lutte. Just la prenait dans ses bras et ils regardaient, ensemble, se lever un jour nouveau.

Just retourna dans la chambre. Maurine dormait, le visage apaisé. Il referma doucement la porte, enfila une veste et sortit sans bruit.

L'air était doux. Aux fenêtres, cascades de géraniums, fuchsias et pensées. Des oiseaux chassaient les insectes, rasant l'eau brune avant de s'élancer vers le ciel. La rivière glissait vers Canot, Just la longea jusqu'au pont, qu'il franchit d'un bon pas, heureux de reprendre pied dans la vie. Chamars se vidait de ses promeneurs, femmes poussant des landaus, enfants se chamaillant. Sur le passage de Just, on se retournait en chuchotant. Il portait en permanence des lunettes noires, mais son visage et sa silhouette étaient maintenant connus : plusieurs passages télévision, de nombreux reportages de la presse écrite avaient mis à mal son goût pour la discrétion. Depuis cinq ans, il ne s'appartenait plus. Sa vie privée aurait pu voler en éclats mais il l'avait jalousement protégée. Le couple avait songé à déménager, à tout quitter. Mais l'enquête suivait son cours, et Just voulait en connaître les moindres développements. Pour cela, il devait rester. Il voyait régulièrement le commissaire Kerenn, qui coordonnait la cellule d'investigation.

– Commissaire.

– Bonsoir monsieur Mouthier.

Derrière le bureau du commissaire, un grand panneau de liège sur lequel étaient punaisées des photos.

Kerenn était un colosse taillé pour les concours de force basque. Mais lui était breton. Blond, yeux clairs, des mains courtes et larges. Il avait toujours un paquet de cigarettes à portée de main, dans lequel il piochait en permanence, en écrasant une pour en prendre une autre, qu'il allumait à un briquet argenté dont il faisait claquer le couvercle toutes les dix secondes. Son bureau baignait dans un brouillard diffus. La température, en hiver, y était polaire, la fenêtre étant toujours grande ouverte. En été, un courant d'air la traversait, apportant de la rivière un parfum de vase et d'herbes mouillées.

– Comment va votre femme ?

Just retira ses lunettes noires, qu'il glissa dans la poche de son veston.

– Mieux.

– Je m'en réjouis.

Le commissaire lui offrit une cigarette. Les deux hommes fumèrent en silence. Puis Kerenn, d'un revers de main, chassa quelques cendres de la couverture d'un épais dossier posé sur son bureau et l'ouvrit.

– Encore deux témoignages. Un touriste anglais et un agent d'entretien de Roissy. Ils ont formellement reconnu votre fils. La piste semble bonne. Jacques était bien en partance le douze juin. Mais pour où ? Et s'il a pris un avion, comment s'est-il débrouillé pour échapper aux contrôles de sécurité ?

– Je vous l'ai déjà expliqué, commissaire, vous refusez toujours de me croire ?

Kerenn tapota sa cigarette sur le bord d'un cendrier de terre cuite qui évoquait le cratère d'un volcan en constante activité.

– Monsieur Mouthier, vous connaissez le crédit que j'accorde à ces histoires de médium, d'influence à distance, de télépathie et autres sornettes inventées par des esprits malins pour abuser les imbéciles.

– C'est pourquoi je ne cherche plus à vous convaincre.

– Je suis payé pour arrêter les criminels. Avec des méthodes qui ont fait leurs preuves.

– Je vous rappelle tout de même qu'il y a cinq ans vous me teniez le même langage.

– La situation a changé. Aujourd'hui nous sommes certains que votre fils est coupable. Tous les témoignages concordent. Ce n'était pas le cas il y a cinq ans : nous n'avions pu réunir qu'un faisceau de présomptions.

Il fit pivoter son siège, désigna le tableau de liège.

– Ces jeunes femmes réclament justice.

Des regards, des sourires. Des cheveux joliment peignés, coupés court ou long. Des visages jeunes, discrètement maquillés, bouches ouvertes sur des dents nacrées. Des yeux insolents ou tendres.

– Aucun signe distinctif particulier. Les tueurs en série concentrent généralement leur rage meurtrière sur un type de femme précis, et s'y tiennent : blondes et minces, blondes et fortes, brunes et minces, etc. Dans le cas de votre fils, pas de stéréotype. Comme s'il n'était pas hanté par un type de femme, mais par *la* femme.

Just frissonna, baissant les yeux et tirant longuement sur sa cigarette. Il secoua la tête, essaya de parler mais les mots restaient bloqués dans sa gorge. Kerenn

se leva, se dirigea vers une petite table en métal et formica.
– Je vous sers un café.
Il emplit deux tasses, en posa une devant Just.

– Vous n'avez rien à vous reprocher, monsieur Mouthier. Votre fils… votre fils est un malade mental. Un déséquilibré. Vous n'y êtes pour rien. Évidemment.
En retournant s'installer dans son fauteuil, il passa devant *les autres photos*. Les jeunes femmes souriantes et fraîches s'étaient muées en créatures de cauchemars, dents cassées, lèvres tuméfiées, le corps couvert de plaies et d'entailles.
– Nous allons le retrouver et le mettre hors d'état de nuire. Ensuite, la justice suivra son cours. Il sera puni, ou soigné. Dans la mesure du possible.
– C'était il y a cinq ans qu'il fallait le soigner. Je l'ai dit. Mais personne n'a voulu m'entendre.
Kerenn regarda Just comme on regarde un gamin obstiné. Avec une indulgence patiente.
– On ne peut plus revenir en arrière.
Il désigna de nouveau les photos.
– Cinq victimes. Mais il y en a peut-être d'autres. Et il y en *aura* peut-être d'autres. Tant que votre fils sera en liberté.
Just écrasa sa cigarette et jeta un rapide coup d'œil au-dehors. Des voitures de police entraient et sortaient. Kerenn avait exigé que son bureau fût au rez-de-chaussée. Pour avoir l'œil à tout. Au loin, même les arbres longeant la rivière avaient l'air en faction.
– Vous avez lu le livre, commissaire ?
– Parcouru.
Kerenn s'enfonça dans son fauteuil à en faire craquer le dossier.

– Ces légendes paysannes ne m'intéressent pas. Je connais bien l'histoire de la Vouivre. Même en Bretagne elle est connue. Le serpent ailé qui se transforme en femme à la nuit tombée, se baignant dans la rivière au clair de lune, après avoir posé son escarboucle dans l'herbe tendre.

Il posa au milieu de son front ses gros doigts arrondis en coquille.

– Le gros diam', la fortune des voleurs. En fait, je crois que c'est un rubis, non ?

Il rit en écrasant sa cigarette, en prit une autre, qu'il fit passer sous son nez en un geste rituel et mécanique avant de l'allumer. Le briquet claqua.

– Une histoire pour endormir les enfants, ou leur faire peur.

Il ouvrit un des tiroirs de son bureau, en sortit un livre aux à-plats tendus de cuir.

– Jolie reliure.

Kerenn feuilleta l'ouvrage, jeta un coup d'œil au titre doré au fer.

– C'est votre premier livre, je crois ?

– Oui. J'écris la suite en ce moment.

– Bon courage, monsieur Mouthier. Vous me le laissez encore quelques jours ? Je ne suis pas un lecteur assidu, mais si vous pensez vraiment que cela peut m'éclairer, je ferai un effort.

Il prit sa tasse de café et se dirigea vers la fenêtre. Au loin, on devinait le tracé sinueux de la rivière.

– J'aime bien ce pays. Pourtant, il y a dix ans, quand j'ai appris que j'étais muté ici, croyez-moi, j'ai fait une drôle de gueule. Je ne savais même pas où ça se trouvait, la Franche-Comté, Besançon encore moins.

Just se leva, comme s'il se souvenait brusquement d'un rendez-vous oublié.

– À bientôt, commissaire.

Il sortit, laissant Kerenn interdit, la tasse à la main.

Just longea Chamars et descendit sur les quais. Le soir tombait. L'arche du pont Canot jetait son ombre courbe sur la rivière. Plus loin, vers Tarragnoz, deux joueurs de tumbas cognaient leurs instruments, entourés par une dizaine de jeunes. C'était la première fois que Just revenait ici, où tout avait commencé. De la scène du crime il ne subsistait rien. Tout avait été photographié, noté, examiné. Les indices étaient à l'abri sur les étagères du laboratoire. La pluie et le vent avaient depuis longtemps lavé, rincé, essoré les pavés. Just leva la tête. Le tablier du pont se détachait sur le ciel gris-bleu. C'est de là-haut qu'elle était tombée. Des passants l'avaient retrouvée, le haut du corps sur le quai, le bassin et les jambes tournés vers l'eau, ses pieds en effleurant la surface. C'était la fille d'un notaire de Dijon, une brune de petite taille, ni laide ni jolie, étudiante à la faculté de lettres. Elle s'appelait Anne Laurentz. Coups de couteau portés au cœur, plaies multiples. Just marcha vers l'eau. La lumière du jour faiblissait. Les réverbères prendraient bientôt le relais, creusant des ombres et allumant sur l'eau des brasiers frissonnants. La fraîcheur montait de la rivière, des herbes y trempaient, un maquis pourrissant tachait les vieilles pierres. Un morceau de bois dérivait, arraché par le flot à une souche, happé par le courant qui l'emportait vers Tarragnoz, vers la campagne. Il passerait bientôt la frontière invisible, laissant derrière lui le fracas des avenues, des boulevards, le grondement des moteurs et la rumeur des venelles résonnantes de cris, pour accéder au royaume de l'ombre, du silence, des murmures étouffés, des piaillements aigus des oiseaux de nuit et du jappement bref des molosses tirant sur leur laisse, les yeux écarquillés sur l'obscurité, tous sens en éveil, au seuil des maisons endormies. Just le regarda partir au fil de l'eau, rêvant d'y accrocher son passé et de le voir disparaître à jamais. Il alluma une cigarette, emplit ses poumons de l'âcre fumée qu'il recracha. Elle monta vers ses yeux, lui tirant des larmes qu'il laissa couler.

Maurine l'attendait, assise dans son lit. Just passa à la salle de bains, s'aspergea le visage et se sécha avant de la rejoindre.

– Où étais-tu, chéri ?

– J'ai fait un tour.

– Tu es encore passé voir Kerenn ?

– Oui.

Elle était nue, pâle, les cheveux défaits. Il attrapa son peignoir, se pencha sur elle pour le lui mettre sur les épaules. Elle l'entoura de ses bras.

– Viens près de moi.

Il s'assit à ses côtés, l'enlaça. L'appartement était plongé dans le silence. Dans la rue, le flot des voitures se tarissait. La ville se refermait sur elle-même. Des passants marchaient vers les commerces encore ouverts, d'autres en revenaient. Ils avaient des fleurs à la main, des bouteilles calées au pli du coude ou des emballages de pâtisserie. Sur le muret longeant les quais, des jeunes gens fumaient. Une fille aux cheveux bruns et bouclés était allongée, la tête reposant sur les cuisses d'un garçon. Elle souriait. Au-dessus d'elle : les ramures des platanes, le ciel encore clair et des cris d'oiseaux.

Just commença à caresser Maurine, l'entourant de sa force. Elle le laissa faire, joignit bientôt ses caresses aux siennes. Ils firent l'amour mais ne parvinrent pas au plaisir. Just fouilla dans le paquet de CDs, choisit un des premiers Hendrix et tous deux écoutèrent le voodoo child tirer des sons douloureux et brûlants de sa stratocaster, pendant que le soir tombait.

Trois heures du matin. Maurine se glissa hors du lit et alla à la cuisine se servir un verre d'eau. Just dormait profondément. L'appartement, sous la faible clarté des réverbères, ressemblait aux soutes d'un navire à quai, l'eau qui coulait au pied de l'immeuble renforçant cette impression. Le parquet craquait sous les pas légers de Maurine. Elle n'était vêtue que d'un chandail. Elle but, reposa le verre dans l'évier après l'avoir rincé, prit dans une coupelle un abricot dans lequel elle croqua à peine, le jeta à la poubelle et sortit de la cuisine. Le couloir menant à l'entrée était plongé dans le noir. Elle le remonta, jusqu'aux chambres des enfants.

La première était celle de Jacques. Elle poussa la porte, qui s'ouvrit en grinçant légèrement. Elle chercha l'interrupteur à tâtons, la veilleuse s'alluma. Dans la pénombre, on devinait un lit fait au cordeau. Une bibliothèque bien remplie. Quelques objets insolites : une pierre noire, une fouine empaillée. Sur un bureau de bois sombre, un maroquin de cuir rouge vif. Des billes d'acier, au fond d'un cendrier de cristal. Un paquet de Camel entamé. Une grosse boîte d'allumettes. Sur le dossier d'un fauteuil années cinquante, une veste de cuir beige, au col taché de sang. Maurine s'avança, alla au bureau dont elle ouvrit le tiroir central. Elle y prit une clef, qu'elle tint serrée dans sa main, tandis qu'elle regardait une dernière fois *les photos.* Jacques à cheval, au château des Mayes. Avec son grand-père, posant dans le parc par une journée ensoleillée, le matin de ses quinze ans. Sur des skis, au Mont-d'Or, adolescent. Au restaurant où il fêtait ses vingt ans, aux côtés d'Alice. Alice encore, en maillot de bain, aux bords du lac de Malbuisson. Alice, surprise en pleine révision, le stylo à la bouche. Alice, éclatant de rire. Maurine détourna les yeux des photos, jeta un dernier regard à ce royaume déserté, sortit de la chambre de Jacques en tirant doucement la porte, qu'elle ferma à double tour. Elle retourna à la cuisine et jeta la clef à la poubelle, à côté des restes de l'abricot. Puis elle se dirigea vers la chambre de Benjamin. Le couloir décrivait un coude, laissant à sa droite la porte principale, et finissait devant un rideau de tissu bleu nuit qui masquait l'entrée d'une chambre de petite taille. Maurine s'y glissa, alluma le plafonnier. Un lit une place occupait un angle, à côté de la fenêtre donnant sur la cour de l'immeuble. Des rayonnages couraient le long du mur opposé, couverts de manuels scientifiques, de BD et de revues de musique. Un synthétiseur était posé sur des tréteaux. Un magnétophone, une console huit pistes, un pied de micro. Des posters : Kraftwerk, Terry Riley, Chick Corea, Petrucciani. Une bonnetière que Maurine ouvrit : des pulls, des sweat-shirts. Elle en prit un, y enfouit son visage. Puis elle le replaça soigneusement sur la pile, referma la bonnetière. Alla à la fenêtre. Faiblement éclairée, la cour intérieure, avec ses énormes vases de terre cuite d'où jaillissaient des flèches vertes et une exubérante efflorescence, semblait une serre à ciel ouvert. Maurine colla son front à la vitre. Puis elle leva les yeux vers le ciel, comme si elle y cherchait une trace. Elle s'adossa à la fenêtre, sentit le froid du verre, le laissa l'envahir. Frissonnante, elle alla s'asseoir sur le lit, puis s'y allongea. Elle posa sa tête sur l'oreiller, huma son parfum. L'odeur de son fils. Elle ferma les yeux. Ses mains se crispèrent sur le couvre-lit. Les larmes vinrent, avec la douleur, qu'elle connaissait si bien. Plus forte à mesure que passaient les jours. Que les souvenirs s'entêtaient. La musique était partie avec Benjamin. Le silence s'était installé. Un silence à hurler. Elle criait dans sa tête, dans son corps. Le cri y était prisonnier. Elle rouvrit les yeux, les essuya, en un geste enfantin. Le regard perdu vers l'infini, qui commençait là-haut, à la découpe des toits sur le ciel, au gris-bleu de l'ardoise et à la silhouette épaisse des cheminées, elle décida de donner congé à sa douleur.

Just dormait, torse nu, allongé sur le côté, un bras posé sur la hanche, l'autre glissé sous l'oreiller. Maurine s'avança, se pencha sur lui. Elle le regarda longuement, effleura ses cheveux. Puis elle se releva, sortit de la chambre, enfila une veste de lin posée sur le dossier d'un fauteuil et traversa le salon. Elle ouvrit la porte d'entrée, descendit l'escalier, passa entre les grands bacs à fleurs et poussa la grille qui donnait sur la rue. Elle était pieds nus.

Ferdinand et Rosine Béliard revenaient du cinéma. Ils avaient vu un vieux Buñuel rue Gambetta, et Ferdinand s'était copieusement ennuyé. Décidément, il préférait les thrillers ou les films d'action. Mais Rosine appréciait le maître espagnol. En vingt ans de vie commune, le couple avait connu peu de nuages : deux enfants, la réussite matérielle. Rosine s'étonnait parfois de voir Ferdinand partir en escapade nocturne. Il lui disait qu'il allait retrouver ses amis de toujours, la bande des Montrapon. En fait il n'avait jamais réussi à lui avouer sa bisexualité. Au fil des ans, son attirance pour les garçons, bien qu'estompée, subsistait en pulsions furtives et tentations d'un soir, quand il rentrait tard d'une visite à un vigneron ou un fournisseur, passait devant les glacis et apercevait des silhouettes dures et tranchées : épaules carrées, jambes fines et musclées, visages sculptés par la lumière crue des réverbères. Il arrêtait sa voiture, longeait les murs et se faufilait jusqu'à ce verger sous la lune, où le désir se déclinait au masculin. Tabac, cuir et sueur poivrée. Affaire faite, il s'enfuyait comme un voleur, rentrait chez lui, filait sous la douche et se lavait des odeurs interdites. Puis il rejoignait Rosine, la prenait dans ses bras, avant d'aller voir ses enfants. L'aîné, Martin, vingt ans, dormait au milieu d'un capharnaüm de livres, CD et jeans entassés, Chloé, quinze ans, enfouie sous sa couette, avait conservé au mur des vestiges de son enfance : dessins, posters de Casimir, des chevaliers du zodiaque ou des Bisounours.

– Tu n'as pas aimé ?

– Un peu chiant, non ?

Rue des Granges, quelques fêtards en goguette passaient en courant. Au-dessus des toits, le ciel était un livre ouvert. La lune, une virgule cernée de points de suspension. Ferdinand sifflotait.

– On va boire un verre ?

– Je suis fatiguée.

– Il est encore tôt.

– Oui, mais j'ai sommeil.

– Tu ne veux pas qu'on aille dire un petit bonsoir à Just et Maurine ?

Rosine baissa les yeux.

– Excuse-moi, Ferdinand, mais je n'en ai pas le courage. Désolée.

Elle ne supportait plus le malheur, ni le sien ni celui des autres. Elle avait eu sa part[1].

– Vas-y si tu veux, chéri. Dis-leur que je les embrasse.

Ils traversèrent la place du marché en silence. Puis elle donna un baiser à Ferdinand et s'engagea dans la rue Claude-Pouillet. Il la regarda s'éloigner, la démarche un

1. Cf. tomes 1 et 2.

peu lasse, imagina son regard à cet instant précis : sombre et douloureux. Elle s'était lavée de son passé, avait réussi à chasser ses fantômes. Mais se sentait trop fragile pour affronter ceux des autres. Ferdinand tourna les yeux vers une masse sombre au-delà de la rivière : l'immeuble où vivaient ses amis, Just et Maurine. Il hésita un instant, puis, d'un pas vif, traversa le pont Battant. Au moment de tourner à gauche, quai Veil-Picard, il risqua un regard en contrebas, au bord des quais, à hauteur de la synagogue. Elles étaient là. Les silhouettes. Discrètes. Enveloppées de fumée de cigarettes. Un autre verger sous la lune. Après un regard alentour, Ferdinand s'y dirigea.

Maurine traversa la rue, alla jusqu'au muret. Se pencha. La rivière était brune et sale. Elle aurait préféré disparaître dans une eau limpide, là-haut dans le calme des forêts, entre ciel et torrents, passer de l'autre côté du miroir glacé et glisser dans le noir, sur une pente lisse. Mais elle n'avait ni le temps ni le choix. La douleur était là, lui mordant le ventre. Maurine marcha vers le pont Canot. Elle croisa un couple de promeneurs qui se retourna sur elle en chuchotant. Elle crut entendre un rire dans son dos. Hâta le pas. Chaudanne se dressait devant elle, comme un terril. La colline ombrait le coude décrit par la rivière, ensevelissant sous la ténèbre les maisons construites sur ses flancs.

Ferdinand avait fait son choix : un jeune métis aux cheveux frisés, de petite taille. Il s'approcha de lui, discuta du prix, puis sortit son portefeuille. Un bras se tendit, en un éclair le portefeuille disparut de sa main. Un grand type aux cheveux longs s'en était emparé et s'enfuyait en courant. Ferdinand se lança à sa poursuite, plantant là le jeune métis.

Le grand type courait vite, mais Ferdinand était rapide et endurant. Le bruit de leur course résonnait sur le quai désert. Au loin, le pont Canot. Ferdinand gagnait du terrain. Il allait rattraper le voleur quand il stoppa sa course, comme foudroyé. Le grand type, ne l'entendant plus derrière lui, s'arrêta lui aussi et se retourna. Sans comprendre, il vida le portefeuille de son argent, le jeta à terre et fila en courant vers l'escalier. Ferdinand fit quelques pas, cherchant à percer l'obscurité : une femme était debout, sur le pont. Il connaissait cette silhouette. Elle lui était familière. Très familière. Quand il la vit se hisser sur la rambarde du pont, il hurla :

– Maurine !

Il courait, sans la quitter du regard. Maurine, passée de l'autre côté de la rambarde, s'accrochait aux barreaux. Elle semblait attendre. Ferdinand monta quatre à quatre les marches de l'escalier, s'engagea sur le pont. Maurine lui apparaissait maintenant de profil, arcboutée comme une figure de proue. Le menton haut, elle avait fermé les yeux. Ferdinand s'approcha.

– Maurine, souffla-t-il.

Il n'osait faire un pas de plus. Elle ouvrit les yeux.

– Tu lui diras que je l'aime.

Et elle lâcha prise.

# 10

Jacques regarda l'Ours s'éloigner. Il avait faim. Il fallait qu'il attende la nuit pour aller voler des bananes et des mangues. En attendant, il devait se trouver un abri. Le ciel s'assombrissait. La pluie menaçait. Il mit son fusil en bandoulière et remonta la rivière sur une centaine de mètres. L'escalade était malaisée : la forêt était touffue, et, pour l'instant, il ne pouvait marcher à découvert dans le lit du cours d'eau. Mais il aperçut bientôt, derrière un rocher en T, une anse protégée, à partir de laquelle le creek filait vers la gauche. Il la longea sur quelques mètres, et, assuré de ne plus être visible de la bananeraie, dévala les berges et continua sa progression, sautant de pierre en pierre.

– Boss ! Boss !

C'était la voix de Kaloum. Jacques comprit qu'il avait réussi à enlever son bâillon et qu'il appelait l'Ours à la rescousse. Si celui-ci l'entendait, les deux hommes seraient vite sur ses traces. Jacques se maudit d'avoir épargné la vie du géant kanak et pressa le pas.

L'Ours avait entendu.

– Kaloum ?

– Par ici, boss ! La scierie !

Quelques minutes plus tard, il était libéré de ses liens.

– Il a filé par là, boss. Il doit pas être loin.
Les deux hommes se mirent en chasse.

Bekemoï était retourné au bateau. Il avait attendu l'aube, à l'abri d'une saillie de latérite, puis remis le cap sur Kunié, le corps meurtri et le cœur aigri. Son entreprise avait échoué : le takata blanc était en fuite. En l'emmenant chez l'Ours, au milieu de nulle part, il avait cru le soustraire au danger, tout en soustrayant les autres à celui qu'il représentait. Au lieu de ça, par sa faute, un criminel courait la campagne. Bekemoï vit bientôt se dresser devant lui les premiers pins colonnaires, et le soleil frapper les eaux du lagon. Son regard se perdit dans les reflets turquoise, noyant d'un coup ses remords.

Les deux hommes étaient sur ses traces. Jacques choisit de faire face et de les attendre. Le creek s'élargissait, redevenait rivière. Il grimpa sur la berge et se dissimula derrière un tronc de bourao rongé d'humidité, couché dans les herbes hautes. Il n'eut pas longtemps à attendre. Kaloum en tête, les deux hommes progressaient, de l'eau jusqu'à la taille. Jacques affermit sa prise sur le fusil, cala la crosse contre son menton et attendit que l'un de ses poursuivants s'aligne dans son viseur. Ce fut l'Ours. Le coup de feu claqua, le touchant à l'épaule. Il s'écroula dans l'eau. Kaloum le rattrapa par le bras, lui arrachant un cri de douleur. Ils regagnèrent la berge, évitant de justesse une deuxième salve, dont l'impact fit voler en éclats une feuille de bourao.

– Kaloum, prends le deux-narines[1]. Passe par le bois, pendant que je l'occupe ici.

Le Kanak disparut entre les fougères. L'Ours examina

1. Fusil à double canon.

sa blessure. Rien de grave. Son épaule était ankylosée, mais il pouvait tenir le fusil. Il posa le canon sur un entrelacs de liane et visa posément. Il tira au-dessus du tronc de bourao derrière lequel Jacques était embusqué. Il reçut en retour une volée de plombs, mais, à l'abri d'un rocher, il ne risquait rien. Les échanges de tir se succédèrent. Puis le fusil de Jacques se tut. L'Ours sourit. L'emboucaneur était à court de munitions. C'était à Kaloum de jouer. Deux coups de feu claquèrent dans les hauteurs.

– Kaloum ? cria l'Ours.

– Je l'ai eu, boss !

L'Ours se remit sur ses pieds en grimaçant, remonta la rivière par les bois. Il fut bientôt à hauteur de l'affût de Jacques. Kaloum était déjà de l'autre côté du creek.

– Alors ?

Le Kanak eut un geste d'impuissance :

– Il y a du sang. Il est blessé, mais il a réussi à filer.

– Kaouin de mes deux ! Alors on fait quoi maintenant, les couilles à la main ?

Il secoua la tête.

– De toute façon, je suis en tas. Allez, souque par ici. Qu'il aille pourrir, l'autre. On le dégommatera un de ces jours.

Il n'aurait qu'à prévenir les flics. Il fallait bien qu'ils servent à quelque chose. Et en ces temps troublés, il valait mieux se mettre quelques képis dans la manche. L'Ours n'était contrarié que pour la naï. Elle ne reviendrait pas. Trop peur de dérouiller. Il allait devoir redescendre aux baraques chercher de la chair fraîche pour lui et ses hommes.

Soutenu par Kaloum, l'Ours reprit le chemin de la bananeraie. Les deux hommes disparurent dans les taillis, tandis que le soleil montait à la verticale entre les collines.

Il avait chaud. Sueur et sang mêlés. La bouche sèche. Une douleur intense au flanc. Jacques se mordit les lèvres et essaya de se mettre sur ses jambes. Il retomba lourdement, le visage dans les herbes hautes. Les yeux mi-clos, il n'entendait que le bourdonnement des mouches et des cris d'oiseaux. Il luttait contre le sommeil. Il devait garder le contrôle. Sa main tâtonna, cherchant la blessure. Sa chemise était trouée à hauteur des côtes flottantes. Le tissu était collé à la peau par le sang. Sa cuisse lui faisait mal. La deuxième balle avait frappé au niveau des adducteurs. Il poussa sur ses bras, regarda en arrière. Tout était calme. Abandonnant le fusil, maintenant inutile, il se mit à ramper vers un repli de terrain ombragé, un trou creusé par les roues d'un engin de débardage, que la végétation alentour avait partiellement recouvert. Il s'y laissa tomber. Et le regretta aussitôt. Il était à l'abri, mais cet abri pouvait devenir sa tombe : dans une heure ou deux, il n'aurait peut-être plus la force d'en sortir.

La naï avait passé la nuit dans le débarras de Simhoé, un des employés de l'Ours. Personne n'irait la chercher là. Elle avait dormi sous une bâche, au milieu des outils, des sacs d'engrais et des provisions. À l'aube, elle remplit un sac de jute avec trois bouteilles d'eau, une main de bananes, prit un couteau sur l'établi, enfila une salopette trois fois trop grande qu'elle serra à la taille avec un bout de corde et se glissa à l'extérieur. La bananeraie était encore endormie. Elle fila comme une ombre entre les docks, vola des cigarettes et un briquet sur le siège d'une des voitures et gagna les collines. Elle s'y cacha toute la journée. Elle entendit des coups de feu venant de la rivière, attendit que le soir tombe. Puis elle se remit en route. Quand elle atteignit le sommet du crêt, il faisait nuit. Elle devait trouver un abri. Le lendemain, elle se débrouillerait pour gagner la route et ferait du stop jusqu'à la ville. La naï remarqua un éboulis de roches, s'y dirigea à la lumière du briquet. Une excavation s'ouvrait à flanc de colline. Elle s'y glissa.

La nuit était froide comme lame. La lune glissait son lait entre le miel sombre des coulées de latérite et l'eau fraîche du torrent. Un vent léger effleurait la cime des houps. Les fougères bruissaient. Le chien attendait. C'était l'heure des mulots. Leur terrier était à portée de gueule, derrière un lacis d'herbes sèches. Il laissa passer le premier : une ruse pour mettre les autres en confiance. Le deuxième fut broyé entre ses puissantes mâchoires. Puis il en assomma un autre d'un coup de patte, le mit dans sa gueule et se dirigea vers sa tanière. Il le mangerait plus tard, au cœur de la nuit. Il escalada un éboulis de roche, se glissa dans une faille et disparut. Il y eut un hurlement de femme, des aboiements brefs, puis le silence.

Quand le noir se fait plus noir encore, à l'envers du monde, la souffrance croît lentement, à la vitesse d'un fruit pourrissant. Le corps s'est mobilisé dans l'attente du choc qui ne vient pas. Il s'échauffe, le sang s'épaissit, l'esprit devient matière et la doulcur y fait son nid.

Jacques attendait, la main posée sur la plaie la plus grave. Il essayait de se concentrer, de rassembler ses forces. Mais sa tête était lourde. Malgré le froid, la sueur coulait sur son front, ses joues, entre ses omoplates. L'infection gagnait du terrain. Il la sentait progresser dans sa chair, dans ses veines, dans le plus étroit de ses vaisseaux. Dès qu'il bougeait, la douleur lui vrillait le ventre. Il respirait par à-coups, essayant de contrôler les battements de son cœur. C'était la clef. Maîtriser l'emballement. Ne pas céder à la panique. Seul dans son tombeau de terre et de feuilles, il devait tenir. La première balle, celle qui lui avait percé le flanc, n'était pas ressortie. Il la sentait, nichée dans son corps comme une grosse épine. Après avoir tracé son chemin dans la viande, elle avait arraché au passage des fragments d'os, distendant des nerfs. La deuxième lui avait percé la cuisse de part en part et était ressortie en laissant dans la chair deux trous noirs cernés de rouge. Un délice pour les fourmis qui, se faufilant entre les herbes, accouraient au festin. D'abord leurs piqûres le soulagèrent, comme le font ces vers que certains rebouteux posent sur des plaies infectées pour les assainir. Il avait l'impression d'une mobilisation grouillante autour de sa douleur, d'une prise en charge de l'infection par une armée de chirurgiens pointillistes au coup de scalpel précis et efficace. Puis la sensation s'inversa. On ne lui portait pas secours : on le dévorait. Jacques se raidit, frotta ses plaies, essayant d'en chasser les insectes. Il tenta de prendre appui sur ses bras et de se hisser hors du trou. En vain. Le rythme des piqûres augmentait. Le grouillement gagnait ses entrailles. Il perdit connaissance. S'engouffra dans un long tunnel noir. Les années défilèrent, procession atroce, rêves de sang et hurlements, puis souvenirs plus doux, alors que le tunnel s'étirait jusqu'à un point lumineux, une tache laiteuse qui s'agrandit, jusqu'à devenir miroir éblouissant, moisson et soleil, grande plaine où ruminaient des animaux paisibles, murmure apaisant des ruisseaux et rumeur des sous-bois frais et profonds. Son paradis d'enfance.

# 11

La terre, meuble. Un homme sur un chemin. Le soleil se faufile entre les branches de sapin. L'homme se retourne, appelle. Jacques court vers lui, prend sa main. Il s'envole. Se retrouve sur les épaules de son père, le menton posé entre des boucles brunes. Odeur de tabac. Une autre odeur se rapproche. Mousse et vétiver. Le parfum de sa mère. Perché, il voit en contrebas ses cheveux blonds, son sourire et ses yeux. Elle le regarde. Au loin, une grosse ferme, un chien qui court vers eux. Il s'envole à nouveau, vers les grands arbres qui s'en vont gratter les nuages, atterrit devant le chien qui le lèche et le mordille. Il enfouit son visage dans son poil rêche au fumet puissant, file en courant vers la ferme, poursuivi par l'animal. Il entend derrière lui la voix de ses parents. Lointaine. Le son d'une autre voix, devant lui. Son oncle Barthélémy. Large. Colossal. Qui l'attrape et le tient à bout de bras, le soustrayant aux crocs joueurs du chien. Le fait tourner, tourner encore. Le ciel, les arbres, les tourbières au loin. Le soleil. Il touche enfin terre. Tombe sur le cul, étourdi. Et Flora apparaît.

– Laisse-le, Barthélémy ! Tu vas le rendre malade.

C'est une grand-mère de cinéma. Le regard tendre, la silhouette voluptueuse. Hanches larges et buste généreux. Ses cheveux tombent sur ses épaules en épaisses boucles brunes. Quand elle sourit, on dirait une publicité pour un dentifrice et quand elle rit, elle a toujours l'air étonnée d'être heureuse. Son regard est parfois lourd et triste, quand la famille se rend, comme aujourd'hui, sur la tombe de son premier mari, Ludovic Mouthier, paysan moissonneur, vacher et jardinier, reposant dans la terre, qui fut sa seule richesse. Puis de nouveau, il étincelle à la vue de son petit monde : ses fils, Just et Barthélémy, mariés à Maurine et à Joëlle. Sa fille, Aliette. Et ses petits-enfants, Jacques, fils de Maurine et Just. Christine et Étienne, les enfants de Barthélémy et Joëlle. Et Gérard, son second mari. Le relieur. Au propre et au figuré. Celui qui a rendu la vie à des centaines de livres et à une femme : Flora. En l'épousant et en l'aimant. En *reliant* deux histoires qui n'étaient pas faites l'une pour l'autre. Il porte beau sa petite soixantaine. Ses cheveux devenus rares sont d'un blanc lumineux. Quand il tient Flora par l'épaule, ils ont l'air d'un patriarche byzantin et de sa favorite. Ils s'en fichent. Ils en rient.

Jacques court vers Flora, se blottit dans ses bras.

– Mon chéri.

C'est un enfant doux et paisible. Un lac. Avec de brusques tempêtes. Des éclairs de violence. Des fulgurances. Des colères froides. Certaines nuits, il ne trouve pas le sommeil. Quand sa mère vient le chercher le matin, il est assis dans son lit, ses yeux fixant le vide, des larmes séchées sur les joues. Maurine le console. Il la repousse. Puis, brusquement, se radoucit. Comme par *enchantement.*

Dans les bras de sa grand-mère, il est serein, apaisé. Flora possède un pouvoir mystérieux, celui d'écarter tout danger. Avec elle, *ils n'osent pas.* Il se sent invincible. Sitôt qu'il la quitte, il se sent orphelin. Sa mère est trop près, trop loin. Elle est de l'autre côté. Elle est avec *eux*. En tout cas, elle ne leur fait pas peur. Ce n'est pas sa faute. *Ils* sont très forts. Mais un jour, il sera aussi fort qu'*eux*. Il y travaille.

À la ferme, les repas sont magnifiques. La tante Joëlle régale les convives de civets, de tourtes, de gâteaux de ménage et de fromage blanc aux myrtilles. Jacques le lape goulûment, une sèche bien croquante lui servant de cuillère. Son père lui laisse tremper les lèvres dans sa coupe de crémant, les bulles lui piquent le palais. Il a chaud. Les adultes parlent fort. Lucien, le père de Joëlle, a rejoint la compagnie au dessert, avec sa femme Cécile. Il fume comme un troupier. Son gendre lui sert un verre de gentiane. Les hommes trinquent.

– Ça c'est du gloriat !

Et le soir tombe comme un brigadier de théâtre frappe le dernier coup. Lever de rideau sur les grands champs crépusculaires. La nuit s'anime, les rapaces rasent la cime des sapins, en un vol lisse et sournois. Les rongeurs savent que nombre d'entre eux ne regagneront pas le terrier, à l'aube. Mais ils sortent. Ils ont faim. Ils entrent dans la danse.

Ceux qui habitent la ville doivent rentrer. Besançon est à une heure de route. Joëlle fronce les sourcils :

– Soyez prudents ! Ne roule pas trop vite, Just.

Flora et Gérard s'installent à l'arrière. Jacques est assis entre eux. Just met le contact. Le V8 de la Corvette Stingray gronde. Maurine monte la dernière. Elle met sa ceinture, pose ses mains sur son ventre arrondi. Elle est enceinte de cinq mois. La voiture quitte la Frasne en douceur. Elle disparaît bientôt dans le bois des Mayes. Barthélémy s'assied sur le banc de pierre à côté de

Lucien. Les deux hommes regardent en fumant la nuit fatiguer le ciel.

La Corvette glisse entre les murs de sapins. Maurine somnole. Jacques s'est endormi. Gérard, le bras posé sur l'épaule de Flora, rêve du jour où il rencontrera Mozart, Buxtehude, Sibelius ou Rimski-Korsakov. Flora profite du silence. Elle regarde son petit-fils. Elle sourit.

Quand Jacques se réveille, il lève les yeux vers Flora. Rassuré, il se blottit contre elle et ose *regarder*. Ils sont là. Surgis de l'obscurité, collés aux vitres de la voiture, s'agrippant aux montants, leurs griffes enfoncées dans les joints de caoutchouc. Jacques se serre contre Flora, ferme les yeux. Quand il les ouvre à nouveau, ils sont encore plus nombreux. Alors l'enfant se mord le poing à le faire saigner. Des larmes coulent sur ses joues.

– Chéri.

Maurine s'est retournée, inquiète :

– Qu'est-ce qu'il a ?

– Ce n'est rien, un mauvais rêve sans doute.

Flora embrasse son petit-fils et essuie ses larmes.

– Pauvre minet. Il est si sensible.

Just ne dit rien. Son regard se porte au loin, au-delà des collines, où le ciel et la terre ne font qu'un. Essayant de ne plus penser à ce qui s'est passé il y a quatre ans. À la naissance de Jacques[1].

L'école, quelques mois plus tard. L'Arsenal, ses longs couloirs, ses pierres grises. Blottis à l'envers du ciel, *ils* traquent l'enfant, *ils* viennent en éclaireurs pour informer les *autres*. Ils le poursuivent aux quatre coins de la cour. Parfois l'un d'eux pousse l'audace jusqu'à se poser sur son épaule, lui mordiller l'oreille. Il sursaute, pousse

1. Cf. tome 1.

un cri. Ses copains haussent les épaules. Ça fait longtemps qu'ils ont renoncé à comprendre ses lubies, ses tics : se mordre la main, d'un geste convulsif, tendre le bras vers le ciel et partir en courant se cacher dans les toilettes, pour en ressortir, l'air de rien, dès que sonne la cloche. Un grand a essayé d'en faire son souffre-douleur, il semblait la proie idéale. Il l'avait coincé dans un angle obscur du préau. Le directeur était loin, en discussion avec M. Morel, l'instituteur des CM1, à l'autre bout de la cour. Jacques a laissé le grand s'approcher, et au moment où la baffe allait partir, il a sorti de sa blouse un couteau. Un cran d'arrêt. À huit ans. Et il savait s'en servir, puisque quand le CM1 a reparu dans la lumière, au centre de la cour, il a couru, la main en sang, vers le directeur en pleurnichant. M. Perrin a fouillé la blouse de Jacques, mais il n'a trouvé que deux billes et un élastique. Jacques a nié et l'affaire a été classée. Le CM1 a gardé pour la vie une estafilade de six centimètres sur le dos de la main droite.

Alice. Elle joue à la corde avec ses copines, de l'autre côté du grillage qui sépare la cour des filles de celle des garçons. Des cheveux auburn, comme le dit la pub dans la vitrine du salon d'esthétique de la Grande-Rue. Un regard doux et profond. Elle fait semblant de ne pas remarquer le petit garçon qui la mange des yeux. Il a déjà une réputation. On dit qu'il connaît des tours. Il sait stopper le hoquet, les saignements de nez. Il a toujours l'air *ailleurs.* Il est joli : cheveux très noirs, bouclés, yeux bleus. Il se place toujours au même endroit, à côté d'un gros platane, et il la regarde. Et puis, du jour au lendemain, il ne vient plus. Alice l'observe, de loin. Il est debout au centre d'un cercle d'élèves qui l'écoutent. Le soleil dessine autour d'eux des ombres noires. À quelques mètres, l'instituteur le regarde du coin de l'œil en tirant sur sa pipe.

Alice a grandi. Elle est élève de 1re au lycée Pasteur. Elle a été invitée à un anniversaire au fortin, près de la promenade Chamars. Tout le monde danse. Sauf Jacques. Il fume, assis sur un banc. Elle le reconnaît aussitôt. Lui non. Ou fait semblant que non. Il prend l'air étonné :

– À l'Arsenal, tu es sûre ?

Il n'est plus joli, il est beau. Grand et mince, presque maigre. Les cheveux longs, un regard qui transperce. Un sourire. Une voix qui a depuis longtemps achevé sa mue. Grave et mélodieuse. Les mots l'amusent, qu'il laisse tomber de sa bouche large et charnue, comme s'ils lui échappaient.

– Tu t'appelles ?

– Alice.

– Moi, c'est Jacques.

– Je sais. Jacques Mouthier. Le petit sorcier.

C'était son instituteur, M. Morel, qui lui avait donné ce surnom. Un jour, Jacques s'était approché de lui, en pleine classe. Quelques mots murmurés à l'oreille et M. Morel avait pâli. Il était allé chercher le directeur, qui avait assuré la fin des cours. On n'avait plus revu l'instituteur pendant trois mois. Au dire des médecins, à quelques minutes près, il s'écroulait dans la classe, foudroyé par un infarctus. Trois artères bouchées. Triple pontage, trois mois de repos.

– Votre fils m'a sauvé la vie, monsieur Mouthier. Savez-vous que c'est un phénomène ? Une sorte de... petit sorcier.

Just avait raccroché sèchement, après une formule de politesse. Il n'avait rien dit à Maurine. Elle ne *savait* rien, et ne devait rien savoir. Just et son beau-père, M. Lucas, en étaient convenus : *Jacques avait été sauvé à la naissance par le médecin-chef de la maternité,* et par personne d'autre. *Jacques était un garçon comme les autres.*

La musique est forte, les couples de danseurs se trémoussent sur les dalles de pierre du fortin, dans la fumée des cigarettes et l'odeur douceâtre du cannabis.

– On sort ?

– D'accord.

Ils s'installent sur les marches, un verre de punch à la main. Mais ils sont sans cesse dérangés par les allées et venues des fêtards.

– Viens, on va se promener, tu veux ?

Elle fait oui de la tête et le suit.

Ils traversent Chamars et descendent vers la rivière. Jacques complimente Alice sur sa tenue, une longue jupe de velours moiré et un chemisier blanc à motifs. Elle le remercie. Il la regarde : elle a coupé ses cheveux depuis l'école primaire, mais elle a toujours un visage d'enfant. Ses yeux sont soulignés d'un trait de khôl. Elle porte des boucles d'oreilles en argent ciselé et un foulard de soie mauve. Ils s'installent au bord de l'eau, sur une petite plage désertée par les pêcheurs. Une barque est attachée à un piquet. Au loin, la Citadelle, les Prés de Vaux, la Malatte. De la fumée monte des collines. Sans doute un feu de camp au fort Chaudanne. Le ciel est pommelé, le soleil pâle. Un chien aboie vers Tarragnoz.

– Alors ? Tu ne joues plus à la marelle ?

– Moins souvent !

Il lui offre une cigarette qu'elle refuse. Il tire sur la sienne avec volupté. Il fait doux. Il est bien.

– C'est quoi ton parfum ?

– Du cédrat.

– Je peux sentir derrière ton oreille ?

Elle dit oui. Il se penche. Sa bouche effleure ses cheveux. Il dépose un baiser sur sa nuque. Elle se tourne vers lui. Ils s'embrassent. D'abord avec légèreté, du bout des lèvres. Puis longuement, avec gourmandise. Ses mains à lui se font pressantes. Elles se glissent dans l'échancrure de son chemisier.

– Arrête.

Il n'insiste pas. Alice. Sa bouche a un goût de miel et de fruits rouges. Et ses cheveux sentent la vanille. Il enlève son pull, l'étend sur l'herbe. Il prend Alice dans ses bras. Elle s'abandonne. Au-dessus d'elle, le ciel et ce visage mi-ange mi-démon. Ils s'embrassent à nouveau. Leurs cheveux se mélangent. Elle ferme les yeux. Il sursaute. Se redresse.

– Qu'est-ce que tu as ?

Il a *vu.* Alice en pleurs. Un journal à la main. Alice sanglotant dans son lit. Alice, pâle comme la mort, le khôl mêlé à ses larmes. Il se lève d'un bond.

– Qu'est-ce qui te prend ?

– On s'en va.

Elle veut le prendre par la main. Il la retire. Alors elle le laisse partir, seul. Elle le regarde s'éloigner vers la Gare d'Eau, hésite un instant et retourne à la fête.

Ils se revoient. Il ne lui donne aucune explication. Alice est amoureuse. Un soir d'avril, les parents de Jacques partent rendre visite à son grand-père Lucas, au château. Ils emmènent son frère Benjamin. Lui a refusé d'y aller. Alice arrive à seize heures. Elle entre, trempée, dans l'appartement du quai Veil-Picard. Une grosse averse. Jacques l'emmène à la salle d'eau, où elle se sèche, se déshabille. Il lui trouve des vêtements secs, qu'elle refuse. Elle est nue devant lui. Il la regarde. Ses mains tremblent. Elle se méprend, pense qu'il a peur, que c'est peut-être la première fois. Elle le rassure. Il joue le jeu. Il ne peut pas lui dire qu'il l'a *vue.* Le corps tailladé, du sang coulant entre ses seins, sur son ventre. Cela n'arrivera pas. Il garde le contrôle. Le cran d'arrêt reste sagement dans la poche du jean. Ils font l'amour jusqu'au soir. Alice semble heureuse. Jacques est apaisé. Il caresse ses cheveux, va faire du café. Puis il la raccompagne. Ils font encore l'amour dans la chambre d'Alice, un meublé sous les toits d'un vieil immeuble de la rue Renan. Ensuite, il rentre chez lui. Just et Maurine l'attendent pour dîner. Ils lui donnent des nouvelles de son grand-père. Il écoute à peine. Au dessert, Benjamin joue un prélude de Chopin. Maurine s'assied à côté de lui. À la fin elle applaudit. Jacques allume une cigarette, son regard se perd dans les volutes de fumée. Au-dessus des collines, le couchant donne à l'horizon des couleurs rouge sang.

Ils se revoient. Alice est en fac de lettres, Jacques en deuxième année de médecine. Il pratique ses premières dissections. Isoler un muscle, prélever un organe. Il aime tenir le scalpel, trancher la chair. Certains étudiants ne supportent pas la vue du sang. Lui est toujours volontaire pour faire jaillir ce jus rouge et épais. Son regard reste froid, sa main ne tremble pas. Le professeur le félicite. Un futur chirurgien. Alice étudie les lettres classiques. Elle se passionne pour Thucydide, Cicéron, Démosthène, Lucrèce, et veut passer l'agrégation.

Alice a pour amie la fille d'un notaire de Dijon. Elle s'appelle Anne Laurentz. C'est une petite brune, ni laide ni jolie. Quand ils vont boire un verre, tous les trois, Jacques la regarde à peine. Il a peur de *voir*.

Alice. Alice. Les années passent, deviennent des souvenirs. Les contours de son visage s'estompent, ses cheveux semblent pris dans un tourbillon. Elle s'éloigne de lui, comme si on la traînait de force. Jacques voudrait la retenir, mais ses bras sont tétanisés, ses poings serrés refusent de s'ouvrir. Elle disparaît.

# 12

Le soleil s'éteignit sous les larmes, la clarté laiteuse fut recouverte de suie et les contours du tunnel apparurent à nouveau. La douleur revint d'un coup, tranchante. Elle lui brûlait le front, la bouche. Les fourmis assiégeaient sa langue et son palais était en feu. Un paquet d'eau s'abattit sur lui, noyant l'incendie.

La naï était penchée sur lui, une bouteille vide dans chaque main. À ses côtés, le molosse. Elle disparut, revint quelques minutes plus tard, les bouteilles remplies à ras bord. Elle les déversa sur lui. Puis elle descendit dans le trou, l'aida à se remettre sur ses jambes, le traîna jusqu'à la rivière et le déshabilla. Il grelottait de fièvre. Elle le força à entrer dans l'eau, le frotta, le lava. Les fourmis tombaient par grappes. Quand il fut débarrassé des insectes, elle le ramena sur la berge, à l'abri d'un houp. Elle le fit boire. Il avalait difficilement, mais la fraîcheur de l'eau calma sa douleur. La naï voulut examiner ses blessures. Il la repoussa. Ghost était à leurs côtés. Le molosse et la naï étaient amis. Elle l'avait défendu, là-haut, quand son maître prenait la trique et l'abattait sur son dos. Le chien avait passé de nombreuses nuits avec elle, dans sa petite case en lisière de la bananeraie. Là, il était tranquille. Et elle pouvait se permettre de refuser les avances des ouvriers : quand Ghost était avec elle, ils passaient leur chemin.

– À boire.

Elle retourna lui chercher de l'eau.

– Où est mon sac ? J'ai dû le perdre en fuyant.

La naï fit signe qu'elle ne comprenait pas. Jacques fouilla dans la poche de son jean, en sortit une petite bourse de cuir. À l'intérieur, quelques brindilles d'herbes séchées. Il flatta le chien, lui fit sentir les herbes.

– Va.

Ghost partit en direction des taillis puis revint sur ses pas. Jacques mit à nouveau sous son mufle le contenu de la bourse.

– Allez !

Cette fois, le chien comprit ce que Jacques attendait de lui. Il chercha la piste, hésita, puis disparut dans une sente. Quelques minutes plus tard, il était de retour, le sac dans la gueule. Jacques en vida le contenu sur le sol : un briquet, un petit miroir, un sachet de sel, des fagots d'herbes et un couteau. Il se mit péniblement sur le dos, détacha d'un rameau quelques feuilles, qu'il mastiqua. Puis il tendit le miroir à la naï et lui indiqua comment le positionner. Juste sous la plaie. Il déplia la lame du couteau, la passa à la flamme et commença à opérer. Il incisa entre la cinquième et la sixième côte. La lame s'enfonça de trois centimètres et vint buter sur le métal. Jacques dut s'y reprendre à trois fois pour extraire la balle. Quand ce fut fait, il demanda à la naï d'aller chercher de l'eau et de nettoyer la plaie. Entre-temps, il avait recraché le broyat d'herbes et de salive, qu'il appliqua sur la plaie lavée et séchée. Ensuite il s'occupa de la seconde blessure. Il demanda à la naï de s'éloigner. Versa un peu de sel dans le creux de sa main, brûla deux tiges d'herbes, mêla les cendres au sel. Puis il saupoudra la plaie avec le mélange, ferma les yeux, remua les lèvres en agitant la tête d'avant en arrière, et enserra la cuisse blessée de ses deux mains. Il tremblait, tandis que derrière ses paupières closes deux lueurs rouges montaient du gouffre.

Quand il rouvrit les yeux, il était seul. La naï et Ghost étaient partis. Ils ne revinrent qu'au soir. Jacques s'était lavé à la rivière. Il était encore faible, mais, après un repas de bananes et de mangues chapardées par la naï, il se sentit beaucoup mieux. Sa cuisse était ankylosée mais l'infection était vaincue. Assis sur un rocher surplombant la vallée, ils regardèrent le couchant tacher d'or le contour des grands arbres et maquiller de grenat la rondeur des collines.

# 13

Maurine respirait faiblement. La salle de réanimation ressemblait à un aquarium : même lumière verdâtre, même paroi de verre, derrière laquelle se tenaient deux hommes.

– Elle est restée longtemps dans l'eau ?

– D'après ce que nous a dit le témoin, plus d'une minute. Les pompiers ont eu beaucoup de mal à la ranimer.

– Je peux lui parler ?

– Elle est sous sédatifs. Mais allez-y, ça ne peut lui faire que du bien.

Just s'approcha, il portait une combinaison et un masque. Il s'assit au bord du lit et prit la main de Maurine dans la sienne. Le Dr Lanny le vit se pencher sur elle et déposer un baiser sur son front. Il sortit.

Dans le couloir l'attendait Kerenn.

– Bonsoir, docteur.

– Commissaire.

– Tentative de suicide ?

– Sans aucun doute. Le témoin, M. Béliard, l'a vue se jeter du pont. Il a plongé à son tour et…

Kerenn l'interrompit d'un geste :

– J'ai lu le rapport. Elle s'en tire bien. Je peux fumer ?

– Non.

Kerenn rangea son paquet à contrecœur.

– Elle risque de recommencer. Il ne faut pas que ça arrive.

Le Dr Lanny eut un geste d'impuissance.

– Évidemment.

– Vous ne comprenez pas : ça ne *doit* pas arriver. Les élections approchent, l'affaire Mouthier a déjà fait une très mauvaise publicité à la ville et à la région. Un suicide n'arrangerait rien.

– Qu'attendez-vous de moi ?

– Que vous l'interniez.

– Sous quel motif ?

– Celui qui vous plaira.

– M. Mouthier ne sera pas d'accord.

– Je vais lui parler.

Le Dr Lanny replaça ses lunettes sur son nez busqué, eut une moue désabusée et tourna les talons. Kerenn le regarda s'éloigner, les mains dans les poches de sa blouse, la tête légèrement penchée sur le côté.

– Commissaire ?

Just referma la porte de la salle de réanimation. Le visage creusé, il semblait épuisé. Kerenn prit un visage de circonstance.

– Je suis désolé. Vraiment désolé.

Il entraîna Just vers la baie donnant sur les jardins.

– Comment est-elle ?

– Très faible.

– Monsieur Mouthier, votre femme a besoin de se reposer, de recevoir des soins appropriés dans un institut spécialisé.

– Je peux m'occuper d'elle.

– Me permettez-vous de vous parler en ami ? Nous nous connaissons bien, maintenant.

Just acquiesça, le regard perdu.

– J'ai eu un entretien avec le Dr Lanny. C'est un excellent spécialiste. Il est formel : si votre femme retourne vivre avec vous, tôt ou tard, elle recommencera…

– Je ferai encore plus attention. Je ne pouvais pas prévoir…

– Soyez raisonnable. Faites-le pour elle. À Novillars, elle sera bien.

– À Novillars ! Il n'en est pas question ! Maurine n'est pas folle.

– Mais il n'y a pas que des fous à Novillars. On y soigne aussi toutes les formes de dépression. De toute façon, ce ne sera pas long. Quelques semaines au plus. Bien entourée, elle se rétablira vite.

Sa voix était chaude, rassurante. Just baissa les yeux. Kerenn posa sa main sur son épaule.

– Vous pourrez la voir tous les jours. Elle sera bien. Je m'y engage.

– Si vous pensez…

– Allons voir Lanny. Il y a des papiers à signer. Venez.

Just le suivit, la mort dans l'âme.

# 14

À soixante-cinq ans, Milot aurait aimé prendre sa retraite. Mais Lucas ne l'entendait pas de cette oreille : le châtelain était un patron correct, mais tyrannique. Il ne fallait pas lui manquer. Milot était son homme à tout faire : chauffeur, gardien, jardinier, et depuis peu, cuisinier. Les postulantes aux fourneaux s'étaient succédé, et avaient toutes été révoquées pour les motifs les plus futiles. Avec les années, le châtelain était devenu irascible et maniaque. Il n'avait jamais admis que sa femme l'eût quitté. Il est vrai qu'elle avait été pendant de longues années son souffre-douleur, et surtout sa caution bancaire. L'argent n'étant plus là, le standing avait lui aussi pris le maquis. Lucas n'était plus que l'ombre de lui-même. Le petit Napoléon rural, rêvant de conquérir la région pour la transformer en paradis pour investisseurs, avait connu sa Berezina. Il vivait à crédit, espérant toujours, à la faveur d'un coup heureux, restaurer son prestige et redorer son blason.

– Milot, dépêchez-vous, s'il vous plaît.

– Oui, monsieur.

La vieille Claveaux-Descartes ayant rendu l'âme, elle avait été remplacée par une Citroën CX d'occasion qui causait mille tourments à son chauffeur-mécanicien.

Toujours patraque, la vénérable berline avait le roulis nauséeux et le carburateur sourcilleux.

– Voilà, j'ai réglé le ralenti, nous pouvons y aller.

Il claqua le capot, s'essuya les mains et alla ouvrir la porte arrière. Lucas, vêtu d'un costume gris perle, la cravate bien serrée et les pieds chaussés de richelieus noirs, s'installa, le menton haut, sur les sièges fatigués. La voiture s'ébranla, traînant dans son sillage un fumet d'huile malade.

Le château ne valait guère mieux que la voiture. Le climat rude, les hivers rigoureux avaient eu raison des gouttières et l'eau de pluie suintant sur la pierre y avait imprimé des coulées grisâtres. La toiture était tourmentée d'étranges boursouflures, et le parc, malgré les efforts de Milot, n'avait plus depuis longtemps cette allure pimpante qui donnait autrefois au domaine de faux airs de manoir anglais. Le contour de la pièce d'eau avait cédé sous le gel. Le colmatage n'avait pas tenu. L'eau croupissait et le jet d'eau crapautait quelques tristes bulles dans son lit de mousse visqueuse. Seules les écuries, orgueil de la maison Lucas, avaient conservé un peu de leur lustre. Mais des cinq stalles, une seule était occupée par un animal : l'alezan de Maurine. Celle-ci ne venant plus au château, Kadjinn se morfondait. Koumann et Real étaient morts depuis longtemps.

À l'intérieur, tout était sombre, cryptique. L'humidité poissait les murs et les tentures. Le bureau de Lucas ressemblait à la cabine de commandement d'un galion naufragé. Les étagères de la bibliothèque flirtaient avec l'hypoténuse et les livres avaient pris la tangente. Certains étaient empilés à même le sol. À la cuisine le feu ronflait dans des fourneaux hors d'âge. Des sanglots de flammes s'en venaient mourir sur les hublots de verre.

Dans l'ancienne « salle aux pachydermes », les canapés avaient la patine de meubles de famille oubliés au fond d'un dépôt-vente. Leur velours était luisant, leur assise rassise. La grande table ovale donnait le change : elle brillait. Mais penchait, un des pieds ayant été imparfaitement mis à niveau à l'aide de l'exemplaire 1962 du Michelin.

La CX stoppa devant le Crédit Comtois, à Pontarlier. Lucas en descendit. Il monta les marches, le buste en avant, poussa la porte vitrée. À l'intérieur, un guichetier occupé avec un client. Lucas patienta quelques instants. Puis :

– Tricot !

Un petit homme courbé et maigrichon sortit d'un bureau situé à droite du guichet.

– Monsieur Lucas, quel plaisir…

– Monsieur le directeur.

Ils se serrèrent la main et Tricot fit entrer Lucas dans son bureau.

Le directeur du Crédit Comtois avait la lippe fine et humide, les yeux rieurs et un nez à piquer des gaufrettes. Les mains jointes posées sur le bureau dans une attitude de soumission feinte et de bienveillance toute cléricale, il attendait que le client se déboutonne, dévoile son jeu et égrène son chapelet de doléances. Crédits, découverts autorisés, avances substantielles, la liste était longue des services dûment tarifés qu'il pouvait proposer aux valétudinaires du portefeuille.

– Alors comment va-t-on ?

– Mal.

Tricot opina du chef en clignant des yeux, prit un air accablé et soupira :

– Les temps sont durs.

– Eh oui.

La bouche en cul de poule, il attendait. Lucas ne perdit pas de temps en préliminaires :

– Je souhaiterais disposer de liquidités.

– Ah !

Tricot eut un geste désordonné, comme s'il voulait chasser des mouches de son bureau.

– Vous n'y pensez pas, monsieur Lucas ?

– Je ne pense qu'à ça.

– Mais voyons, votre situation financière est déjà… précaire, vous le savez bien.

Il jubilait. Se retenait de hurler de joie.

– Tricot, soyons sérieux, et épargnez-moi vos mimiques et vos postures. Je n'ai plus de ressources.

– Bien. Et votre fille ? Elle ne peut pas vous aider ? Votre gendre est assez fortuné.

– Il l'était. Les circonstances…

Il s'interrompit, inspira longuement tandis qu'il se tassait sur lui-même. Tricot l'observait, curieux de voir jusqu'où ce diable d'homme pouvait aller pour arriver à ses fins. Il ne comptait tout de même pas l'émouvoir ? Lucas décroisa les jambes, se redressa et posa le plat de sa main sur le bureau de Tricot.

– Fournissez-moi des liquidités. Votre taux sera le mien.

– À quelle hauteur ?

– Le taux ?

– Non ! Les liquidités.

– 500 000 francs.

Tricot siffla entre ses lèvres fines.

Il griffonna quelques chiffres d'un air absorbé, reposa son stylo, se força à attendre encore quelques secondes, puis il énonça le verdict :

– C'est oui, monsieur Lucas. Je vous étudierai un taux… convenable.

Il avait gagné. Lucas était à sa merci. L'arrogant châtelain ne pesait plus très lourd. Dans quelques mois, quelques semaines avec un peu de chance, Tricot pourrait réaliser son rêve : faire hypothéquer le château, puis se préparer une retraite heureuse entre les murs de cette demeure patricienne. Lucas était aux abois, et Tricot serait le chef de meute des créanciers.

– Sans regrets ?

– Aucun.

– Je vous envoie les papiers, tout sera réglé dans la semaine.

– Parfait.

Ils se quittèrent, Tricot raccompagna Lucas jusqu'en bas des marches mais ne put voir le sourire qui illuminait le visage du châtelain quand la berline démarra et reprit la route de Mouthier-Le-Château. Quelques jours à attendre et son portefeuille serait aussi rebondi que le cul d'une montbéliarde. Tout redeviendrait possible. Quant au remboursement… Bien calé dans son siège, le châtelain réprima les tremblements de sa main, sortit d'un porte-carte une plaquette de comprimés, et en avala un avec un peu d'eau prise à une flasque qui ne le quittait jamais.

# 15

L'ambulance stoppa devant les admissions. Le hayon arrière s'ouvrit, deux infirmiers descendirent du véhicule. Un troisième poussa le brancard de l'intérieur, les deux autres le réceptionnèrent et le firent rouler jusqu'à l'entrée. Maurine était endormie. Ses mains reposaient le long de son corps. La Corvette vint se garer à côté de l'ambulance. Just en descendit. Il courut à l'entrée, poussa la porte et disparut à l'intérieur. C'était une journée chaude et grise. L'orage menaçait. Le vent s'était levé et, de la forêt toute proche, parvenait une rumeur de feuilles et de branches malmenées. La pluie s'était mise à tomber quand un troisième véhicule franchit les grilles de Novillars : une Audi noire conduite par Ferdinand Béliard. Il patienta quelques instants, le temps que l'averse se calme, puis il marcha vers les admissions.

Le hall était désert. Ferdinand s'assit, prit une revue, qu'il reposa aussitôt : Just venait à lui.

– Ferdi.

Ils s'embrassèrent. Le temps avait passé, leur amitié était restée intacte. Baptêmes – Ferdinand était le parrain de Jacques –, vacances à la neige, restaurants, les bons moments l'avaient nourrie, et les épreuves ne l'avaient pas entamée.

– Comment va-t-elle ?

– Le moins mal possible.

Il serra son ami contre lui.

– Merci.

– J'ai eu la chance d'être là.

Sans répondre, Just sortit de sa poche un paquet de cigarettes, en prit une qu'il n'alluma pas. Il avait le regard fatigué, le teint gris.

– Toi aussi tu as besoin de repos. Viens à la maison. Passe quelque temps avec nous.

Just fit non de la tête.

– J'ai des choses à faire. Je te remercie.

– Viens au moins dîner.

– Une autre fois.

Ferdinand n'insista pas. Il le regarda marcher vers sa voiture. Just lui fit un signe au moment de démarrer. Les yeux de Ferdinand se brouillèrent. Il l'aimait toujours. Il le lui avait avoué, des années plus tôt, et ils n'en avaient plus reparlé. C'était un secret. De ceux qu'on met dans un puits avec une pierre dessus. Pourtant Ferdinand n'avait pas honte d'aimer Just. Simplement, il avait choisi de l'aimer en silence.

# 16

Le soir tombait. Les grands arbres du parc étaient immobiles. Pas un souffle de vent. Dans le grand champ montant vers la colline, des fleurs sauvages, cachées par l'herbe haute. Au pied de la ravine, un éboulis de roches claires. Vers le sommet, les sapins, en rangs serrés, et leurs racines à nu, comme des pattes d'oiseaux accrochés à leur perchoir. Le ciel sombre annonçait une nuit sans étoiles. Dans les écuries, quelques mouches bourdonnaient aux oreilles de l'alezan, endormi sur sa litière. Un chat remontait lentement l'allée centrale, attentif au moindre bruit. Il se dirigea vers la sellerie puis obliqua vers le fond. Un robinet gouttait dans une bassine. Une souris se faufila entre les dents d'une fourche et disparut derrière un des piliers. Les oreilles de Kadjinn se dressèrent : des pas sur le gravier. Il se dressa sur ses jambes et s'ébroua, tandis que s'ouvrait la porte de l'écurie. Lucas apparut, vêtu d'un long manteau sombre et de bottes. Il marcha jusqu'à la stalle, flatta l'animal et le sella. Puis il le fit sortir par le fond, referma les vantaux et observa les environs. Pas âme qui vive. Au loin, niché entre deux reculées, le village attendait la nuit. Avec les années, il s'était étendu jusqu'au pied des collines. Des maisons de construction récente avaient investi des recoins de nature sauvage. Les antennes télé fleurissaient sur les toits, même sur ceux des vieilles fermes ceinturant l'église. Entre deux rangées de sapins plongeant vers la vallée, Lucas aperçut un paysan sur son tracteur : Barthélémy Mouthier, le frère de Just, le beau-frère de sa fille Maurine. Son regard se durcit. Il monta à cheval, le mit au trot puis au galop et le dirigea vers les collines. Quand il arriva en lisière de forêt, le soleil s'était couché, et la nuit avait envahi tourbières et étangs. Lucas freina son cheval. Passé un ruisseau presque à sec, la forêt était profonde et noire. Les sabots du cheval faisaient craquer les brindilles de sapin. Le châtelain lui fit prendre une sente serpentant dans un maquis de fougères et de ronces. La progression était de plus en plus malaisée. Le relief devenait tourmenté, des pierres roulaient sous les sabots du cheval. Lucas sauta à terre, et, tenant Kadjinn par la bride, continua sa route. Son front était ceint d'une lanière de cuir où était fixée une lampe de mineur dont le faisceau perçait les ténèbres. L'homme et l'animal débouchèrent dans une clairière. D'autres chevaux y attendaient. Lucas attacha Kadjinn au tronc d'un hêtre, traversa la clairière et s'enfonça dans les taillis.

Il longea un ravin plongeant vers un torrent, emprunta un étroit passage suspendu au-dessus du vide, qu'il franchit en se plaquant à la roche. Puis il descendit un sentier rocailleux, parvint aux rives du torrent, qu'il remonta sur une vingtaine de mètres. Sautant de rochers en rochers, il accéda à un terre-plein au pied duquel coulait une cascade. D'une hauteur de dix mètres, elle était constituée de deux segments séparés par une concrétion oblongue et moussue. Lucas sauta sur le rocher plat qui lui servait de socle. Puis il disparut derrière le mur d'eau.

Dix ombres noires, autour d'un feu allumé au fond de ce qui ressemblait à un cratère creusé par la chute d'une météorite. Quand Lucas déboucha du corridor donnant sur le plein-vent, elles gardèrent une parfaite immobilité. Le châtelain prit place dans le cercle.

– L'enfant est parti.

Les ombres tressaillirent. Lucas les calma d'un geste.

– Je sais où il est.

Il y eut un murmure de contentement.

– Mais il a besoin de nous. Soyez généreux. Sinon...

Il sortit un sac de toile caché sous son manteau et le tendit à son voisin de gauche. Le sac passa de main en main. Quand il lui revint, Lucas le jeta négligemment aux pieds de l'ombre qui se tenait à sa droite, en lui disant :

– Nous vous écoutons.

– Ce soir, nous allons évoquer le châtiment d'Arax, fils de Mémouth...

L'ombre parlait d'une voix douce et plaintive. Au fur et à mesure de son récit, des murmures de terreur parcouraient l'assemblée.

– ... ensuite ils lui coupèrent la langue et le laissèrent partir, le cul endolori et la bouche muette.

Après un petit rire :

– Heureusement, je suis là pour raconter ce qu'Arax ne pouvait plus que taire.

Le châtelain fit mine de se recueillir.

– Méditez et repentez-vous. Ensuite vous pourrez boire et vous réjouir.

Il les salua d'un bref mouvement de tête et tourna les talons. Alors qu'il parvenait au mur d'eau, il perçut derrière lui des cris aigus et des rires obscènes. Les yeux vides, il fixa un moment l'obscurité. Puis il perça le manteau d'eau vive.

Jacques se réveilla en sursaut, la bouche en feu. Il courut à la rivière où il but longuement. Les ombres noires. Le cercle. Les flammes.

La naï dormait sur un tapis de feuilles, la tête posée sur le flanc du chien. Il s'assit à ses côtés. Il n'avait pas rêvé. C'était l'homme du château, au regard perçant, à la voix métallique, qu'il savait rendre douce et persuasive, quand il l'emmenait, de nuit, retrouver les ombres noires. Lucas. Son grand-père. Il prenait garde de ne pas les inviter trop souvent au château, pour qu'ils ne se doutent de rien, mais lui savait ce qui l'attendait, quand ses parents repartaient pour la ville, l'abandonnant entre ses mains. La nuit tombée, Lucas et lui partaient à cheval et ne revenaient qu'à l'aube. Les ombres noires posaient à Jacques des *questions* auxquelles il répondait, avec ses mots d'enfant. Puis Lucas le ramenait au château. Le lendemain il était très gentil avec son petit-fils et lui faisait promettre de se taire, de ne rien dire à ses parents. Sinon, affirmait-il, ils mourraient de chagrin. L'enfant avait juré de garder le silence.

Le cheval était nerveux. Lucas le contrôlait difficilement. Il en était toujours ainsi quand il revenait des réunions du Conseil du Serpent. Sans doute la présence des autres chevaux. Le châtelain le mit au pas, lui flatta l'encolure.

– Calme.

La lune perçait la trame lâche des nuages, allumant des étincelles sur les arêtes des rochers mouillés par le torrent. En aval, une brume fraîche irisait le contour des rives, embuant l'horizon, érodant les perspectives.

Kadjinn stoppa si brusquement que Lucas faillit perdre l'équilibre. Il se rattrapa de justesse au pommeau, fouilla les ténèbres du regard, essayant de comprendre ce qui avait effrayé l'animal. Aucun mouvement dans les fourrés. Les arbres de pente étaient immobiles. Il donna du talon et Kadjinn se remit en route, pour piler de nouveau en hennissant dix mètres plus loin. Lucas jura et sauta à terre. Le cheval se mit aussitôt au galop et disparut dans la sente.

– Kadjinn ! Kadj…

Les mots s'étranglèrent dans sa gorge. Cette fois il avait vu. Ou il avait *cru* voir. Deux lueurs rouges, une forme allongée, écrasant les fougères, se faufilant entre les hêtres, se dirigeant vers lui. Il se mit à courir. Derrière lui, des pierres roulaient, un souffle chaud brûlait sa nuque. Il n'osait se retourner, sautant par-dessus les ronces, évitant les branches basses. Il eut soudain l'impression que ses cheveux étaient en flammes. Il tourna la tête vers le vide : à dix mètres en contrebas, le torrent s'ouvrait sur une anse où l'eau redevenait tranquille. Sans hésiter, il plongea.

# II

# *Le Conseil du Serpent*

# 1

Le châtelain sortit de l'eau quand il fut certain que tout danger était écarté. Il reprit son souffle sur la rive, tordit ses vêtements. L'aube ne s'était pas encore levée. Lucas se mit prudemment en route. Pour la première fois, il avait connu la peur panique, celle qui vous vrille le plexus et vous broie les tempes, vous coupe le souffle et vous jette en avant, pour échapper au pire. Il inspira profondément en veillant à ne produire aucun son, fouilla du regard chaque recoin de colline, chaque relief de terrain. Les jambes fléchies et le dos penché, il traversa lentement le maquis d'herbes folles qui tapissaient les rives du torrent. Il avait froid, ses mains lui faisaient mal. Il tenta d'escalader une ravine et se figea, affolé, quand roulèrent les premières pierres. Il sauta de côté et, s'accrochant aux racines des arbustes, parvint à se hisser jusqu'au chemin. Il scruta l'obscurité, attendit, immobile, de longues minutes. Puis, le cœur battant, se remit en marche.

Just glissa entre ses lèvres la dernière cigarette et froissa le paquet vide. Gérard était allé se coucher. Il lui avait tenu compagnie jusqu'aux premières lueurs de l'aube. La soirée avait été longue, la nuit interminable.

Flora avait essayé de consoler son fils, lui parlant comme on parle à un enfant qui souffre. Mais Just n'était plus un enfant. Il avait mal, d'une souffrance d'homme. Les mots ne servaient à rien. Elle avait pris son visage entre ses mains et l'avait embrassé avec tout l'amour du monde. Et Just avait continué de pleurer.

Les premiers rayons de soleil léchaient les flancs de la citadelle. Bregille se réveillait. Des voitures descendaient le chemin des Ragots, couinant des essieux dans les portions les plus pentues. Just alluma la cigarette, avala une bouffée qui lui piqua la gorge et les yeux. Il toussa, alla s'accouder à la rambarde. Un cerisier lançait ses branches fleuries vers le vide. Un mouchetis or et rouge se mêlait au vert sombre des collines. Fusains et trèfles des champs s'accrochaient aux pentes abruptes. Il se revit, enfant, sur le chemin des Mayes, dénichant les fleurs jaunes et suçant leurs pétales pour en extraire le nectar, puis, le soir venu, en cachette des parents, fumant leurs tiges devenues sèches. Il tira longuement sur sa cigarette, regarda la fumée envelopper de brouillard les contreforts de la citadelle. Des hirondelles s'y perchaient, avant de se lancer dans le vide, en quête de moucherons. Elles rasaient l'eau sombre, puis d'un battement d'ailes s'élançaient vers le ciel, le ciselant de leurs plumes damasquinées. Just posa son menton sur ses mains jointes, chercha dans l'air frais du matin un remède à son chagrin et sut qu'il n'en existait pas.

– Tu rêves, mon beau ?

Il sursauta. Il connaissait cette voix.

Quand Lucas arriva au château, Kadjinn paissait tranquillement aux abords de la pièce d'eau. Milot n'était pas encore levé. Lucas emmena le cheval aux écuries, lui enleva selle et bride et le conduisit dans son box. Puis il entra au château par les cuisines, monta dans sa chambre, avala deux comprimés, fit sa toilette et se changea, puis redescendit dès qu'il entendit son majordome s'activer aux fourneaux.

– Bonjour, Milot.

– Bonjour, monsieur. Monsieur a-t-il bien dormi ?

– Comme une souche. Faites-moi une omelette, voulez-vous ?

– Bien sûr, monsieur.

– Après le petit déjeuner, nous irons *là-bas.*

La route était étroite et bosselée. Il pleuvait. Dans les virages, la lourde berline gîtait sur ses suspensions. Ils passèrent deux fermes tapies en lisière de forêt. Milot dut ralentir pour doubler un troupeau de montbéliardes se rendant au communal. Puis un groupe d'enfants accompagné par un grand flandrin coiffé d'une casquette, sans doute leur moniteur qui, l'averse redoublant, les conduisait vers l'abri des autocars. La voiture de Lucas reprit de la vitesse et, soulevant des gerbes d'eau, disparut dans une sapinière.

Ce qui restait de la route était envahi par les herbes. Quelques rares plaques de bitume grisonnaient le sol mouillé. La voiture avançait lentement entre deux murs de végétation. Il faisait sombre. Le plein-jour revint, deux kilomètres plus loin, quand la voiture, après avoir escaladé un petit raidillon, déboucha dans une vaste clairière cernée de contreforts.

L'endroit ressemblait à un village bombardé. Des ruines, des herbes folles, un vieux panneau cabossé : « La Bressanges », aux lettres bleues mangées de rouille. Un chemin partait vers l'est, longeant les vestiges d'une ferme au toit effondré.

La voiture continua tout droit, jusqu'à ce qui avait été

autrefois un carrefour. D'une croix plantée à l'oblique dans un rocher envahi par les mauvaises herbes pendait un Jésus tenant par une seule main.

Un chien vint à leur rencontre. Un bâtard de boxer et de malinois. Il sembla reconnaître la voiture et l'accompagna jusqu'à l'entrée d'une étrange bâtisse. Milot stoppa : il ne pouvait aller plus loin. Un étroit couloir rocheux menait à une terrasse dominant le village abandonné. Il gara la berline à côté d'un vieux coupé Panhard.

– Attendez-moi là.

Le châtelain traversa la terrasse et s'engagea dans un escalier de bois. En haut, un nid d'aigle, une maison sur pilotis. Lucas tira sur une chaîne reliée à une clochette et poursuivit son escalade. Il arriva devant une porte hérissée de serrures. Elle s'ouvrit et un homme apparut.

Just tourna la tête vers la droite. Accoudée à la barrière séparant la propriété du défunt père Grelin de celle de Flora et Gérard Monnier, se tenait une femme aux longs cheveux noirs.

– Comme tu as l'air triste, mon beau.

– Qu'est-ce que tu fais là ?

– Je suis revenue.

– Où étais-tu ?

– En enfer.

Fatia Hassari. Just l'avait presque oubliée. Avec elle il avait découvert l'amour, quinze ans plus tôt. Celui qu'on fait, et qui ne dure pas. Pour lui, en tout cas.

– Tu reviens habiter ici ?

– Je suis rentrée il y a six mois.

– Six mois ? Mais comment…

– Je suis discrète. Et je t'avais promis de te laisser tranquille. Mais j'ai rencontré Ferdinand, ce matin. Il m'a tout raconté. Je suis désolée.

Il eut un sourire sceptique. Désolée de savoir sa rivale de toujours à terre, anéantie ?

– Tu crois vraiment que je me réjouis de ton malheur ? Tu me connais mal, Just Mouthier. Moi aussi j'ai souffert, comme ta Maurine aujourd'hui. À en crever.

Elle se tourna vers le vide.

– Moi aussi j'aurais pu me jeter, tu sais.

Elle planta son regard dans le sien :

– As-tu au moins été heureux, loin de moi ?

– Oui, pendant quinze ans. Infiniment heureux.

C'était faux. Quinze ans à avoir peur. À craindre le pire. Et le pire était arrivé.

– Tant mieux.

Fatia se tut, la tête légèrement inclinée. Just s'approcha d'elle :

– Où étais-tu pendant tout ce temps ?

– Loin, très loin. J'ai suivi un homme.

– Et ?

– J'ai cessé de le suivre.

– Pourquoi ?

Elle prit sa chevelure entre ses mains et, la tirant en arrière, dévoila sa joue droite, balafrée de l'oreille au menton. Just eut un mouvement de recul.

– C'est lui ?

– Il ne me trouvait pas assez docile, dit-elle en laissant retomber ses cheveux.

– Vous étiez mariés ?

Elle eut un rire de gorge :

– Tu connais beaucoup de putains que leur mac demande en mariage ?

Il avait le visage couvert d'un voile de gaze troué à l'emplacement de la bouche et des yeux. Il portait un pantalon de toile grise, une chemise beige.

– Entrez, dit-il d'une voix douce et plaintive.

L'intérieur du chalet était plongé dans la pénombre. Une table, des chaises. Deux habits noirs, jetés sur un lit défait. Sur la table, un sac.

– Alors ?

L'homme empoigna le sac, le vida. Trois liasses de billets, deux bagues, cinq pièces d'or.

– Même pas 20 000. Ils se paient votre tête, monsieur Lucas.

– Je vous dispense de vos commentaires.

– Pardon.

Mal à l'aise, il oscillait d'un pied sur l'autre.

– Est-ce que… Est-ce que vous avez pu…

Le châtelain alla à la fenêtre, poussa les volets. Le jour rentra, avec une brise fraîche. L'autre porta vivement la main à ses yeux. Lucas s'appuya au chambranle, laissa son regard errer entre les ruines de la chapelle : au trois quarts ensevelie, elle n'évoquait son ancien statut que par la présence d'un autel disloqué et de quelques ex-voto éparpillés parmi les ronces.

– J'ai le produit, laissa-t-il tomber.

L'autre tressaillit, ses yeux s'animèrent. Il se dirigea vers le coin le plus sombre de la pièce et retira la gaze avec précaution. Le visage de Lesueur[1] apparut.

Fatia frissonna.

– J'ai froid, je vais rentrer.

Elle fit quelques pas vers la maison.

– Je t'offre un café ? dit-elle en se retournant vers lui avec des yeux de chatte.

– Tu as des cigarettes ?

1. Cf. tomes 1 et 2.

– Bien sûr.

Il sauta par-dessus la barrière et la suivit à l'intérieur.

– Tenez.

Lucas tendit à Lesueur une petite verrine coiffée d'un couvercle. Lesueur le dévissa et se dirigea vers une armoire à pharmacie munie d'un miroir et d'un néon, qu'il alluma. Les contours de son visage se dessinèrent alors plus nettement. L'ancien chef de rayon du Magasin Général de Besançon, poursuivi pour divers méfaits et incarcéré pendant deux ans, avait bénéficié de la clémence des juges, grâce à l'entregent de Lucas. Il est vrai que celui-ci pouvait difficilement laisser moisir en prison un homme qui en savait si long sur lui.

Lesueur trempa ses doigts dans la verrine et les porta à son visage : croûtes, sillons rougâtres, sa peau était rongée et brûlée. D'une main tremblante il appliqua le produit, une sorte de gelée translucide, et le soulagement fut si intense que son visage, un bref instant, s'illumina.

Lesueur revissa le couvercle sur la verrine, qu'il rangea avec précautions dans l'armoire à pharmacie.

– C'est la dernière ? demanda-t-il d'une voix angoissée.

– Oui.

Il s'assit, accablé.

– Il faut retrouver le petit maudjou [1], monsieur Lucas.

– C'est fait.

La cabane du père Grelin avait changé : Fatia l'avait transformée en maison de poupée. Poupée vaudou : elle y avait transporté tout ce qui jadis meublait sa roulotte, au temps de la bohème. Les Founottes, cette aire de

1. Sorcier (patois franc-comtois).

non-droit, s'était peu à peu civilisée. Elle l'avait quittée sans regrets, pour un vieux bonhomme de quatre-vingts ans au regard encore clair des lumières de l'enfance, qu'elle avait appris à aimer et conduit sans faiblir à la frontière de la vie, qu'il franchit un jour, il y a bien longtemps.

– Tu aimes ?

Partout des coussins, des poufs bariolés, des voiles colorés. Sur le vieux poêle, un chat noir en céramique. Un plateau de métal posé sur un trépied, où, plantés dans des porte-encens, fumaient des bâtons de résine de Boswelia. Et des bougies de toutes formes et de toutes couleurs, avachies dans des soucoupes ou dressées, comme dans la section X d'un musée de cire.

– Je me souviens.

L'univers de Fatia. Il se souvenait des après-midi de torpeur, tous deux pleins de désir et de jeunesse, cherchant et découvrant de nouveaux plaisirs, des frissons inédits, dans la pénombre de la roulotte, alors que la rumeur de la ville leur parvenait comme une vague mourante. Ses yeux cernés de henné et de plaisir, sa bouche rouge et chaude qui dessinait des îles sur sa peau, ses hanches ondulantes et sa taille, seul point fixe dans ce tourbillon, qu'il tenait à pleines mains, à pleins bras, fondant sur elle de son désir tendu, la clouant aux soies profondes, tandis qu'elle mordillait sa langue de ses dents nacrées, d'où coulait une salive sucrée. Fatia Hassari. Le diable en jupons, la mort comme un rêve.

– Tiens, ton café.

Just remercia d'un hochement de tête et alluma la cigarette qu'elle lui avait offerte. Elle secoua sa chevelure et vint s'asseoir à ses côtés. Ils burent en silence. Puis, brusquement, Just posa sa tasse de café brûlant et, se penchant sur elle, enfouit son visage dans son cou.

– Où est-il ?

Lucas toisa Lesueur :

– Je vous le dirai. Mais vous me devez encore quelques services.

– Tout ce que vous voudrez.

– Il faut leur faire peur. Ils commencent à douter. Le Conseil du Serpent, belle idée. Surtout depuis que le chanoine s'est joint à la fête : la caution cléricale est irremplaçable. Encore faut-il que la Sainte Trouille fasse son office.

Il ne dit rien de celle qu'il avait éprouvée quelques heures plus tôt : cette bête le poursuivant sur les bords du torrent n'était sans doute qu'une illusion, un mirage. Une peur oubliée, surgie de son enfance fracassée.

Le châtelain regarda autour de lui :

– Où est Becquet ?

– Il est sorti faire un tour. Il ne devrait pas tarder. Tenez, le voilà.

L'escalier s'était mis à trembler. Quelques instants plus tard, la porte s'ouvrit sur un monstre.

– Ça va, mon beau. On n'a rien fait de grave. Personne n'en saura rien. Je te le jure.

Just repoussa la main de Fatia et se leva, se rhabilla. Il ouvrit la porte et sortit. Le soleil l'éblouit, il baissa la tête et s'engagea dans le chemin. Dans la maison voisine, Flora, qui traversait à ce moment le salon, se figea et regarda son fils descendre vers la ville. Puis ses yeux se posèrent sur la porte entrouverte de la maison du père Grelin et une ombre passa sur son visage.

Novillars baignait dans une lumière opaque. La clarté du soleil était filtrée par la ramure des grands arbres.

L'hôpital psychiatrique avait des allures de village de vacances triste et gris, habité par des ombres. Just klaxonna. Un homme de petite taille, serré dans un costume étroit, vint à sa rencontre. Il ouvrit une petite grille latérale et s'approcha de la voiture. Just fit descendre la vitre.

– C'est un peu tôt pour les visites, monsieur Mouthier. Elles ne sont autorisées qu'à partir de dix heures.

– Vous ne pouvez pas faire une exception ? S'il vous plaît.

– Mme Mouthier est en soins. Vous devez comprendre…

Just s'apprêtait à argumenter quand il comprit que son interlocuteur prenait plaisir à la situation.

– Bien, j'attendrai.

Le gardien eut un sourire de musaraigne et retourna au bureau d'accueil. Just regarda sa montre. Il était 9 h 30.

Becquet avait passablement changé[1]. Ses yeux disparaissaient entre des plis de graisse, il avait un tic de mâchoire, comme s'il se dévorait constamment l'intérieur des joues. Ses cheveux étaient rares et sales. Livré à lui-même, après l'arrestation de Lesueur, il avait mendié, chapardé, promenant par la ville son regard biaisé et sa placidité matoise. Il avait attendu Lesueur à sa sortie de prison et le couple s'était reformé, pour le pire, survivant vaille que vaille de rapines misérables, jusqu'à ce que Lesueur décide d'aller demander des comptes à Lucas. Le temps pressait : en prison l'ancien chef de rayon avait contracté un psoriasis, qui, mal soigné, s'était mué en érythrodermie surinfectée, aggravée par le tabac

1. Cf. tomes 1 et 2.

et l'alcool. Quand il l'avait vu débarquer un soir de novembre, flanqué d'une brute molle – Becquet, le teint gris-jaune, le cou épais et la respiration sifflante – le châtelain s'était senti piégé : Lesueur, qui en savait beaucoup sur lui, pouvait causer sa perte. Appliquant une stratégie qui lui avait déjà réussi, il avait décidé de le tenir en haleine, pour mieux le tenir en respect.

Quand Becquet vit Lucas devant lui, les bras croisés et le regard comme sali par sa seule présence, son estomac se noua : le châtelain le terrorisait.

– Monsieur.

– Vous puez, mon vieux. Il n'y a donc pas de douche dans cette bicoque ?

– Non ! intervint Lesueur. Et le jacuzzi est en panne !

Il se reprit, effrayé par sa propre insolence :

– Sans vous offenser, c'est pas le Ritz que vous nous avez dégotté.

– Vous n'êtes pas non plus de la branche des Bourbon-Parme. Passons. Asseyez-vous, Becquet. Près de la fenêtre.

Becquet obtempéra. Lucas garda un moment le silence. Ses deux hommes de main attendaient. Le regard attentif et gourmand.

Maurine dormait. Sa chambre était plongée dans la pénombre. L'unique fenêtre donnait sur un petit bois. Le voilage des rideaux était gris, comme le ciel. Dans un coin, un lavabo. À gauche du lit, un placard entrouvert. Une veste accrochée à un cintre. Une pile de vêtements. Maurine était couchée sur le côté. Sur la table de nuit, une coupelle avec trois comprimés. Il faisait frais. Un bruit de pas et la porte s'ouvrit. Un homme entra. Il était grand et mince, vêtu d'un costume anthracite. Les cheveux grisonnants, il portait des lunettes cerclées d'argent, une cravate à rayures mal assortie à sa chemise. Il était à la fois élégant et vulgaire. Un dossier sous le bras, il s'approcha du lit, regarda Maurine avec attention. Puis il ouvrit la main droite et laissa tomber dans la coupelle deux autres comprimés. Il sortit de la chambre dans un silence presque parfait.

La grille s'ouvrit devant la Corvette qui alla se garer sur l'aire réservée aux visiteurs. Just en descendit et marcha d'un pas vif vers l'entrée. Dans le hall, il ôta ses lunettes noires, salua deux infirmières qui se retournèrent sur son passage. Quand il entra dans la chambre, Maurine était assise dans son lit, un verre d'eau à la main, qu'elle reposa à côté de la coupelle vide.

– Chéri.

Sa voix était faible, son timbre voilé. Just s'assit sur le lit, l'embrassa.

– Comment te sens-tu ?

– Je ne sais pas. J'ai tellement dormi.

– Tu as pris tes médicaments ?

– À l'instant.

Le silence s'installa. Au bout de quelques secondes, Maurine articula douloureusement :

– Je n'en pouvais plus. Pardon. Mes enfants me manquent tellement.

– Veux-tu que je contacte Benjamin ? Il pourrait revenir de Pittsburgh pour passer quelques semaines avec nous.

– Non. Je ne veux pas le perturber. Son travail le passionne, il a trouvé un équilibre. À moi de retrouver le mien.

Elle essuya ses yeux. Just regardait les premières gouttes de pluie s'écraser sur le vitrage.

Au château l'averse avait rempli les chéneaux qui débordaient, déversant leur trop-plein sur des hortensias rabougris. Il était dix heures trente quand le téléphone sonna dans le bureau de Lucas. Celui-ci jeta son stylo sur une feuille emplie de chiffres, pour décrocher.

– Lucas.

Il ne fit qu'écouter, de plus en plus concentré et pâle, jusqu'à ce qu'il raccrochât, le regard vide, comme un boxeur sonné.

– Milot !

Quelques minutes plus tard, la voiture du châtelain démarrait et prenait la direction de Besançon.

– Vous ne pouviez pas m'appeler plus tôt ?

– Ça n'aurait servi à rien, répondit Just.

Les deux hommes entrèrent dans le hall. Le directeur de Novillars les y attendait.

– Monsieur Lucas.

– Comment va-t-elle, Bussard ?

Le directeur s'éclaircit la voix, en tripotant nerveusement le nœud de sa cravate rayée.

– Beaucoup mieux.

Il osa un geste de complicité chaleureuse en tapotant du plat de la main l'épaule du châtelain.

– Elle est l'objet de tous nos soins. Je vous laisse en juger.

Lucas le regarda comme on jette un mégot et se dirigea vers l'ascenseur. Bussard resta seul avec Just, qui le salua et retourna à sa voiture. Le directeur marcha d'un pas raide vers son bureau.

Lucas frappa à la porte de la chambre et, ne recevant aucune réponse, posa la main sur la poignée et entra. Maurine avait un casque sur les oreilles. Quand elle vit son père, elle retira les écouteurs et éteignit son baladeur. Lucas la serra dans ses bras. Maurine le laissa faire, presque indifférente. Il feignit de ne pas le remarquer.

– Une jolie bêtise, ma chérie, une jolie bêtise.

Il lui caressa le front. Elle tressaillit.

– Tu as froid ?

– Non.

– Tu veux que j'ouvre le radiateur ? Il ne fait pas chaud dans cette chambre.

Elle ne répondit pas, retira doucement sa main. But un peu d'eau.

– Tu sais, je suis très fatiguée. Je vais mal. J'ai besoin…

– Tout n'est pas si noir. Je suis là. Et il y a ton mari…

– Que tu détestes.

– C'est vrai, je n'ai jamais approuvé ce mariage, concéda-t-il, grattant de l'index le revers du drap. Mais j'ai fini par l'accepter. Tu admettras que j'ai fait des efforts.

Elle soupira.

– Il faut vraiment qu'on reparle de tout ça ? À quoi bon ? Tu ne changeras jamais.

Il leva la tête, un sourire ironique aux lèvres :

– Pour ça, tu as raison.

Il en était fier. Maurine pensa qu'il aurait eu sa place dans cet endroit peuplé de fous. Elle le regarda avec une pitié agacée. Il eut un mouvement bref du menton :

– Tu me méprises ?

Elle reposa la tête sur l'oreiller. Lucas se leva.

– Je sais ce que tu penses. Ta mère m'a quitté. Je n'ai plus d'argent…

– Ce n'est pas ça !

– Alors quoi ? Quoi ?

– Ne crie pas !

– Pardon. Pardon.

Il la prit à nouveau dans ses bras. Elle ne trouva pas

la force de le repousser. S'abandonna, les yeux noirs. Il lui murmura à l'oreille :

– Tu te souviens, comme nous étions heureux, quand tu étais enfant ? Je te donnais tout ce que tu voulais. Rien n'a changé. Tu peux tout me demander. Dis-moi, dis-moi. Je suis là. Reviens habiter au château. Je m'occuperai de toi, je…

– Fous-moi la paix !

Il eut un mouvement de recul.

– Calme-toi.

– Est-ce que tu vas enfin comprendre ? Je ne veux plus rien de toi.

– Maurine…

– Tu prétends m'aimer, alors que tu n'as même pas su aimer mes enfants. Ce n'étaient pas des Lucas : à peine des demi-sang, mi-Lucas, mi « cul-terreux », c'est bien ce que tu pensais ? Alors, que l'un ait disparu et que l'autre…

– Je vais appeler quelqu'un. Ils vont te donner des calmants.

– Non !

Elle pleurait. Au-dehors, les nuages glissaient lentement dans un ciel de plomb. Lucas, au bout de quelques instants, osa quelques mots :

– Tu dois lutter. Tu es forte. Toi, tu es une Lucas.

– Tu sais bien que non.

Il se raidit.

– Qu'est-ce que tu racontes ?

– Je ne suis pas une Lucas[1]. Et je ne le serai jamais. Dieu merci.

Le visage du châtelain se crispa, puis il passa sa langue sur ses lèvres, comme un joueur de poker qui renonce à bluffer :

---

1. Cf. tome 1.

– Qui te l'a dit ?
Son regard avait l'éclat du métal.
– Ta mère ?
– Non.
Elle mentait. Il le sut aussitôt.

Plongé dans l'étude du dossier d'un malade, Bussard vit le châtelain passer devant son bureau, le visage sombre, et se diriger vers la sortie. Il faillit le rattraper, se ravisa et referma le dossier : c'était le n° 3028. Celui de Maurine. Il le cala sous son bras et partit dans les services.

Le Jacquemard sonnait onze heures quand Mme Lucas décrocha le téléphone :
– Allô ? Oui, ma chérie.
Elle resta muette pendant un long moment, alluma fébrilement une cigarette.
– Bien. J'arrive. Oui, je te promets de faire attention.
Elle raccrocha et alla à la fenêtre. La rue du Chapitre était vide. S'il devait venir, sa voiture ne pourrait manœuvrer, entre ces murs étroits. Il faudrait qu'il marche. Elle avait un peu de temps devant elle.

Just se passa un peu d'eau sur le visage, jeta un coup d'œil à la pendule du salon : onze heures cinq. Il passerait chez sa belle-mère, pour la prévenir de ce qui était arrivé à Maurine, avant d'aller voir Kerenn. Il avala un tranquillisant et sortit. Quand le téléphone sonna dans l'appartement, il était déjà loin.

Maurine, folle d'inquiétude, reposa le combiné. Elle se sentait si mal. Elle n'avait pu joindre Just. Et elle avait peur pour sa mère. Son cœur battait très fort. Elle se retint d'appeler une infirmière. Ferma les yeux. Quand elle les rouvrit, sa tête tournait. Les murs de la chambre étaient devenus liquides. Elle agrippa le drap. Elle haletait, cherchant de l'air. Elle réussit à quitter le lit, fit quelques pas vers la fenêtre. Comme elle tendait la main vers la crémone, elle perdit connaissance.

Mme Lucas fit claquer la porte et tourna la clef dans la serrure. Elle jeta le trousseau dans son sac, se retourna pour empoigner la rampe et retint un cri.

– Tu sortais ?

Il était là, devant elle.

– Que veux-tu ?

– Te parler.

– Je n'en ai aucune envie.

– Pourtant tu as la langue bien pendue. Tu parles beaucoup. Tu parles trop.

Lucas monta les quelques marches qui les séparaient, l'empoigna par le bras.

– Ouvre cette porte.

– Laisse-moi, ou je crie.

Plaquant sa main sur ses lèvres, il articula : « ouvre », sans qu'aucun son ne sorte de sa bouche. Elle fouilla dans son sac et obéit. Ils rentrèrent, collés l'un à l'autre.

À l'intérieur, elle réussit à se dégager et courut vers le téléphone. Il la rattrapa et la poussa violemment. Elle tomba, entraînant dans sa chute un soliflore qui s'écrasa au sol, projetant des pétales rouges et des éclats de verre.

– Salaud ! Qu'est-ce que tu veux ?

– Des explications.

Il déplaça un fauteuil crapaud de façon à ce qu'il barrât l'accès du couloir menant à la porte d'entrée. S'y installa.

– Tu as dix secondes pour avouer. Ensuite, tu auras le reste de ta vie pour expier.

Elle éclata de rire :

– Où as-tu pêché ça ? Dans un roman-photo ?

Il sauta sur ses jambes et s'avança vers elle. Elle l'arrêta d'un geste.

– Maurine va très mal.

– Je le sais. Je reviens de Novillars.

– Philippe, elle me réclame, dit-elle avec douceur. Laisse-moi aller voir ma fille.

– Tu essaies de m'attendrir ? Tu ne doutes de rien.

Il s'approcha d'elle.

– Tu lui as dit que je n'étais pas son père ? Tu n'as pas pu t'en empêcher ? Malgré ta promesse.

Il la gifla avec une telle violence qu'elle s'effondra derrière le canapé.

– Tu vas me le payer.

Il s'agenouilla au-dessus d'elle, mit ses mains autour de son cou et commença à serrer. Elle se débattait, donnant des coups de pied dans le vide. Lucas serrait de plus en plus fort quand brusquement, il relâcha son étreinte. On venait de frapper à la porte d'entrée. Il écrasa sa main sur la bouche de sa femme. On frappa à nouveau. Puis la porte s'ouvrit et Just entra.

Il ne comprit pas tout de suite. D'où il était placé, il pouvait croire que son beau-père secourait sa femme évanouie. Mais Mme Lucas réussit à écarter la main qui l'étouffait et à crier. Just se précipita. Lucas s'était relevé et avait empoigné une statuette de bronze qu'il brandissait comme une arme. Il essaya de frapper Just, mais d'une feinte de corps, celui-ci esquiva l'attaque. Lucas, ne rencontrant que le vide, fut déséquilibré et chuta. Just l'assomma de deux droites en plein visage. Il aida sa belle-mère à se relever, l'installa dans le divan et alla lui chercher de l'eau. Quand il revint de la cuisine, Lucas avait disparu.

Bussard était penché sur Maurine.

– Elle n'est pas blessée ?

– Un petit hématome à l'épaule, rien de grave, répondit l'infirmière, une petite brune languide qui ressemblait à un écureuil tombé de son arbre. Avec la piqûre, elle dormira pendant cinq heures au moins.

– Bien.

Il ouvrit le dossier, ajusta ses lunettes sur son nez et tapota de l'index la feuille de prescription :

– Deux piqûres par jour. J'ai vu ça avec le docteur Camus.

– Bien, monsieur le directeur.

– Pardonnez-moi, madame, mais vous n'avez jamais eu l'idée de divorcer ?

– Évidemment ! Mais il a toujours refusé. Il n'est pas fou.

– Comment cela ?

– Tout ce qu'il a m'appartient, ou m'appartenait. Il a vidé presque tous mes comptes. Si je ne m'étais enfuie, il y a quelques années, je serais ruinée. J'ai consenti à lui abandonner le château, pour qu'il me laisse tranquille. Vous voyez le résultat.

D'un coup de reins, Kerenn rapprocha son fauteuil et écrasa une cigarette à peine commencée :

– Je vais faire le nécessaire.

Il se leva et raccompagna Just et sa belle-mère à la porte de son bureau.

– À bientôt, madame. Monsieur Mouthier.

Dès qu'ils furent sortis, Kerenn décrocha le téléphone. Un quart d'heure plus tard, deux voitures quittaient le commissariat. Dans l'une, le commissaire et son chauffeur. Dans l'autre, deux inspecteurs.

La berline de Lucas se lança à pleine vitesse dans la côte de Morre, passa en trombe le gouffre de Poudrey et fila à travers la campagne. Milot observait du coin de l'œil le châtelain, qui, les pommettes tuméfiées, gardait le silence. Le ciel était d'un bleu parfait. Il faisait chaud. L'averse du matin avait fait monter du sol des parfums d'humus et d'herbe mouillée qui flattèrent les narines du châtelain quand il baissa la vitre pour trouver un peu de fraîcheur. Son visage le faisait souffrir. Mais le pire était cette sensation de brûlure intense au niveau du plexus. Maurine savait. Il n'avait plus rien. Il n'était plus rien. Il avala un comprimé, referma la vitre et s'enfonça dans son siège.

Les premiers grands champs apparurent, piqués de fleurs, et les premiers troupeaux. Les pis lourds, les vaches ondulaient de l'échine, le cuir frissonnant des piqûres de moustiques. Plus loin, des chevaux, crinière blonde et croupe large, les boulets frangés de longs poils. La voiture ralentit au passage d'un sous-bois, reprit de la vitesse et bifurqua vers Ornans. La Petite Venise comtoise était écrasée de soleil. Paresseuse, la Loue étirait ses eaux devenues tranquilles, après ses cabrioles et ses sauts dans les gorges de Nouailles. Passé Ornans, Lucas fit arrêter la berline au carrefour de Verches.

– Rentrez au château. J'ai à faire.

Milot redémarra sans poser de questions.

Quand les deux voitures de police arrivèrent au château, Milot venait à peine d'entrer dans sa petite maison de gardien. Il en ressortit pour ouvrir la grille.

– Commissaire Kerenn. Je voudrais voir M. Lucas.

– Il n'est pas au château. Je l'ai déposé.

– Déposé ? Où ?

Milot répondit sans hésiter :

– À Pontarlier, monsieur le commissaire.

– Il ne vous a pas demandé de l'attendre ?

– Non.

Kerenn planta ses yeux dans ceux de Milot, qui ne cilla pas.

– Dès que vous le reverrez, dites-lui de me contacter. C'est urgent.

Les voitures repartirent, pour s'arrêter trois cents mètres plus loin. Celle qui était conduite par les deux officiers de police s'engagea dans le chemin de Nevenne. Kerenn et son chauffeur reprirent la route de Besançon.

Assis sur le capot de la Panhard, Becquet taillait un morceau de bois. Quand il vit arriver le châtelain, à pied et blessé au visage, il sauta à terre, arrachant aux essieux un gémissement douloureux.

Lucas lui fit signe de le suivre. Les deux hommes gravirent l'escalier. Essoufflé, Becquet poussa la porte et s'effaça devant le châtelain qui se dirigea vers la fenêtre et l'ouvrit en grand, cueillant Lesueur en pleine sieste.

– Debout.

Lesueur se mit sur son séant. Il avait l'air de sortir d'un cauchemar.

– C'est pour ce soir. La carte est toujours rangée là-bas ?

Lesueur fit oui de la tête. Lucas se dirigea vers un réduit, au fond du chalet, où il s'enferma.

– Qu'est-ce qu'il a ? Il est drôlement arrangé.

Lesueur haussa les épaules. Becquet se pencha en avant :

– Alors, on recommence le carnaval ?

Il se tailla un bout de jambon et se le fourra en bouche. Lesueur lui servit un verre de vin. Les deux hommes se faisaient face. Ils chuchotaient.

– Ça se pourrait.

Des compresses propres appliquées sur ses plaies, Lesueur buvait du bout des lèvres, mâchant avec précaution.

– T'as une idée ? On va chasser chez les bouseux ?

– Faut voir. Il nous dira.

Becquet alluma une cigarette à la flamme d'une bougie fichée dans une boule d'argile, tira une longue bouffée.

– J'pense à un truc. C'est rapport au garçon. Le maudjou.

Lesueur leva une paupière :

– Je t'écoute.

Becquet ne put poursuivre : Lucas revenait.

– Vous attendrez la nuit et vous irez. Vous avez tout préparé comme d'habitude ?

– Rien ne manque.

Lucas leur demanda de faire place nette et déplia sur la table une carte routière.

Just et Mme Lucas quittèrent Novillars vers six heures. Maurine dormait. Pendant la visite, elle avait semblé absente. Répondant par monosyllabes, elle souriait parfois, les yeux dans le vague. Flora et Gérard avaient téléphoné. Ils viendraient demain.

L'hôpital s'apprêtait à la nuit. Les garçons de salle préparaient les chariots de repas. Certains bungalows résonnaient de cris, de rires brefs. Au guichet d'accueil, la radio du gardien, et les ritournelles nasillardes de chansons de variétés. Puis le silence se fit. Le pépiement des oiseaux cessa. Le crépuscule peignit la campagne de sa lumière d'éclipse. Le vert devint bleu, puis gris. Le ciel ressemblait à une ardoise vierge. Des voitures passaient au loin. On voyait leur toit filer le long des haies. Puis leurs phares s'allumèrent.

La porte de la chambre s'ouvrit, et Bussard entra. Il referma la porte avec précaution, donna un tour de clef. Il approcha du lit, se pencha sur Maurine. Elle était profondément endormie. Sur la tablette, la coupelle de médicaments était vide. Il saisit délicatement le haut du drap et découvrit Maurine jusqu'à la taille. Puis il entreprit de défaire les boutons de sa chemise de nuit. Ses seins apparurent. Il posa sa main sur l'un d'eux puis, du pouce et de l'index, en titilla le mamelon, qui durcit. Il eut un rire, comme un hoquet, qu'il réprima aussitôt. Il fit de même avec l'autre sein. Maintenant il contemplait Maurine, l'examinant en détail, de la délicate carnation de son cou au velouté de ses bras. Il ne put se retenir d'effleurer sa gorge du bout de sa langue. Elle eut un léger mouvement. Affolé, il se figea, puis reboutonna précautionneusement la chemise de nuit, avant de remettre le drap en place et sortir.

Mme Lucas avait été invitée à dîner par Gérard et Flora. Après le dessert, Flora servit une infusion au jardin. Just et Gérard, appuyés à la rambarde, fumaient. La citadelle, serpent de lumière accroché à la roche, veillait sur la ville. Flora et Mme Lucas avaient pris place sur le banc de bois.

– Nous vous gardons à coucher, bien sûr.

– Je n'osais vous le demander.

Mme Lucas avait appliqué de la glace sur sa joue tuméfiée.

– Demain je vous emmènerai faire une radio, à l'hôpital.

– Ce n'est pas nécessaire. Je n'ai rien de cassé. Pourtant, je vous jure qu'il y a mis tout son cœur.

Elle buvait à petites gorgées. Flora posa la main sur son épaule :

– Vous resterez avec nous autant que vous le souhaiterez. Le temps que les choses redeviennent à peu près normales.

– Merci Flora. Cet homme est fou. Au début, je l'admirais : sa volonté, son entêtement à réussir. J'ai mis du temps à prendre la mesure de son égoïsme, de sa méchanceté. J'étais aveuglée. Lucas, le châtelain. Ah ! Quelle blague. Sans moi, il serait encore grouillot chez mon père.

– Sa seule excuse est d'être attaché à Maurine.

Mme Lucas fixa l'horizon, le regard dur.

– Je devais la vérité à ma fille.

Les deux femmes gardèrent le silence. La nuit ouvrait un grand champ de lumières. Par-delà les collines, le scintillement des galaxies éclairait l'infini, le rendant opaque et fragile.

Gérard et Just étaient plus proches que jamais. Le relieur et son élève. Son presque fils. Les années passées à se côtoyer, à se jauger et à se juger étaient loin. Ils étaient amis. Leur complicité affleurait à chaque mot, à chaque geste. Gérard admirait en Just le feu qui l'animait, cette absence totale d'indifférence devant la vie, ses pièges et ses mystères. Lui feignait d'avoir tout compris, pour se garantir du doute, qui, l'âge venant, l'assaillait. Il avait joué, pendant des années, à se moquer du jugement des autres. Il se rendait compte aujourd'hui que son attitude n'était qu'un leurre : cette indifférence affectée n'était qu'une façon de se protéger, de s'éviter de souffrir. Mais il ne savait plus agir autrement.

– Tu as tort de t'inquiéter. Maurine est entre de bonnes mains.

– Je n'aurais jamais dû accepter de la faire hospitaliser.

– Just, sois raisonnable. Elle a besoin de soins.

– Comprimés, piqûres, rien de nouveau sous le soleil. Je peux très bien m'en charger.

– Tu n'es pas médecin. Cet endroit est réputé.

– Disons qu'il a une *certaine* réputation.

– Ce qui veut dire ?

– ... que j'irai la chercher demain. À la première heure.

## 2

Le hibou veillait. Ses yeux globuleux et sévères déchiffraient les ténèbres, lisant chaque frémissement d'herbe, chaque mouvement dans les branches de sapins. Il voyait loin, au-delà des talus de lisière, à la frontière entre champs et forêt. Juché à dix mètres, il balayait l'horizon du regard, seul signe de vie dans ce corps immobile. De temps en temps il raffermissait sa prise sur la branche, en un imperceptible mouvement de balancier. Puis il reprenait sa veille, suivant des yeux le piqué d'une buse, estimant sa vitesse et ses chances de réussir. Lorsqu'il la voyait regagner les airs, les serres lourdes du poids d'un rongeur, il clignait des yeux, levant le bec en connaisseur. Lui n'avait pas faim. Pas encore. Il se contentait de goûter la fraîcheur de l'air et le bouquet montant du sous-bois, résine, mousse et écorce mouillée. Forêt et campagne respiraient à l'unisson, comme si l'une puisait dans l'autre l'aliment de sa renaissance. Même l'eau semblait dormir. Les étangs noirs et lisses étaient des miroirs parfaits. Les joncs s'y penchaient, interrogeant les nymphéas. Et dans les profondeurs, les prédateurs glissaient le long des herbes, dans un brouillard de vase où la clarté lunaire se perdait.

La ferme semblait posée sur un lit de rocaille. Haute

et large, elle était acculée à une colline, dont les flancs s'épanouissaient de façon à former un cirque autour de l'édifice. On y accédait par un chemin de terre qui traversait la forêt en serpentant jusqu'à la départementale. La cour était vaste. L'étable, indépendante du bâtiment principal, avait été installée au pied du flanc droit de la colline, non loin d'un petit cours d'eau qui filait à travers champs. Trente bêtes y dormaient.

Un frisson parcourut les plumes du hibou. Un bruit l'avait alerté. Un moteur. C'était inhabituel. Dans cet endroit perdu, dès la tombée du jour, les routes se vidaient. Les fermiers étaient rentrés, et le mince rouleau d'asphalte n'était guère fréquenté : il aboutissait à un cul-de-sac. Le hibou vit passer une voiture, grosse bête rampante, qui glissait lentement le long des arbres, ralentissant sa course pour la stopper au pied d'un chêne. Elle venait du carrefour de Verches. Deux hommes en descendirent, chargèrent du matériel sur leurs épaules et s'enfoncèrent dans les sous-bois.

Ils se mirent à l'eau à un endroit où le ruisseau est peu profond et le remontèrent jusqu'aux abords de l'étable. Chaussés de hautes bottes, ils portaient au front des lampes de mineur. Ils se répartirent le matériel et chacun vaqua à sa tâche. Lesueur versa de l'essence le long des murs extérieurs, Becquet pénétra dans l'étable, un bidon à la main. Certaines bêtes étaient couchées sur la paille, d'autres somnolaient, debout. Becquet vida son bidon dans l'allée centrale et sur un cuchon de foin dressé contre le mur du fond. Puis il sortit rejoindre Lesueur. Ils battirent leurs briquets, enflammèrent deux lanières de tissu qu'ils jetèrent dans l'étable et à l'extérieur, sur le mur. Le feu prit aussitôt. Les deux hommes ramassèrent le matériel et redescendirent le ru, tandis que l'étable se transformait en torche.

À l'intérieur, les animaux, paniqués, tentaient de fuir et se montaient les uns sur les autres. La paille et le foin embrasés leur brûlaient les pattes. Les flammes léchaient les murs. Les vaches les plus faibles étaient déjà à terre, piétinées ou asphyxiées par la fumée. L'une d'elles réussit, d'un coup de mufle, à ouvrir la porte. Elle s'enfuit dans la campagne, le ventre en feu. Les autres suivirent, et c'est un troupeau de bêtes surgies de l'enfer que le fermier, tiré de son sommeil, vit débouler devant lui, cavalant en tous sens. Les vaches traversaient le sous-bois, couraient sur le chemin en meuglant de terreur. L'une d'elles se jeta dans le ruisseau et s'y s'écroula. Vautrée dans la boue, la langue pendante, elle dodelinait de la tête, les yeux fous. Le chien du fermier tentait de rattrouper les bêtes et ajoutait à leur panique. Les fenêtres de la ferme s'ouvrirent à la volée. La femme et les enfants du fermier découvrirent, muets de stupeur, ce spectacle d'apocalypse. Des vaches tombaient, englaisées dans le talus. D'autres se frottaient à l'écorce des sapins, fouettant l'air de leur queue enflammée. Une génisse affolée fonça sur la cabane où dormaient les poules et la fracassa pour ressortir de l'autre côté, des volatiles accrochés à l'échine, d'autres s'envolant lourdement pour retomber, les pattes en l'air, la crête molle et les yeux effarés. Le fermier courait derrière ses bêtes, un tuyau à la main. Mais le flexible était trop court et ses efforts furent inutiles. Alors il alla chercher son fusil et abattit les bêtes qu'il put atteindre, mettant fin à leur souffrance, pendant que d'autres galopaient vers la route en ruant et en *bzillant* d'effroi.

Le hibou vit la voiture redémarrer et filer à pleine vitesse vers le carrefour de Verches. Puis le bruit du moteur décrut et on n'entendit plus que des meuglements sourds et des bruits de galopades dans les fourrés.

Deux vaches débouchèrent sur la route, l'échine en feu et les cornes fumantes. Elles disparurent dans le virage qui longeait les étangs. Le hibou passa d'une patte sur l'autre, cligna des yeux et prit son envol, tournant le dos à ce pandémonium. Il se posa à une centaine de mètres, dans un frêne, et regarda les flammes se refléter dans l'eau sombre, tandis qu'une fumée noire escaladait le ciel.

– Sacré méchoui ! lança Becquet, la bière à la main.

– Le méchoui, c'est avec les moutons.

– On s'en fout.

Il tendit une canette à Lesueur qui but une longue gorgée.

L'habitacle puait l'essence et le tabac.

– Cette fois je crois que la récolte sera bonne.

– Ouais, ils vont baliser, les bouseux. Combien il t'a donné, le vieux ?

– Cent billets.

Satisfait, Becquet alluma une maïs, qu'il se cala au coin des lèvres, dévoilant des chicots branlants qu'il suçotait du bout de la langue. Lesueur se tourna vers lui. Son visage était plus lisse, les plaies semblaient cicatriser.

– Qu'est-ce que tu me racontais, tout à l'heure, à propos du maudjou ?

Becquet téta sa maïs, considéra gravement la braise portée à incandescence.

– Je pensais… maintenant qu'il est plus là… pour les dames, va falloir s'arranger autrement.

Lesueur acquiesça. Ses mâchoires se contractèrent, un voile terne se déposa sur son regard qui descendit vers les abysses. Il passa une vitesse et la voiture fila à travers champs, l'échappement lâchant des fumerolles blanches comme une vapeur de brouillard.

La voiture des deux policiers était garée dans un chemin creux longeant une ravine bordée d'un rideau d'arbustes. En contrebas coulait un torrent filant vers la vallée. D'où ils se trouvaient, ils pouvaient apercevoir la grille du château et une partie de sa façade. Les fenêtres du salon étant éclairées, ils purent voir le châtelain aller et venir. Puis le noir se fit. Quelques instants plus tard, une lumière s'alluma au premier étage : vraisemblablement celle de la chambre de Lucas. Les deux inspecteurs déballèrent un casse-croûte et se préparèrent à une nuit de veille. Autour d'eux la campagne s'était endormie, d'un sommeil agité de rumeurs. Celle de l'eau qui bruissait au fond des gorges, celle des animaux en chasse, rapaces, fouines et renards en maraude, embusqués derrière des buissons, cachés sous des souches, guettant une proie. Dans le noir la vie continuait, faite de courses rapides, de vies dérobées en un éclair, à coup de dents, à coup de griffes. Un chien passa, solitaire, sur la route. Efflanqué, il avait dû chasser avec son maître, autrefois. C'était un braque. Maintenant il traînait, abandonné ou perdu. Il resta en arrêt, l'échine courbe, les pattes trop écartées, puis reprit sa route. La nuit l'engloutit. La lumière de la chambre de Lucas s'était éteinte. Une bise légère se leva, agitant les arbres du parc. Les deux policiers somnolaient. Le plus jeune, cheveux roux et moustache, fumait une cigarette, la vitre à demi baissée. C'est lui qui, le premier, entendit le moteur.

Le tracteur avançait, tous feux éteints. C'était un gros engin, ses roues faisaient plus d'un mètre cinquante de diamètre. Le jeune inspecteur donna un coup de coude à son collègue qui se réveilla en sursaut. Un choc brutal à l'arrière, la voiture qui glissait vers le vide. Le grondement du moteur du tracteur.

– Démarre, putain, démarre !

Le conducteur mit le contact, affolé. Trop tard. Le tracteur s'arc-boutait et poussait toujours plus fort. La voiture bascula, arrachant des arbustes, emportant de grosses pierres sur son passage. Elle chuta par paliers, s'immobilisa sur un parapet rocheux, en équilibre instable sur son flanc droit, puis le vide la happa de nouveau. Elle s'écrasa lourdement dans le torrent et prit feu. Une gerbe de flammes illumina la colline, avant de s'éteindre petit à petit, noyée par l'eau vive. Le silence revint. Le tracteur avait disparu. On entendait son moteur au loin, vers les Mayes. Au château tout était calme. Dans les écuries, Kadjinn, les yeux mi-clos, écoutait le silence.

Kerenn arriva sur les lieux à 10 heures. Une pluie fine tombait sur la vallée. Les corps des officiers de police furent extraits du véhicule fracassé. Ils étaient à demi calcinés. Le plus jeune avait eu une partie du visage arrachée dans la chute. Sur le chemin, des gendarmes faisaient des relevés. Leur commandant s'entretenait avec Kerenn. C'était un homme de haute taille, mince, le regard clair.

– Vos hommes connaissaient la région, commissaire ?

– Pas spécialement.

– Ils ont été imprudents. La nuit, on apprécie mal les distances. Ils ont sans doute fait une fausse manœuvre.

– C'est possible. Mais ces traces de pneus ?

– Un tracteur. Il en passe beaucoup par ici. Ce chemin conduit aux champs de Nevenne. Les paysans l'empruntent plusieurs fois par jour. Les relevés nous éclaireront peut-être. Mais croyez-moi, l'accident est la thèse la plus plausible. Si vous voulez bien m'excuser, commissaire, je dois retourner à la ferme Morrisseau.

– Celle qui a flambé, cette nuit ?

– Dieu merci, le feu n'a pris que dans l'étable. Mais le troupeau est presque entièrement perdu.

Kerenn lui serra la main, la retint un instant.

– Un accident, là aussi ?

– L'enquête nous le dira. Je fais actuellement des recoupements avec plusieurs affaires du même genre, survenues ces derniers mois.

Le commandant s'éloigna. Kerenn alluma une cigarette et se dirigea vers le château.

– Oui, oui, je sais, je devais vous contacter. Désolé, commissaire. Entrez.

Lucas semblait d'humeur joviale.

– J'avais des affaires à régler. Voulez-vous que mon majordome vous prépare un café ?

– Ce n'est pas la peine.

– Dans ce cas, suivez-moi.

Ils s'installèrent au salon.

– Je peux fumer ?

– Bien sûr.

Lucas alla prendre un cendrier sur une desserte, le posa sur une table basse, devant Kerenn.

– Je vous écoute. Oh, je sais ce que vous allez me dire. Ma femme. J'y suis allé un peu fort, je le concède. Elle m'avait poussé à bout. Histoires de famille. La mienne a toujours été déchirée, ballottée. Tant de drames. On essaie de recoller les morceaux. Maladroitement. On veut bien faire, et finalement on fait n'importe quoi. Je n'ai jamais su m'y prendre avec ma femme. Nous nous sommes pourtant aimés. Passionnément. Moi je l'aime toujours. D'une certaine façon.

Le visage sombre, il murmura de façon inaudible. Puis il releva la tête, et ses yeux pétillaient.

– Voulez-vous un verre de marc ? J'en ai un excellent, il vient de Montigny-les-Arsures, vous connaissez ?

– Une autre fois, monsieur Lucas.

Le châtelain soupira.

– Je suppose qu'elle a porté plainte ?

– Naturellement. C'est la raison de ma présence ici. C'est aussi pour cela que deux de mes hommes étaient en faction près du château.

– Vraiment ? Était-ce bien nécessaire ? L'affaire n'est pas si grave.

– Votre femme est persuadée que vous avez essayé de la tuer.

– La tuer ? Quelle ineptie !

Il secoua la tête, l'air accablé.

– C'est de la folie. Essayez de la raisonner, commissaire. Je suis prêt à réparer. Dites-lui qu'en ce moment, nous devons nous serrer les coudes, penser à notre fille. J'ai appris que c'est vous qui aviez insisté pour que Maurine soit internée, et je vous en remercie. C'est la sagesse.

Lucas sonda du regard le commissaire.

– C'est la sagesse, n'est-ce pas ?

Kerenn eut un demi-sourire, appréciant en connaisseur le numéro du châtelain.

– Sans doute.

Il tira sur sa cigarette, sembla réfléchir.

– J'ai de l'amitié pour Just Mouthier. Il souffre beaucoup. La décision d'interner Maurine a été très douloureuse pour lui.

Lucas eut un imperceptible pincement de lèvres.

– Mon gendre est un crétin. Mais que voulez-vous, ils s'aiment.

Il croisa les mains sur son ventre.

– Vous êtes venu pour m'arrêter ?

– Cela attendra. Je dois d'abord m'occuper de mes hommes.

– Comment cela ?

– Les deux inspecteurs que j'avais mis en faction sont tombés dans un ravin, la nuit dernière. Ils sont morts.

Kerenn guetta la réaction de Lucas. Le châtelain resta impassible.

– Je voulais d'ailleurs vous demander si vous aviez entendu quelque chose.

– De quel ravin s'agit-il ?

– Celui de Nevenne.

– C'est à côté ! Non, je n'ai rien remarqué. À quelle heure est-ce arrivé ?

– Difficile à dire pour l'instant.

– Peut-être mon majordome…

Il agita une sonnette. Milot accourut.

– Monsieur ?

– Avez-vous entendu quelque chose de suspect, cette nuit ?

– Rien de particulier.

– Vous pouvez disposer.

Milot quitta la pièce. Kerenn se leva et se dirigea vers la sortie.

– Désolé, commissaire, de ne pouvoir vous être plus utile.

– J'aurai au moins appris une chose : on a le sommeil lourd, dans la région.

À Novillars, Just trouva Maurine reposée, mais une lueur inconnue dans son regard l'intrigua.

– Tu te sens bien, chérie ?

Elle ne répondit pas, prit sa main et y déposa un baiser. Elle souriait. On frappa à la porte. La tête de Bussard apparut.

– Vous êtes là, monsieur Mouthier ?

– Apparemment, oui. Vous tombez bien, je souhaitais vous parler.

– Bien sûr.

Ils sortirent.

– Je viens chercher ma femme.

– Je vous demande pardon ?

Bussard ondulait du cou comme un dindon ayant repéré un ver.

– Monsieur Mouthier, les choses ne se passent pas ainsi. Nous devons consulter le Dr Camus. Il a toute autorité…

– C'est bien vous le directeur ?

– Oui, mais dans le registre médical, le Dr Camus…

– … allez lui parler. Je vous attends ici.

– P… Parfait.

Il tourna les talons et s'éloigna, de sa démarche réduite et coincée.

Just rentra dans la chambre. Maurine s'était levée et se tenait devant la fenêtre. Elle se tourna vers Just.

– Où sont les enfants ?

Just vacilla imperceptiblement.

– J'aimerais voir les enfants. Va les chercher.

Elle s'approcha de lui, posa son front sur son torse. Il la prit doucement par les épaules :

– Oui, chérie, oui. Viens te recoucher.

Elle lui obéit, se remit au lit. La porte s'ouvrit sur Bussard.

– Monsieur Mouthier ?

Il fit signe à Just de s'approcher.

– Le Dr Camus est formel, lui dit-il à voix basse : votre femme est loin d'être tirée d'affaire. Nous devons la garder en observation.

Just hésita, puis :

– Laissez-moi seul avec elle.

Bussard parti, Just s'assit sur le lit. Maurine avait fermé les yeux. Elle semblait s'être endormie. Il attendit quelques instants, déposa un baiser sur son front, se leva avec précaution et sortit. Il passa devant les admissions sans remarquer Bussard, debout derrière le guichet. Le directeur ne le quitta pas du regard jusqu'à ce qu'il monte dans sa voiture et démarre.

Dans sa chambre, Maurine avait rouvert les yeux. Elle fixait le mur qui lui faisait face avec une obstination muette.

– Elle va mal, maman. Elle a réclamé les enfants.

– Maurine est choquée. N'importe qui le serait à sa place. Ses enfants sont tout pour elle. Tu pourrais demander à Benjamin de revenir de Pittsburgh…

– Mais je le lui ai déjà proposé ! Elle ne veut pas en entendre parler !

Gérard sortit de son silence.

– Je peux appeler Camus. C'était un de mes bons clients : je lui ai relié une trentaine de livres. Il se souvient certainement de moi. Nous en saurons peut-être un peu plus sur l'état de santé de Maurine… Tu me permets de faire cette démarche, Just ?

– Naturellement.

Gérard composa le numéro de l'hôpital psychiatrique, déclina son identité et demanda à parler au Dr Camus. Il raccrocha très vite.

– Eh bien ?

Gérard semblait interloqué :

– Camus est en séminaire à Paris. Depuis trois jours.

# 3

L'aube se levait. Frileuse, en cette saison où la Grande Terre, de l'autre côté de la planète, ne connaît de l'été que les reportages montrant, en métropole, les corps dorés des baigneuses paressant sur les plages. Ici, l'océan appartenait aux pêcheurs et, hors sur l'île Kunié, où il faisait doux, personne ne s'aventurait dans ses rouleaux. On attendrait le mois de novembre, l'été calédonien, pour laisser glisser sur son corps l'eau tiède et salée, et s'allonger sur les plages de sable blanc, contemplant l'infini qui poussait d'un pinceau mouillé d'or et d'émeraude les limites d'un monde devenu croquis de paradis. La brume flottait sur la forêt, enserrant les troncs humides, s'accrochant aux rochers bordant la rivière. Glacée, l'eau filait entre les galets, reflétant en de rares endroits apaisés le premier soleil, courant le long des herbes et franchissant d'étroits défilés avant de s'épanouir dans son lit pour, franchies les mangroves ténébreuses, couler jusqu'à la mer.

Jacques se défit avec délicatesse de l'étreinte de la naï, qui dormait contre son flanc. En quelques jours il était devenu son amant et son amour. Ils avaient partagé leur science du plaisir et découvert, au corps-à-corps, d'autres pays, d'autres lumières, d'autres couleurs. Elle connaissait maintenant quelques mots de français, surtout ceux qui disent le désir, et Jacques, patient précepteur dont les leçons étaient délicieusement récompensées, s'employait désormais à lui inculquer des rudiments plus usuels.

Il enfila un pull, sortit de la grotte, et alla à la rivière. Il observa longuement les environs et, ne remarquant rien d'anormal, se passa de l'eau sur le visage et en but quelques gorgées. Une semaine auparavant, il avait vu arriver, sur la route en contrebas, une voiture de gendarmerie. Deux maîtres-chiens en étaient descendus et avaient ratissé les fourrés pendant plus d'une heure. Mais le refuge de Fang et Jacques était indécelable. Il fallait passer la rivière en un endroit malaisé, escalader le rocher et trouver l'entrée de la grotte, masquée par un tronc de bourao colonisé par un banian. De plus, Jacques avait semé des indices, chemise ensanglantée, sac jeté à la rivière, pour mettre en scène sa disparition. Les gendarmes n'étaient pas revenus. Et l'Ours semblait avoir abandonné la traque. Mais ils n'avaient plus de vivres. Retourner au village était la meilleure solution : Bekemoï était le seul sur ces terres à lui avoir témoigné un peu d'amitié. Ils partiraient à la nuit. Jacques se mit en quête de racines comestibles et de fruits sauvages et, une heure plus tard, retrouva Fang. Il déposa sa cueillette sur leur couche, la réveilla et ils mangèrent au couteau en buvant l'eau fraîche du torrent.

L'après-midi, ils firent l'amour. Elle aimait qu'il la prenne, cambrée et cabrée, les bras tendus contre la muraille. Ses coups de boutoir éprouvaient sa force, faisaient trembler ses flancs et tassaient ses reins en un puissant ressac. Puis il la prenait dans ses bras et, l'embrassant, debout, souffles mêlés, la clouait à lui, soulevant de ses mains sa croupe, enfonçant ses doigts dans sa chair nacrée. Quand le plaisir venait, elle aimait le boire, avalant sa semence comme on déguste une liqueur salée. Quand ils se reposaient, ils attendaient, apaisés, le retour du désir.

Ils firent l'amour trois fois. Épuisés, ils croquèrent les derniers fruits, se reposèrent une heure, et se mirent en route. Ghost les suivait à distance. Le soir allait tomber. Ils longèrent la rivière vers l'aval, sur une trentaine de mètres, puis s'enfoncèrent dans les taillis. Il leur fallait contourner la bananeraie, plein nord, puis piquer vers l'océan. Il était encore tôt. À cinq heures et demie, il ferait nuit, et ils n'auraient plus pour se repérer que la lueur lointaine des réverbères éclairant la route, deux kilomètres en contrebas. Ils y parvinrent une heure plus tard, sans avoir rencontré une âme. Ghost avait pris de l'avance. Il les attendait, tapi dans le fossé. Un camion passa et s'éloigna en direction des mines de nickel. Jacques et Fang sifflèrent le chien et traversèrent la route à hauteur de la rivière des Pirogues. Ils progressaient à travers le maquis d'arbustes. La lune était haute. Au loin, la rumeur de l'océan. Jacques marchait en tête. Ghost le suivait, Fang fermait la marche. Il leur fit soudain signe de s'arrêter. Fang et le chien se portèrent à sa hauteur.

– Là, chuchota Jacques.

On entendait des éclats de voix derrière un promontoire. Jacques ordonna à Fang de ne pas bouger et prit le chien par le collier. Ils avancèrent ainsi, sans bruit, jusqu'au sommet de la petite butte qui dominait la scène : trois Kanaks entouraient un homme à genoux, et le frappaient à coups de pied et de poing. C'était Kaloum. Il essayait de parer les coups, de se relever, mais ils cognaient fort et précis, et le géant finit par tomber face contre terre. Comme ils continuaient de s'acharner sur lui, Jacques lança Ghost :

– Attaque !

Le molosse se rua sur les agresseurs. Quand ils le virent foncer sur eux, ils prirent la fuite, se protégeant comme ils le pouvaient de ses coups de dents. Le chien disparut à leur suite, aboyant furieusement, et ne réapparut que quelques minutes plus tard, la langue pendante et les yeux lançant des éclairs. Entre-temps, Jacques et Fang avaient secouru Kaloum. Le géant était appuyé contre un arbre, essayant de recouvrer quelques forces. Il regardait Jacques avec un mélange de terreur et de perplexité : une première fois, il avait épargné sa vie. Ce soir, il la lui sauvait.

– D'où viennent ces hommes ?

– De ma tribu.

– Pourquoi te veulent-ils du mal ?

– Parce que je travaille pour un Blanc. Un des pires. Ils ne me le pardonnent pas.

Le chien dressa l'oreille. Des coups de feu claquaient dans les hauteurs.

– C'est chez l'Ours. Il doit essayer de se défendre, dit Kaloum en secouant la tête. Il est fichu. Ils veulent sa peau.

Jacques regarda en direction des taillis :

– Ils vont revenir. Il faut fuir. Tu as un bateau ?

– Oui.

Fang et Jacques l'aidèrent à se relever. Ghost ne quittait pas des yeux les hauteurs : des cris, des coups de feu, encore. Puis le silence retomba sur la forêt. Kaloum, aidé de Jacques, essayait de presser le pas.

– Vite, ils ont dû voler ses fusils.

– Où est le bateau ?

– Sur la gauche, dans la crique.

Ils entendirent des bruits de moteur dans les collines.

– Dans cinq minutes ils sont là.

Ils progressaient péniblement, s'écorchant aux buissons d'épineux, trébuchant sur les racines affleurantes. Fang ouvrait la route. Ghost traînait à l'arrière, excité par la rumeur montant de la forêt. Les moteurs se rapprochaient. Puis ils se turent. Kaloum tendit l'oreille.

– Ils sont au coaltar.

Il essaya de courir, s'effondra dans la boue. Jacques le releva.

– Là !

La crique, comme un quartier de fruit bleu-de-lune. Le scintillement d'une eau pure frissonnant sous le vent. Le bateau, patientant à son piquet.

Ils entraient dans l'eau quand le chien se mit à aboyer.

– Ici !

Le molosse fonçait à la rencontre des poursuivants. La voix de Jacques l'arrêta net. Il fit volte-face, courut vers l'océan. Un coup de feu claqua. L'animal s'effondra dans une gerbe d'écume.

– Ghost !

Kaloum était dans le bateau. Il fit monter la naï et tira sur le démarreur. Jacques, de l'eau jusqu'à la taille, retourna vers la plage. Le chien était touché, mais il essayait de nager vers Jacques, laissant dans son sillage une traînée de sang. Un Kanak, genou en terre, les ajusta, tira et les manqua. D'autres se mettaient à l'eau, machette à la main. Après plusieurs tentatives, le moteur démarra. Kaloum, accroupi, dirigea le bateau vers Jacques, attrapa le chien par le collier et le hissa à bord. Jacques s'accrocha à la coque et le bateau fila vers le large. Les balles sifflaient à leurs oreilles. Quand ils furent à une centaine de mètres du bord, Kaloum aida Jacques à monter et le bateau prit de la vitesse. Sur la plage, les Kanaks tiraient en l'air de dépit. Puis ils rebroussèrent chemin et remontèrent vers la route. Sur la crique désertée, il ne restait plus que quelques canettes de bières fracassées et des douilles fumantes.

La maison de l'Ours avait été mise à sac. La baie vitrée avait volé en éclats. Le feu se propageait dans les chambres, attisé par le vent. Trois paons, le cou tranché, étaient posés sur le bar. Leurs têtes avaient été jetées dans l'évier. Les survivants entouraient un corps abandonné sur la terrasse, appuyé au dossier d'un fauteuil en rotin : l'Ours. Les guerriers kanaks avaient jeté sur son corps et son visage ensanglantés des grains de maïs que les paons picoraient, tapant du bec dans les chairs tuméfiées. Dans son ventre était plantée une lance.

# 4

Ghost avait une patte cassée. Jacques déchira sa chemise et, à l'aide d'un morceau de bois traînant au fond de la plate, lui confectionna une attelle. Le bateau était puissant et rapide. Ils dépassèrent le phare de Bonne Anse, puis l'îlot Nouaré. L'océan était un désert sombre. Le bateau empruntait des chenaux plus sombres encore. La lune glissait entre les nuages, faisant tomber sur l'eau une poussière de lumière. L'infini était une toile noire déchirée de fulgurances, débris de météorites, sédiments stellaires aspirés par la gravité, flammèches arrachées à des supernovas. Ciel, océan, deux profondeurs se regardaient, se jalousant le confort des nuées et la splendeur des abysses.

Jacques et Fang étaient serrés l'un contre l'autre, assis au fond du bateau. Il faisait froid, l'air du large leur fouettait le visage. Le chien était couché à leurs pieds. Kaloum, accroupi près du moteur, tenait ferme le gouvernail. Il vira cap sud-ouest, laissant derrière lui les lumières de la Grande Terre.

Jacques leva les yeux vers le ciel. Les étoiles semblaient glisser sur un tapis de noire bakélite, composant au gré des ondulations du firmament des formes mouvantes et souples. Les constellations dessinaient le visage d'une femme. Alice ? Un galop de nuages effaça vite ce mirage.

# 5

Les couloirs n'étaient éclairés que par quelques veilleuses fixées au murs, pareilles à celles des sous-marins ou des navires de ligne. Pas un bruit. Novillars s'était endormi. Le veilleur de nuit somnolait, sa cigarette se consumant dans un cendrier bien rempli. Il y eut un bruit de caoutchouc mouillé, vers l'entrée. Une ombre glissa sur les dalles, rasant les murs. Elle passa devant le guichet du veilleur, se dirigea vers les chambres.

Just avait alerté Kerenn : quelque chose d'anormal se passait à l'hôpital psychiatrique. Le commissaire l'avait écouté patiemment et avait tenté de le rassurer : Maurine n'avait rien à craindre, c'était un simple dysfonctionnement et le Dr Camus avait peut-être laissé des instructions précises avant de partir pour Paris. Sorti du commissariat, Just était monté en voiture et s'était rendu chez Ferdinand. Le Cep de Comté venait de fermer. Ferdinand faisait ses comptes, un verre de savagnin à la main.

– Goûte-moi ça, Just, c'est le top : du gras, de la finesse, et une finale !

Just l'arrêta d'un geste.

– J'ai besoin de toi.

Maurine dormait, dans une posture qui lui était inhabituelle : sur le ventre, une jambe à demi repliée, la joue droite posée sur l'oreiller. Sa bouche était légèrement entrouverte, l'extrémité de son index et de son majeur glissée entre ses dents. La fenêtre de la chambre laissait passer un filet d'air qui jouait dans ses cheveux. La porte s'ouvrit.

Just gara la Corvette à vingt mètres de l'entrée de l'hôpital et coupa le moteur. Les deux hommes longèrent la clôture et la franchirent au niveau du bâtiment nord. Après l'avoir contourné, ils réussirent à entrer par la laverie.

Maurine était nue jusqu'à la taille : Bussard avait relevé sa chemise de nuit sur ses reins. Il posa les mains sur ses fesses, qu'il caressa, puis griffa délicatement. La vision de la peau frémissant sous ses ongles le mit en transe. Il dégrafa son pantalon, prit son sexe dans sa main. Puis, haletant, grimpa avec précaution sur le lit.

La porte de l'escalier s'ouvrit devant Just et Ferdinand. Ils ne prirent pas garde à un vasistas ouvert à deux mètres de hauteur. La porte fut prise dans le courant d'air et claqua violemment.

Dans son bureau, le veilleur de nuit sursauta, ouvrit un œil et se frotta les yeux. Il regarda sa montre : deux heures. Il s'étira et prit en main sa lampe de poche.

Ferdinand et Just attendirent un instant puis continuèrent d'avancer dans le couloir.

Bussard s'était figé, les sens en alerte. Il descendit du lit, remonta son pantalon et marcha jusqu'à la porte de la chambre. Il l'entrouvrit et aperçut deux silhouettes marchant dans le clair-obscur. Il battit aussitôt en retraite.

Le veilleur de nuit contrôla d'abord l'entrée principale. Puis il se dirigea vers l'aile ouest, d'où provenait le bruit qui l'avait réveillé. Ferdinand et Just, arrivés devant la porte de la chambre de Maurine, se concertèrent : Ferdinand ferait le guet. Just entra, s'approcha du lit. Maurine dormait sur le ventre, le drap tiré jusqu'aux épaules. Il s'accroupit à son chevet. La porte s'ouvrit brusquement devant Ferdinand.

– Le veilleur ! Il vient par ici.

Just lui fit signe de le rejoindre.

Le veilleur passa devant la chambre et poursuivit son chemin en direction de la porte à battants donnant sur l'escalier. Il remarqua le vasistas ouvert, se hissa sur les talons pour le refermer. Puis il revint sur ses pas.

Caché dans le cabinet de toilette de Maurine, Bussard retenait son souffle. Il entendit le veilleur de nuit passer à nouveau dans le couloir, devant la chambre, puis Ferdinand et Just en sortir. Il entrouvrit la porte du cabinet de toilette, et, prudemment, s'aventura à l'extérieur. D'un regard il inspecta le couloir : il était désert. Bussard le remonta sur sa gauche, vérifia que le veilleur de nuit était de retour dans son bureau : il était installé sur sa chaise, tirant sur sa cigarette. Le directeur marcha ensuite jusqu'à l'autre extrémité du couloir, puis, rassuré, retourna à la chambre de Maurine. Elle dormait toujours d'un profond sommeil. Il alla à la fenêtre, se tenant un peu en retrait. Il aperçut les phares de la Corvette de Just, à une vingtaine de mètres de l'entrée principale. Le moteur vrombit, la voiture fit demi-tour et s'éloigna vers la forêt. Bussard posa la main sur la boucle de son ceinturon.

Le néon du bureau de veille grésillait. Des mouches s'y consumaient, attirées par cet aimant brûlant. La fumée du tabac les enveloppait, mêlant l'odeur de nicotine au parfum âcre de diptère rôti.

Just appuya doucement sur la poignée de la porte de la chambre. Il avait enlevé ses chaussures et put avancer sans bruit. Il entendit grincer le lit, se précipita. Bussard était penché sur Maurine. Just fut sur lui en un éclair. Il le tira violemment par l'épaule. Le directeur bascula et tomba à terre. Il vit un poing s'abattre sur son visage, essaya en vain de se protéger.

– Jacques, qu'est-ce que tu as ?

Il s'était dressé, comme tétanisé. Fang posa la main sur son bras. Il fixait l'horizon. Kaloum le regardait, inquiet. Jacques se calma peu à peu. Il avait *vu*. Il se rassit, passa la main dans ses cheveux.

– Ce n'est rien. C'est fini.

Un corps-à-corps confus. Son père, avec un autre homme. Sa mère, les yeux fermés, comme morte. Il se pencha sur l'eau, s'aspergea le visage.

– On est encore loin de Nataïwatch ?

Kaloum montra l'horizon :

– Kunié, plein ouest. Dans une demi-heure.

Fang se serra contre lui. Jacques se relâcha, et son souffle s'apaisa. L'océan étirait son lapis strassé jusqu'au moutonnement des nuages, suspendus au-dessus des eaux du lagon, prêts à y tomber et à s'y dissoudre. La lumière semblait venir de partout, comme si mille soleils transperçaient la gaze de leurs rayons brûlants, débusquant l'ombre et lui donnant la chasse jusqu'aux limites du regard.

Jacques ne voyait rien, ni le bleu éclatant de l'océan, ni l'or des plages bordant les atolls, ni l'argent de l'écume soulevée par l'étrave. Tout était gris et terne, comme le reflet usé des mauvais souvenirs. Quand le sourire d'Alice lui apparut, il dut serrer les dents pour retenir ses larmes.

Ferdinand était revenu sur ses pas, au volant de la Corvette. Bussard quittait Novillars entre deux policiers. Une cigarette coincée entre les dents, le commissaire Kerenn le regardait monter dans le fourgon.

– Qui aurait pu se douter ? Il avait l'air d'un type bien. Vous l'avez pris sur le fait ?

– Quand il est parti se cacher dans les toilettes, cet abruti a oublié un trousseau de clefs sur la table de chevet de Maurine. Dès qu'il nous a cru partis, il est passé à l'action. On l'a piégé.

– Je suis navré de ce qui est arrivé, monsieur Mouthier. D'autant que je me sens un peu responsable.

– Un peu ?

Just lui lança un regard noir.

– J'emmène ma femme à l'hôpital. On se verra plus tard.

À Saint-Jacques, il fut procédé à des examens qui révélèrent la présence d'un puissant somnifère et d'alcaloïdes dans le sang de Maurine. Elle avait été droguée. À 11 heures du matin, elle était de retour quai Veil-Picard. Sa mère l'y attendait. Mme Lucas prit sa fille dans ses bras. Un jour pâle filtrait derrière les voilages des fenêtres. Dehors, la vie continuait, des enfants criaient dans la rue. Des pigeons perchés sur le mur bordant la rivière jouaient à se donner le vertige, l'œil rond, le plumage lissé, indifférents aux passants, aux gamins turbulents et aux bus bondés crachant une fumée grise.

La nuit était tombée. Maurine s'était endormie. Couché auprès d'elle, Just entendit le Jacquemard sonner deux heures. Il avala un somnifère, laissa venir l'engourdissement familier et glissa dans le sommeil.

# 6

Le Conseil du Serpent tenait une séance informelle au fond des écuries. Assis sur des ballots de paille, le visage éclairé par deux veilleuses, tous écoutaient Lucas, debout devant eux :

– La leçon a porté ! Ils ont peur. Je suis passé au sanctuaire. La cache était bien remplie. Argent, bijoux, même quelques lingots. Du bon travail. Activez-les encore un peu. Chauffez-les. Ils savent ce qui les attend. Vous le savez aussi. Je ne vous rappelle pas les règles du jeu ? Elles sont simples, élémentaires. Nous sommes les élus. Cela nous donne des droits, mais aussi des devoirs. Il faut contraindre nos débiteurs, les forcer à rendre gorge. Sinon, de chasseurs nous deviendrons chassés. C'est ce qui est arrivé au fermier Morrisseau. Depuis plusieurs mois, il n'apportait plus rien au sanctuaire. Il ne payait plus sa dîme, s'abstenait de venir aux séances. Il se moquait de nous. Nous ne tolérerons plus les tièdes, ni les réfractaires. Tout le monde doit payer. Nous protégerons ceux qui nous aident, nous châtierons ceux qui nous résistent. C'est pour le bien de ce pays. Les richesses doivent être placées entre des mains avisées. Nous les redistribuerons ensuite à ceux qui les méritent.

Lucas leva les yeux vers le ciel.

– N'oubliez pas qu'*on* nous regarde. Nous ne sommes pas seuls. Une grande force se cache dans les ténèbres. Notre vigilance doit être totale. Elle doit s'exercer sur chacun d'entre nous. Ne vous pardonnez rien. La moindre faiblesse sera punie. Vous êtes les garants de votre avenir. Bientôt nous irons donner une leçon au maire de ce village. Il collabore avec la police, avec les gendarmes. Il les guide, les conseille. Nos noms circulent en haut lieu.

Il y eut un murmure dans l'assemblée.

– Ne craignez rien. Nous avons beaucoup d'amis. Avant de conclure, je tiens à féliciter celui ou celle qui a aidé les deux inspecteurs de police à basculer dans l'autre monde. Je ne veux pas connaître son nom. Sachez simplement que nous avons apprécié. Une dernière chose : ne vous laissez pas affecter par les écrits de certains journalistes qui glosent sur le Conseil, le traitant « de ramassis de brigands, de peste ésotérique, de franc-maçonnerie du crime ». Nous sommes des croisés. Notre cause est juste, nos ambitions sont légitimes. Nous devons repousser ces prétendues forces de progrès qui veulent s'approprier notre patrimoine, abolir des privilèges patiemment acquis et justement accordés.

Lucas toisa l'assistance :

– Prochaine séance du Conseil dans trois semaines. L'heure exacte vous sera précisée. D'ici là, faites ce que vous avez à faire. N'oubliez pas que nous sommes les héritiers des Grandes Compagnies, où se retrouvaient tous les hommes valeureux. C'est une tradition de notre Comté. Nous la faisons perdurer. Elle devra nous survivre.

La séance levée, Lucas rentra au château. Il s'installa dans le canapé défraîchi du salon, sonna Milot.

– Apportez-moi une soupe, du pain, et un peu d'eau. Quelques minutes plus tard, trempant des croûtes dans son potage, le regard dans le vague, il semblait avoir mille ans. L'horloge sonna la demie de minuit. Il se cala dans le dossier du canapé, garda les yeux ouverts pendant quelques instants. Puis il s'endormit. Milot vint le couvrir d'un plaid et regagna sa maison de gardien. Dans le parc, des chauves-souris voletaient, coupant leur trajectoire pour gober un insecte. Un chat longea le mur des écuries et fila vers la forêt. La lune était voilée. Le ciel ressemblait au marbre d'une tombe.

Lucas se trouvait devant une porte close, derrière laquelle on percevait une voix de femme. Douce et chantante. Il frappa à la porte. Celle-ci s'entrebâilla et il se faufila à l'intérieur. L'antichambre où il se tenait maintenant était tapissée de miroirs. Son reflet lui revenait, changeant. Tantôt homme, tantôt vieillard, tantôt enfant, dans les jupes de sa mère, la pute Vallard, la sorcière des étangs, au milieu d'un sulfureux capharnaüm : le lit pour recevoir les clients, le meuble aux onguents, les fioles de verre dépoli où dormaient les huiles et les jus, la cheminée habillée de flammes. Homme, il avait pour lui force et allure, verbe et hauteur. Le miroir où il se vit vieillard avait les reflets gris-bleu d'un lac de montagne. Il ne put croire que c'était lui, cette silhouette voûtée, privée de toute prestance, habillée d'un blazer ridicule, le chef coiffé d'une casquette, qui le faisait ressembler à un yachtman cacochyme depuis longtemps rentré au port. Puis les miroirs se brouillèrent et tout devint noir. À l'exception d'un point lumineux qui grossit pour atteindre la taille d'un soleil. Lucas porta la main à ses yeux. Ils saignaient. Le sang coulait jusqu'à ses pieds. Il avança vers la lueur aveuglante. Maintenant ses yeux brûlaient, une fumée grise sortant des orbites vides. Il était aveugle. Il put voir à l'intérieur de lui-même. Il entendit à nouveau la voix de femme, une femme-enfant. Il reconnut celle de sa fille. Maurine. Il l'apercevait maintenant, dans un brouillard diffus. Il tenta de s'approcher, de la prendre dans ses bras. Elle se déroba en riant et disparut. Il tomba à genoux, tête baissée. Une main se posa sur son épaule.

– Grand-père.

Jacques. Le petit garçon lui parlait, ses mots étaient comme des flèches de verre qui, en atteignant leur but, l'entouraient d'une onde douce et fraîche. De ses orbites vides coulèrent alors des larmes. Puis le petit garçon retira sa main et s'en alla, laissant le vieil homme seul. Qui se releva, essayant de courir derrière lui.

– Reviens. Je n'ai plus que toi.

Les miroirs réapparurent. Avec son reflet. Son visage décharné. Ses yeux absents. Deux trous noirs.

Lucas se réveilla en sursaut. Il regarda autour de lui. Une lumière opaque. Les ombres prisonnières des hauts rideaux jouaient avec les rayons de lune. Il marcha vers une des fenêtres, l'ouvrit en grand. Le parc était un lac de brume d'où émergeaient les courbes brisées de la pièce d'eau, comme l'unique lettre d'un alphabet disparu. Lucas se pencha en avant. La bouche ouverte, il prononça quelques mots indistincts. Quelques minutes plus tard, il ouvrait les grilles du château, montait en voiture et filait vers La Bressanges. Il stoppa sa berline devant l'escalier, grimpa les marches et frappa à la porte. Ni mouvement, ni bruit à l'intérieur. Il entra. Le chalet était vide. Il fouilla les deux pièces, le réduit, retourna les matelas. Quand il eut trouvé ce qu'il cherchait, il remit de l'ordre et sortit. Il gara sa voiture à l'abri du sous-bois et attendit. Deux heures passèrent. Ils n'arrivaient pas. Lucas décida de repartir. Arrivé sur la départementale, il roula sur quelques kilomètres et se gara sur le bas-côté, près des rives d'un étang. À la lueur de la lune, il ouvrit l'enveloppe prise au chalet. Elle contenait des photos. Des Polaroid où dominait la couleur rouge sang. Il les examina longuement. Un bruit de moteur lui fit tendre l'oreille. Une Panhard. Elle se dirigeait vers Verches. Il la laissa passer et remit le contact.

# 7

– C'est là.

La Panhard stoppa le long d'un muret recouvert de lierre. Le chemin était pentu. Lesueur serra le frein à main et passa une vitesse.

– Elle est chez elle ?

– Elle ne sort jamais.

Les deux hommes marchèrent vers une maison basse, dont les fenêtres donnaient sur la route. À l'écart du village, elle paraissait à l'abandon. Pourtant, quand Becquet frappa au carreau, une lumière s'alluma à l'intérieur et une main souleva un rideau de cretonne jaunie. Ils poussèrent la porte et entrèrent dans une pièce sombre, au sol recouvert d'un lino usé. Aux murs, un miroir de forme ronde, accroché à un clou, un portrait du pape Jean-Paul II, et un chromo représentant un couple sur une terrasse fleurie donnant sur un somptueux jardin. L'homme et la femme, appuyés à une balustrade, se tenaient enlacés. Le soleil était haut dans le ciel et des oiseaux voletaient autour d'eux. La scène baignait dans des tons pastel écœurants. Sur une desserte sans style était posée une sainte vierge de plâtre à l'étole phosphorescente.

– Où est-elle ? souffla Lesueur.

Becquet indiqua un petit cagibi d'où filtraient les harmonies sirupeuses d'une musique sentimentale.

– Vas-y, et lui donne pas tout le pognon d'un coup. Sinon elle va saloper.

Lesueur entra dans le cagibi, referma la porte. Becquet s'installa dans un fauteuil défoncé et alluma une cigarette. Il tira de sa poche une flasque de gnôle et but une longue gorgée. L'alcool lui brûla les tripes. Il grimaça, porta la main à son plexus et ricana quand il entendit ahaner son acolyte, que la femme encourageait avec des petits cris aigus. Les ahanements se firent plus pressants, puis, après un long silence, le parquet grinça et Lesueur ressortit du cagibi en ragrafant son pantalon. Il transpirait, les yeux mi-clos, comme atteint par une mauvaise fièvre. Prenant le paquet de cigarettes abandonné par Becquet sur la desserte, il en alluma une et tira une bouffée qui lui arracha une toux sèche.

– Elle t'attend.

Il se laissa tomber dans le fauteuil que Becquet venait de quitter. Celui-ci ne prit pas la peine de refermer la porte du cagibi. Il s'approcha de la femme. Couchée sur le dos, dans la pénombre, les cuisses ouvertes, la robe remontée sur le ventre, elle paraissait sans âge. Ses cheveux blonds décolorés cachaient de grands yeux cernés de rimmel. Elle ressemblait à un vieux cheval maquillé, ses dents mordaient sur ses lèvres rouge vif. On distinguait mal ses traits : le seul éclairage provenait d'un abat-jour sur pied, haut d'un mètre, installé près du lit. Becquet baissa son pantalon et son slip et s'agenouilla sur le bord du matelas.

– Tu vas être gentille avec moi ?

– On verra, chéri. Ça dépend de toi.

Il ouvrit la main, laissa tomber sur le drap quelques billets.

– C'est tout ?

Becquet lui prit le menton entre le pouce et l'index et, désignant son sexe de l'autre main :

– Je paie pour voir.

Puis il lui donna une petite claque sur la joue. La femme soupira et se mit à l'ouvrage.

Lesueur s'était endormi. Vautré dans le fauteuil, il fut réveillé par un hurlement, puis des coups sourds, comme si quelqu'un cherchait à abattre un mur. Il se mit sur ses jambes et se dirigea vers l'entrée du cagibi. Dans un demi-sommeil, il vit Becquet, armé du pied de l'abat-jour, slip et pantalon baissé, fracassant le visage de la femme dans un ample mouvement de bûcheron. Elle était morte, mais il continuait de s'acharner sur elle, et ne s'arrêta que quand les forces lui manquèrent. Il se laissa tomber à côté de la femme, contempla longuement son visage en bouillie :

– Elle a essayé de me la couper, cette mûrie[1].

Il leva les yeux vers Lesueur, appuyé au chambranle.

– Va chercher l'essence. Grouille. Prends aussi l'appareil.

Lesueur réprima un haut-le-cœur et s'exécuta. Becquet s'allongea près de la femme, la main posée sur son sexe, et s'endormit. Lesueur vint le secouer quelques minutes plus tard.

– On se tire. J'ai vidé deux bidons.

– T'as l'appareil ?

Lesueur lui tendit le Polaroid.

– T'es con. Ça sert plus à rien.

– Je sais, répondit Becquet avec un clin d'œil. Mais j'aime bien les regarder, de temps en temps.

Il prit trois clichés. Lesueur s'impatientait :

---

1. Bête crevée.

– Merde, on y va !

– Attends ! son pognon.

Becquet ouvrit le tiroir de la table de chevet, fourra une liasse de billets dans sa poche. Puis les deux hommes quittèrent la maison. Il faisait encore nuit noire. Lesueur embrasa un vieux foulard trouvé sur le dossier d'une chaise, fracassa une fenêtre avec le pied de lampe utilisé par Becquet pour massacrer la femme, qu'il jeta dans un fourré. Le feu prit aussitôt, aidé par le courant d'air ainsi provoqué. Ils marchèrent vers la voiture. Après un dernier regard vers la maison prise dans la fournaise, Becquet actionna le démarreur et la voiture s'éloigna, pour disparaître dans la nuit.

Dans le cagibi, le feu avait atteint le lit, donnant à la femme sans visage une sépulture de lumière.

La voiture conduite par Becquet prit de la vitesse et passa devant un chemin creux. Une autre voiture y était garée, tous feux éteints. Celle de Lucas. Le châtelain en descendit et marcha vers les flammes.

# 8

Le soleil était haut dans le ciel quand Lucas revint à La Bressanges. La Panhard de Becquet était garée à la diable, près d'un tas de détritus sur lequel avaient été jetés deux bidons d'essence. Le châtelain se dirigea vers les ruines de la chapelle, d'où montait une fumée odorante. Becquet et Lesueur étaient installés près d'un barbecue où cuisaient des saucisses. Deux packs de bière entamés étaient posés à l'ombre d'un muret.

– Comment allez-vous, messieurs ?

Ils se regardèrent, surpris par son aménité.

– Comme vous voyez. On prend un peu de bon temps.

– Il n'y a pas de mal à ça. Ça sent bon, votre frichti.

– Dans deux minutes, c'est cuit. Si ça vous dit, osa Becquet, une bière à la main.

– Pourquoi pas ? Avant cela, j'aimerais vous demander un service. Vous êtes un as en mécanique, et j'ai constaté que ma voiture avait un peu de retard à l'allumage.

– Je vais voir ça. Lesueur, tu surveilles les saucisses.

Les deux hommes s'éloignèrent. Lesueur sortit son couteau et s'approcha du barbecue. La fumée lui piquait les yeux et c'est dans un brouillard de viande grillée qu'il entendit claquer deux coups de feu. Il n'eut que le temps de se retourner : Lucas était devant lui, pointant son revolver. Lesueur tomba à genoux, les yeux écarquillés, bégayant de terreur.

– Monsieur Lucas, je ferai ce que vous voudrez.

– Vous ne ferez plus rien du tout.

– Pourquoi vous nous tuez ?

– Je suis passé à Verches. Les flics, les pompiers. Il ne manquait plus que les journalistes et l'harmonie municipale. La femme Mauduit, ça vous dit quelque chose ?

– C'est Becquet, moi j'ai rien fait, je vous jure, monsieur Lucas.

– Vous allez le rejoindre. Vous pourrez vous expliquer.

Il tira. Lesueur bascula en arrière, foudroyé. Lucas s'approcha et lui donna le coup de grâce. Puis il grimpa au chalet, s'y attarda quelques instants, remonta en voiture et quitta La Bressanges.

# 9

Quand Just entra dans son bureau, Kerenn était debout devant la fenêtre ouverte, les mains dans les poches, cigarette à la bouche.

– Cet endroit me plaît. Décidément, il me plaît. C'est calme, tranquille. Ça aide à réfléchir. Asseyez-vous.

Il ferma la fenêtre et prépara le café. Ils le burent en silence, Kerenn consultant un épais dossier. Quand il eut terminé, il se gratta la barbe.

– J'ai interrogé Bussard. Ses motivations étaient sexuelles, évidemment. C'est un pervers. Mais apparemment, il s'agit de son premier passage à l'acte.

– Vraiment ? Et il a fallu que ça tombe sur Maurine ?

– Ce n'est pas un hasard. Il avait un contentieux avec un proche de votre femme.

– Qui ?

– Son père, M. Lucas.

Il désigna le dossier :

– Tout est là-dedans. Bussard a la rancune tenace. Et il est ambitieux. Il n'a jamais pardonné à votre beau-père d'avoir compromis son plan de carrière. Cela remonte à plus de vingt ans. Cette histoire de sorcier, le Gèdre, qui était interné. À l'époque, Bussard dirigeait déjà l'établissement psychiatrique. Ce type, ce rebouteux, s'est suicidé avec des herbes toxiques qu'il avait ramassées dans les bois, avec la bénédiction de la police : c'est votre beau-père qui avait obtenu l'autorisation de l'emmener faire cette petite cueillette, avec l'appui du préfet, afin que ce sorcier puisse sauver son petit-fils, qui venait de naître et risquait de mourir, atteint par une grave infection. Votre fils, Jacques Mouthier.

– Je sais tout cela, merci. Et mon fils a été sauvé.

– ... et Bussard a reçu un blâme. Le pauvre, il n'y était pour rien. Il allait être promu à Paris, à l'Esquirol. Le rêve de sa vie. Envolé. Il a déjà été bien heureux de ne pas être viré comme un malpropre. Mais il n'a pas oublié. Et quand votre femme est arrivée dans son établissement, il s'est frotté les mains. Je ne sais pas si au début il pensait aller jusqu'à la tentative de viol, mais l'âme humaine a parfois des détours singuliers. J'ai interrogé le personnel. Les langues se sont déliées : il avait souvent les mains baladeuses, et passait du temps au chevet de jolies internées. Votre femme a été pour lui une tentation trop brûlante : il se faisait plaisir, en se faisant justice. Je suis désolé, monsieur Mouthier, de vous avoir incité à placer Maurine dans cet établissement, mais comment aurais-je pu savoir ?

Just tapota sa cigarette sur le rebord du cendier.

– J'ai rencontré ce matin Delage, de *L'Est républicain*. Lui sait pas mal de choses. Sur vous, en particulier. Il est prêt à les écrire.

– De quoi parlez-vous ?

– De votre passé. Vous n'avez pas laissé que de bons souvenirs en Bretagne, monsieur le commissaire. Votre mutation n'était pas un hasard. Votre carrière était aussi compromise que celle de Bussard. Heureusement, vous aviez des amitiés en Franche-Comté.

Kerenn blêmit, fit claquer son briquet :

– Où voulez-vous en venir ?

– Je vous tiens pour responsable de ce qui est arrivé : vous avez jeté ma femme dans la gueule du loup pour satisfaire vos amis politiques, qui ne voulaient plus de vagues dans l'affaire Mouthier.

– C'est ridicule.

– Je ne vous le fais pas dire : les politiques aiment l'ordre, qui rassure les électeurs. C'est réussi : en voulant éviter un scandale, vous en avez créé un autre.

– Je n'y suis pas pour grand-chose.

– Maurine non plus.

Kerenn se tassa dans son fauteuil.

– Bien. Que voulez-vous ?

– Je veux que vous repreniez l'enquête.

– Laquelle ?

– Celle qui concerne Jacques.

– Mais je ne l'ai pas abandonnée ! Au contraire, je la poursuis activement.

– Vous ne m'avez pas compris : je veux que vous la repreniez du début.

– Pour quoi faire ?

– Pour le disculper. Et rendre à ma femme le goût de vivre.

# 10

L'appartement semblait vide quand Just entra et jeta sa veste sur la méridienne du vestibule.

– Maurine ?

Elle était au salon, sur le canapé, plongée dans un livre.

Il s'approcha et se pencha pour l'embrasser.

– Ta mère n'est plus là ?

– Elle est allée faire des courses.

Elle lui tendit la main et il s'assit à ses côtés.

– Où étais-tu ?

– Je suis passé voir Kerenn.

– Encore ! Mais quand vas-tu cesser ?

– Jamais. Tant qu'il n'aura pas trouvé la vérité.

– Je préférerais qu'il trouve Jacques !

Elle jeta son livre à travers la pièce.

– Au moins il pourrait s'expliquer !

– S'expliquer ?

Just prit la main de Maurine dans la sienne :

– Tout le monde le croit coupable. Y compris toi, ma chérie.

– Maurine se tourna vers lui, le regard noir :

– Vous avez tout fait pour m'en convaincre. Mais j'ai toujours été persuadée de son innocence.

# 11

Les faits étaient accablants : cinq jeunes femmes, proches du suspect, sauvagement assassinées, après des sévices sexuels. Puis brûlées et abandonnées sur les lieux du crime. Kerenn secoua la tête, se passa la main sur le visage et referma le dossier Mouthier. Il alla à la fenêtre, se plongea dans la contemplation des eaux sombres. Reprendre l'enquête ? Il n'en voyait pas l'utilité : il allait relire les mêmes témoignages, en tirer les mêmes conclusions : Jacques Mouthier était coupable. D'ailleurs il était en fuite. Kerenn leva la tête vers les collines : la tâche que Just Mouthier lui avait assignée était une gageure. Comme chaque fois qu'il se retrouvait confronté à une situation inextricable, il attendit, sans trop y croire, un clin d'œil du destin.

# 12

Le bateau de Bekemoï mouillait dans la baie de Kanuméra. Louis se préparait à partir à la pêche. Il vérifia ses lignes, fit le plein de carburant, et s'apprêtait à lever l'ancre quand son attention fut attirée par le bruit d'un moteur. Une barque plate approchait, bien chargée : elle enfonçait dans l'eau comme un gros animal. Le soleil l'aveuglant, il plaça ses mains en visière : deux hommes, un Blanc et un Kanak, une femme. Et un chien. La barque venait droit sur lui. Elle incurva sa trajectoire et vint mouiller à une dizaine de mètres. L'homme blanc sauta à l'eau. Bekemoï le reconnut aussitôt. Il regarda derrière lui. La plage était déserte.

– Comment oses-tu revenir ?

Jacques se figea.

– On ne veut plus de toi ici. La police te cherche. Va-t'en !

– Je ne sais pas où aller. Sur la Grande Terre, on me recherche aussi. J'ai besoin de toi.

– Va au diable, il est ton seul ami. Tu es un démon.

Jacques tenta d'avancer vers lui. Bekemoï prit sa machette et la brandit :

– N'approche pas. Ou je te découpe.

Jacques battit en retraite. Il remonta dans le bateau et

ordonna à Kaloum de redémarrer le moteur. Bekemoï jeta sa machette dans le fond de sa plate et regarda le takata blanc reprendre le large. Il ne le quitta pas des yeux jusqu'à ce qu'il disparaisse derrière l'isthme menant à la baie de Kuto.

Kaloum stoppa le moteur et mit en panne. L'endroit était calme. À l'ombre d'un gros rocher, ils burent un peu d'eau, mangèrent quelques fruits. Jacques fixait l'horizon.

– Vous allez prendre le bus pour Vao. Là-bas il y a du travail. Vous aurez de quoi vivre. Kaloum, tu t'occuperas de Fang. Promets-le-moi.

Le géant acquiesça : il avait une dette envers Jacques. Fang se mit à pleurer, en silence.

– Je ne t'abandonne pas. Mais nous ne pouvons pas rester ensemble. Mon signalement est partout. Ma seule chance, c'était Bekemoï. Tu vois comme il m'a accueilli.

La naï se blottit dans les bras de Jacques. Kaloum se leva. Il tendit la main vers elle.

– Viens. Il faut partir.

Jacques se défit de l'étreinte de Fang.

– Et toi, que vas-tu faire ? Où vas-tu aller ?

Jacques désigna un énorme rocher qui se dressait dans la baie.

– Je vais m'installer là-bas. Avec Ghost.

Kaloum le regarda, stupéfait.

– Sur ce rocher ? Tu es devenu fou. Il est tabou.

C'était le rocher aux esprits. Posé au milieu de l'océan, ses flancs étaient léchés par les vagues depuis mille ans. Des lariformes y nichaient, piaillant et voletant au-dessus des rocailles et des massifs d'épineux. Les sorciers l'ayant déclaré tabou, personne n'avait le droit d'y aborder.

– C'est pour ça que personne ne viendra m'y chercher.

– Et les esprits ?

– Je m'en charge.

Kaloum secoua la tête, accablé.

– Tu vas au-devant de graves ennuis.

– Ça peut difficilement être pire.

Le Kanak s'accroupit devant lui :

– Écoute-moi. Je te promets de m'occuper de la naï. Toi, prends soin de mon bateau. Je te le confie. Mais surtout, ne t'en sers pas pour aller là-bas, dit-il en désignant le rocher. Ce bateau est tout ce que je possède. Il serait hanté par les esprits et je n'aurais plus qu'à le détruire.

– Compte sur moi. J'irai à la nage.

Kaloum prit Fang par la main et l'entraîna, malgré sa résistance. Jacques les vit s'éloigner vers la route, qui longeait un petit bois. Puis ils disparurent. Jacques se leva et entra dans l'eau.

Le rocher n'était qu'à quelques dizaines de mètres du rivage. Il ne mit pas plus de trois minutes à l'atteindre. Il regarda vers Kanuméra : personne sur la plage. La mer était vide. Il contourna le monolithe, évita un escalier taillé dans la roche et aborda plein sud. Il eut toutes les peines du monde à se hisser sur un replat, parvint à ses fins après plusieurs tentatives et se laissa tomber entre deux pierres enfouies dans la végétation. Il se reposa quelques instants, puis entreprit d'escalader l'énorme rocher. Dix minutes plus tard il était au sommet. À l'abri d'un maquis d'épineux, il pouvait voir sans être vu : la baie s'ouvrait devant lui, de Nataïwatch au grand large. Il pouvait aussi apercevoir le wharf de la baie de Kuto, le bateau de Kaloum, que le géant noir avait dissimulé sous des feuilles de cocotier, Ghost, couché près du bateau, et la route traversant le petit bois, qui, la nuit, devenait un désert d'ombres : aucun réverbère, la seule clarté de la lune. C'était le chemin idéal pour s'enfoncer dans l'île sans être remarqué. Jacques cueillit quelques herbes qu'il mastiqua longuement, déterra des racines dans lesquelles il croqua, puis, rassasié, attendit le soir.

Le soleil tardait à glisser vers l'abîme. Il grillait d'un feu plus doux le flanc des patates de corail, effleurant de sa lumière chaude la surface des eaux calmes. Les pins colonnaires en avaient la meilleure part, ses rayons caressaient leurs cimes, l'ombre habillant déjà leurs troncs. Puis les ténèbres effacèrent les couleurs, faisant du paysage une mer d'ombres grises. Le crépuscule fut une transition si éphémère que d'un coup, les oiseaux se turent. Le silence tomba, sur mer comme sur terre. La lune se fit attendre et apparut dans un ciel de jais. Alors tout se transforma, les ombres s'animèrent. La mer jouait avec cette lueur glacée, la réchauffant dans ses hauts-fonds, l'enveloppant dans ses rouleaux. Au loin, la barrière des brisants moutonnait comme un collier de perles agité par le vent. Le sable avait une teinte terreuse. Sous les racines des palétuviers, les crabes partaient en chasse. Engourdis par la fraîcheur régnant dans leurs tanières humides, ils avançaient mécaniquement, leurs pattes les faisant ressembler à des araignées obèses. D'un cocotier géant tomba un rat noir comme la nuit, qui fila vers le bois.

Jacques se remit à l'eau et atteignit le rivage quelques minutes plus tard. Ghost lui fit fête. Jacques avait repéré une pirogue cachée en lisière de plage. Il la mit à l'eau, aida le chien à y monter, ramassa quelques noix de coco et pagaya vers le rocher. Cette fois, il n'hésita pas à emprunter l'escalier de pierre : de nuit, personne ne pouvait les voir. Ghost le gravit avec difficulté. Jacques lui ordonna de l'attendre. Il fit le trajet inverse, replaça la pirogue où il l'avait prise et regagna l'îlot. Il retrouva Ghost prostré, gémissant, les oreilles couchées. Jacques scruta l'obscurité. Le chien avait senti quelque chose. Ou quelqu'un.

# 13

Kerenn s'examina dans le miroir des toilettes du commissariat. Il avait du ventre. Pas de doute là-dessus. Il avait beau contracter ses abdominaux, la masse adipeuse continuait de pointer sous la chemise. Ça ne lui déplaisait pas ! Il avait quarante-trois ans, un physique de chef de clan écossais, et cet embonpoint précoce lui conférait, pensait-il, de l'assise et de l'autorité. Satisfait, il se donna deux claques affectueuses sur la panse et sortit. Dans son bureau planait l'odeur habituelle de tabac blond et d'after-shave, mêlée à l'arôme grillé du café. Il se fit couler un noir et alluma une cigarette. Le téléphone sonna aussitôt qu'il eut pris place dans son fauteuil. Il décrocha en soupirant :

– Kerenn… Bonjour, commandant.

Il tira une longue bouffée, les sourcils froncés.

– À Verches ?… Bien. Je vous y retrouve.

L'estafette de gendarmerie était garée sur le bas-côté, derrière une ambulance. Des badauds se pressaient derrière les barrières protégeant l'accès à la maison. Kerenn s'avança et déclina son identité. Le gendarme en faction lui fit signe de passer. De la bâtisse ne subsistait qu'un mur-pignon. Les autres s'étaient écroulés. Dans les ruines, deux gendarmes faisaient des relevés, sous l'œil de leur commandant. Kerenn et lui se saluèrent.

– Alors ? Qu'est-ce que nous avons ?

– Suivez-moi.

Les deux hommes escaladèrent les gravats et se retrouvèrent dans ce qui avait été un cagibi. Le lit de fer était disloqué et le cadavre calciné de la femme s'y trouvait encore.

– J'ai préféré vous attendre avant de faire enlever le corps.

– Qui est-ce ?

– Thérèse Mauduit. Enfin ce qu'il en reste. En plus d'être calciné, le cadavre est décapité. Le crâne a été écrasé, broyé. L'autopsie ne nous apprendra sans doute rien quant à des sévices sexuels éventuels, mais, vu la profession qu'exerçait la victime, sévices n'est pas le mot que j'emploierais de toute manière.

– C'était une pute ?

– Euh... oui. Une péripatéticienne connue dans la région. On l'appelait *la caille* car, paraît-il, elle poussait des petits cris aigus dans l'exercice de son art. Pure anecdote. Ce qui l'est moins, c'est que cet incendie volontaire a eu lieu à Verches, à quelques kilomètres de la ferme Morrisseau. Je pense qu'il s'agit de la même bande. Avez-vous entendu parler du Conseil du Serpent, commissaire ?

– Bien sûr. C'est d'ailleurs un serpent de mer ! Depuis que je suis en poste à Besançon, il ne se passe pas un mois sans que les journaux ne lui imputent un nouveau méfait. Mon prédécesseur m'a refilé le dossier : c'est une peau de chagrin. Il n'y a rien dedans : des suppositions, des hypothèses. Ce qui m'intéresse, ce sont les faits, rien que les faits.

– Je pense pouvoir vous donner satisfaction.

Le commissaire se dirigea vers l'arrière de la maison. Un petit jardin, quelques plants de tomates, un cerisier, des roses trémières et un lierre qui escaladait un mur et débordait sur la rue.

– Venez.

Un petit appentis était adossé au mur. Le commandant l'ouvrit.

– Allez-y, la lumière est sur la gauche.

Kerenn entra, appuya sur l'interrupteur, et resta sans voix.

# 14

Lucas gara la voiture dans les écuries. Il ouvrit le coffre, y prit un carton vide d'où dépassait un morceau de soie noire, y dissimula son revolver et le hissa sur une étagère. Puis il redémarra la voiture et vint la garer devant l'entrée du château. Il faisait un soleil de plomb. Lucas monta l'escalier, entra dans le vestibule et se dirigea vers son bureau. Il s'assit dans son fauteuil et resta ainsi, figé, de longues minutes. Les années avaient creusé dans son visage de spectaculaires stigmates : rides du lion, cernes et faisceaux de ridules au coin des yeux composaient une géographie tourmentée, inquiétante. Sa mâchoire puissante et carrée s'ouvrait sur des dents d'une étonnante blancheur. Mais sa bouche se refermait sur elles en une moue toujours insatisfaite. Son regard avait perdu son éclat. Il semblait résigné, bien qu'une flamme y couvât toujours. Quand le téléphone sonna, Lucas leva la main vers le combiné, puis la retira et s'enfonça dans son fauteuil. D'un geste las, il ouvrit le tiroir gauche de son bureau, en sortit un cliché : Jacques, enfant, fixait l'objectif de ses yeux clairs et interrogateurs. Lucas regarda longuement le cliché pendant que la sonnerie du téléphone continuait de retentir.

# 15

C'était une sorte d'autel. Kerenn s'avança. Sur une nappe en soie noire était posé un corbeau empaillé sur un socle de bois, et un crucifix de métal dont la poutre maîtresse, celle qui fut fichée en terre sur le Golgotha, était entourée d'une multitude de serpents.

– Qu'est-ce que c'est que ce carnaval ?

– Une mise en scène. Le Conseil du Serpent a un sens aigu du marketing.

– En faisant cela il se dénonce !

– Ou il s'annonce.

– Expliquez-vous.

Le commandant souleva un pan de la nappe. Elle recouvrait un coffre à jouets peints de motifs naïfs.

– Débarrassons tout ça.

Kerenn l'aida à retirer le crucifix et le corbeau empaillé qu'ils posèrent sur un petit établi installé dans le coin droit de l'appentis.

– À vous l'honneur, commissaire, ouvrez le coffre.

Kerenn souleva le battant. À l'intérieur, une carte routière. Et une enveloppe.

# 16

La Corvette roulait à vive allure, épousant les courbes et déjouant les pièges d'une route sinueuse. Just calcula qu'il pourrait être à la Frasne à onze heures. De là, il se rendrait au château. Lucas ne répondait plus au téléphone. Peut-être était-il en voyage. En tout cas il n'avait pas donné signe de vie depuis son agression sur sa femme. La campagne était prise dans une onde de chaleur. Les vaches s'abritaient le long des haies ou sous les arbres. Tout semblait figé. Pas un souffle de vent. Just mit la climatisation en marche et l'air frais emplit bientôt l'habitacle. La Sting-Ray ronronnait comme un gros chat, répondant à la moindre accélération par un grondement sourd. La route s'enfonça dans un bois de sapins, et la voiture s'engagea dans un faux plat qui la conduisit au carrefour des étangs et de Mouthier-Le-Château. Just prit la direction du village. Là où s'étendaient autrefois de vastes pâtures, des lotissements étaient sortis de terre. Le cœur du village n'avait pas changé. La mairie. L'église où Just avait épousé Maurine. Le cimetière où reposait son père. Et l'école, son préau, sa cour, ses arbres devenus géants. Just passa devant la maison du père Gélard, rachetée à sa mort par un couple de Bisontins. Repeinte de frais, elle avait perdu son aspect de bicoque d'un autre âge, mais les géraniums et les soucis, passion de l'ancien propriétaire, étaient toujours là. Des fenêtres entrebâillées filtrait le générique d'un feuilleton américain. Just passa la troisième et se dirigea vers le bois des Mayes. Le chemin devint cahoteux. Barthélémy s'était toujours opposé à son goudronnage, malgré l'insistance du maire, qui voulait installer un terrain de sport dans l'une des clairières.

Le bois des Mayes étirait ses taillis profonds jusqu'à la barrière de la Frasne, qui était neuve et se manœuvrait électriquement, seule concession au modernisme du fermier Mouthier. Just klaxonna deux fois. La porte de la Frasne s'ouvrit, et Barthélémy apparut. Un large sourire éclairait son visage. La barrière glissa sur son rail et la Corvette vint se garer dans la cour.

– Vintzi ! Te v'là quand même, sapré beuyot !

Les deux frères se tombèrent dans les bras.

– Entre. La Jo va nous payer un coup. C'est qu'il cogne, le gros doré !

À l'intérieur de la Frasne il faisait étonnamment frais. Joëlle surgit de la réserve, une bouteille à la main.

– Ça fait plaisir de te voir.

Elle fit claquer une bise sur la joue de Just. La Fauvette avait quelques années de plus, mais elle était toujours vive et jolie. Et ses yeux luisaient de la plus belle intelligence qui soit : celle du cœur.

– Assieds-toi et raconte. On se fait tellement de souci.

Just raconta. Au fur et à mesure de son récit, le regard de Joëlle s'embua et la gorge de Barthélémy se serra. Quand il eut terminé, Joëlle pleurait. Barthélémy la prit par l'épaule, tentant de la réconforter.

– Je suis désolé, s'excusa Just. Je ne voulais pas vous faire de peine.

– C'est rien, dit Joëlle en se levant et en se mouchant. Il faut bien dire les choses.

Elle alla chercher le tire-bouchon et le posa sur la table.

Barthélémy ouvrit la bouteille et servit le vin.

– Vous devriez venir chez nous, pour vous changer les idées.

– Peut-être.

– À Besançon, après tout ce qui s'est passé, je suis sûr qu'on vous regarde comme des bêtes curieuses. Ici, tout le monde vous aime bien. Au village, tu es un héros, frangin [1]. Tu me promets d'y penser ?

– Bien sûr.

– Allez, à la nôtre quand même.

Il vida son verre d'un trait, le posa et le repoussa sur la toile cirée comme on chasse le mauvais sort.

– Le bon Dieu va quand même se décider à nous donner un coup de main. C'est pas possible autrement, dit Joëlle en posant un plat de dés de comté sur la table.

– Il prend son temps.

Barthélémy n'osait pas poser la question qui lui brûlait les lèvres. Quand il se décida, les mots sortirent d'un coup.

– Et le Jacques, dis voir, frangin, tu crois vraiment qu'il a pu faire toutes ces horreurs ? Il est pas méchant, ce gosse. Je le revois donnant la main aux champs, aidant à la traite. Il apprenait même l'anglais au fils Toitot.

– Les apparences sont contre lui.

– Tu crois qu'on saura un jour ?

– En tout cas je fais tout pour ça.

Just se leva.

– Quoi, tu t'en vas déjà ?

1. Cf. tome 1.

– Il faut que je passe au château.

– Tu vas voir l'autre salaud ? T'as de la constance.

– C'est tout de même mon beau-père. Il a le droit d'être informé.

Barthélémy se resservit un verre.

– C'est toi qui vois. Pense tout de même à ce que je t'ai dit : vous seriez bien ici. Pour un temps. En attendant que ça se tasse.

La Corvette démarra en laissant derrière elle un panache de fumée grise. Joëlle et Barthélémy, sur le seuil de l'outo, la regardèrent partir. Serrés l'un contre l'autre, ils avaient l'air de santons posés là depuis toujours. Puis ils reprirent vie, comme si un esprit bienveillant leur avait insufflé de nouvelles forces.

# 17

L'océan battait les flancs du rocher en un ressac doux et régulier. Le vent s'était levé, courant sur le sable, soulevant une brume poudreuse. La lune jouait maintenant avec les nuages, et le ciel était parcouru de fulgurances électriques. Jacques s'était assoupi, couché contre le flanc du chien. Il y eut un bruit métallique, comme une clef qui claque dans une serrure neuve. Jacques ouvrit un œil. Il entendit un rire, puis un froissement d'herbes dans les taillis. Il se redressa. Ghost se remit à gémir. Il le calma d'une caresse. Une ombre passa dans les fourrés, à quelques mètres. Il sut tout de suite à qui il avait affaire et rassembla ses forces.

L'ombre se rapprochait par cercles concentriques. Des taillis montait une fumée acide. Ghost se mit sur ses pattes et tendit le museau. Puis il se mit à gronder.

– Pas bouger, souffla Jacques.

Il essayait de voir dans le noir, d'isoler le halo de chaleur qui avançait vers lui. Il le localisa à trois mètres, à côté d'un rocher affleurant. Pendant quelques minutes, il n'entendit que le bruit du ressac et le vent jouant avec les feuilles des niaoulis. Puis le halo se remit en mouvement. Il s'était dédoublé. Deux ondes de chaleur distinctes. L'affaire était mal engagée. Jacques emmena Ghost à l'écart. L'animal était terrifié. Jacques lui parla doucement à l'oreille. Peu à peu, le chien se redressa, et, bien calé sur ses pattes, se mit à hurler.

Bekemoï était dans un demi-sommeil. Dans l'obscurité de la Grande Case, il crut d'abord que ce hurlement de chien faisait partie de son rêve. Puis il se frotta les yeux et tendit l'oreille. Ghost, l'animal qu'il avait donné à l'Ours. Il l'aurait reconnu entre mille. Intrigué, il se leva et sortit. La nuit était à l'orage. L'air était lourd et épais. Le vent s'était levé. Un à un, les hommes sortaient de leur case : un chien hurlait à la mort sur le rocher tabou. Il n'avait pu s'y rendre seul. Le rocher avait été profané. Ils se regroupèrent autour de Bekemoï et prirent la direction de la plage.

Les halos de chaleur s'étaient rassemblés. L'ombre était à nouveau dense et dure comme un éclat de métal. Jacques vit les taillis se fendre. Une boule noire fonçait sur lui. Il prit la fuite vers l'océan. Gagner le bord de la falaise, se jeter à l'eau. Il sautait par-dessus les buissons d'épineux, s'écorchant les jambes, se griffant le visage aux branches hautes des crotons. Le vide était proche, et le salut. Il se lança à corps perdu dans un sentier taillé dans un maquis de ronces, ses pieds furent en sang au bout de quelques mètres, il songea à la morsure de l'eau salée quand il plongerait dans l'océan, entendit la menace se rapprocher dans son dos, à le toucher, puis il sentit soudain un souffle chaud au-dessus de lui, aperçut l'onde frémissante à vingt mètres en contrebas, et, alors qu'il allait se jeter, fut soulevé de terre.

Les nuages s'entredéchiraient, se frottant les uns aux autres en une furia d'étincelles. Les hommes de Bekemoï poussèrent un cri, désignant les nuées qui refluaient vers la lune en une meute affolée. Une mer de feu. Un cri d'agonie perça la muraille du temps, puis s'éteignit. Tout redevint noir et le silence se fit.

Jacques était couché sur la plage. Il semblait dormir. Bekemoï et ses hommes s'approchèrent. Un des guerriers arma son fusil. Le chef l'arrêta d'un geste. Le takata blanc reprenait connaissance. Bekemoï fit un pas vers lui. Il tremblait.

– Naïmen, qu'est-il arrivé ?

– *Elle* m'a sauvé, murmura le jeune homme. Une fois de plus.

– Qui t'a sauvé ? Nous n'avons vu que des nuages et des flammes.

– *Elle* est là. Aide-moi à me relever. Elle verra que tu ne me veux pas de mal.

Jacques tendit la main vers lui :

– Je t'en prie.

– Jure de ne pas causer de tort à ma tribu, aux hommes, aux femmes et aux enfants qui la composent.

– Je le jure. Si je mens, qu'*elle* me change en cendres.

Bekemoï aida Jacques à se relever.

– Tu es le bienvenu.

Le takata blanc se dirigea alors vers une haie de daturas plongée dans l'obscurité. Bekemoï et ses hommes crurent voir deux points rouges briller dans le noir alors que le takata blanc dialoguait avec l'ombre. Ils se rappelèrent les croyances des anciens, le totem planté devant la case de Naïmen, et ils se dirent que les dieux leur envoyaient un messager, qu'ils devraient le soustraire aux dangers, accepter son amitié et ne plus chercher à percer ses mystères. Jacques fit un geste désignant les nuées.

Près de la haie de daturas, les deux lueurs rouges avaient disparu. Il y eut une sourde vibration dans l'air. Et la nuit retomba sur Nataïwatch.

Plus tard, Jacques retourna chercher Ghost sur le rocher aux esprits. Le chien attendait, tranquille, dans un rayon de lune.

# 18

Just klaxonna à trois reprises. Milot, d'un pas traînant, vint lui ouvrir.

– Monsieur vient voir Monsieur ?

Just lui lança un regard excédé et se gara devant le perron. Quand il descendit de voiture, Milot avait disparu. Le château ressemblait de plus en plus à un gros gâteau laissé trop longtemps au soleil. Les chéneaux crevés se tordaient sous la chaleur et la peinture des fenêtres s'en allait par plaques. Just monta l'escalier et sonna. Il n'attendit pas qu'on vienne lui ouvrir. À l'intérieur, il faisait frais et un rayon de soleil faisait danser la poussière sur une diagonale allant de la cuisine au parquet du salon.

– Qu'est-ce qui me vaut l'honneur ?

Just sursauta. En robe de chambre, malgré l'heure avancée, Lucas marcha vers lui et, arrivé à sa hauteur, se garda de lui tendre la main. D'un geste du menton il lui désigna l'entrée de son bureau.

– Vous avez à me parler ?

Les deux hommes se retrouvèrent face à face, assis à quelques mètres l'un de l'autre.

– C'est au sujet de Maurine. Le directeur de Novillars…

– … je suis au courant. Kerenn m'a prévenu. Il ne vous l'a pas dit ?

– Non.

– Il vous aurait évité un dérangement inutile. Il y a autre chose ?

– Oui. Je lui ai demandé de recommencer l'enquête.

– Je le sais aussi. Le commissaire est passé me voir. Hier soir. Il cherche de nouveaux éléments. Et des événements récents dans la région lui ont mis la puce à l'oreille, d'après ce qu'il m'a dit. Des incendies criminels, une histoire de racket, je ne sais quoi… Le pauvre, il fait ce qu'il peut. Je lui ai dit que je ne voyais pas très bien en quoi je pouvais lui être utile. Nous en sommes restés là.

– Quel rapport ces événements peuvent-ils avoir avec Jacques ?

– Je l'ignore… Je suis désolé, Just, de tout ce qui est arrivé à votre famille, mais…

– C'est aussi la vôtre.

– Bien sûr.

Il tapota le rebord de son bureau.

– Vous le saviez, vous aussi ?

– Quoi donc ?

– Que Maurine n'était pas ma fille.

– Elle me l'a dit. Il y a longtemps. À la naissance de Benjamin.

– Vous comprendrez donc aisément que je fasse désormais preuve d'un certain détachement.

– Je suis venu vous parler de Jacques.

– Je l'aimais bien. Je suis désolé qu'il ait si mal tourné.

– Lui aussi vous aimait bien. Il avait plaisir à venir au château. Et puis, aux alentours de ses dix ans, il n'a plus demandé à vous voir. Nous n'y avons guère prêté attention. S'est-il passé quelque chose entre vous ? Vous souvenez-vous d'un quelconque incident ?

– Mon Dieu non ! Les enfants sont comme ça. Maurine était assez capricieuse, elle aussi. Quant à Jacques, il a toujours été un peu... spécial, vous le savez bien. Mais je vous l'ai dit, je l'aimais bien.

Just crut lire dans ses yeux une lueur d'affection. Mais il avait appris à se méfier du châtelain et de sa bonhomie feinte.

– Si quoi que ce soit vous revient à l'esprit, ne manquez pas de me le faire savoir.

Lucas semblait prêt à dire quelque chose. Just attendit. Puis, le silence s'installant à nouveau :

– Je vous laisse, dit-il en se levant. Maurine a besoin de moi.

– Je l'avais remarqué, répondit sèchement Lucas.

Le châtelain le raccompagna et Just le vit, dans son rétroviseur, suivre son départ d'un regard fatigué. Les mains dans les poches de sa robe de chambre, il semblait dire adieu à une partie de lui-même. La porte du château claqua.

# 19

Kerenn prit la carte routière qu'il déplia. Deux endroits étaient cerclés de rouge : Verches et un lieu-dit, perdu dans le bois des Etus. Kerenn dut approcher la carte de la lumière du jour pour déchiffrer le nom de l'endroit : La Bressanges.

– Qu'est-ce que ça signifie ?

Le commandant ne répondit pas et lui tendit l'enveloppe qu'il avait prise au fond du coffre à jouets.

– Tenez, commissaire.

Kerenn posa la carte routière et ouvrit l'enveloppe. À l'intérieur, deux Polaroid.

– Vous les reconnaissez ?

C'était les photos de deux des victimes présumées de Jacques Mouthier. Les jeunes femmes étaient encore vivantes : les yeux tournés vers l'objectif, elles semblaient implorer grâce. L'une avait la joue tuméfiée, l'autre des dents cassées. Un bras armé d'un couteau traversait le cliché. Le visage du tueur, pris dans le mouvement, était flou. Tout comme celui d'un autre homme, en arrière-plan.

Kerenn regardait les clichés avec perplexité :

– Vous y comprenez quelque chose ?

– Une chose est certaine : Mouthier, si c'est bien lui

qui tient le couteau, avait au moins deux complices : il a bien fallu que quelqu'un déclenche l'appareil.

À La Bressanges, le temps semblait s'être arrêté. Pas un bruit. Quand les voitures de police surgirent du sous-bois, des corbeaux s'envolèrent vers les grands arbres. Kerenn descendit le premier et inspecta les environs. Il marcha vers les ruines de la chapelle et se boucha le nez quand il arriva à proximité des cadavres.

– Commandant, venez par ici !

Les corps de Becquet et de Lesueur avait été attaqués par les corbeaux, les rapaces et les renards. Lesueur regardait l'infini de ses orbites vides. Le malinois s'était enfui quand des chiens errants avaient fait irruption dans la clairière. Ils avaient eux aussi profité des cadavres et, s'enfuyant à l'arrivée des gendarmes, ne laissaient derrière eux que deux carcasses décharnées.

– Il va s'amuser, le légiste, lança Kerenn à l'adresse du commandant de gendarmerie. Allons voir là-haut.

Les deux hommes gravirent les marches. La porte était ouverte. À l'intérieur du chalet, bien en évidence sur la table de bois, trois Polaroid. Kerenn s'approcha. Il fouilla dans sa poche, en sortit les deux autres clichés :

– La collection est complète.

Il les posa à côté des trois autres. Mêmes expressions de terreur suppliante, mêmes visages martyrisés. Et, comme volontairement mal cadrées, des silhouettes floues, celles des tortionnaires.

Kerenn shoota dans une paire de baskets sales abandonnées près du lit.

– Nom de Dieu ! Qui joue à ça ? Qui ?

– Vous avez vu le crucifix. C'est le Conseil du Serpent.

– Autant dire personne.

– Si la personne qui nous a guidés jusqu'ici suit un

plan cohérent, il est évident qu'elle veut nous faire comprendre quelque chose : les deux cadavres au-dehors sont sans doute ceux des complices de Mouthier.

Kerenn tira une chaise et s'assit. Il posa ses coudes sur la table, alluma une cigarette et en proposa une au commandant qui, acceptant, s'assit à son tour :

– Monsieur le commissaire, j'ai une liste de noms. Ce sont des gens bien placés, c'est le moins que l'on puisse dire.

– Comment vous l'êtes-vous procurée ?

– Dans toute organisation humaine il y a des jalousies, des luttes d'influence. On s'envie, on se dénonce.

– Et ces gens feraient partie de ce fameux Conseil ?

– Oui. Comme on dit, ils en croquent. Il y a de l'argent en jeu. Malheureusement, la liste ne permet pas de remonter jusqu'à la tête. Nos informateurs ne franchissent jamais le premier cercle. Impossible d'en savoir plus.

– Qu'est-ce qui les arrête ?

– La peur.

Kerenn tira une longue bouffée.

– Et cette liste, que comptez-vous en faire ?

– Rien.

– Pourquoi ?

– Parce que moi aussi, j'ai peur.

# 20

Just gara la Corvette à la diable dans le chemin des Ragots. Dix secondes plus tard il frappait à la porte latérale et entrait. Gérard était assis dans un fauteuil, un livre à la main.

– Salut, fils.

Ils s'embrassèrent.

– Je viens de faire du café. Tu en veux ?

Ils s'installèrent à table. Au-dehors, le ciel et l'horizon frangés de grands arbres.

– Qu'est-ce que tu lis ?

– Verlaine.

– Maman n'est pas là ?

– Elle est allée faire un tour à la foire, pour se changer les idées.

Just but une gorgée de café.

– J'ai revu Kerenn. Il va reprendre l'enquête du début. Il cherche de nouveaux éléments.

– C'est bien.

Sur la table traînaient quelques feuillets couverts de l'écriture serrée du relieur. La mise en page ne ressemblait pas à celle d'un courrier ordinaire. Gérard devança la question de Just.

– Ce sont des bêtises. Tu sais que je m'essaie parfois à

la poésie. C'est un naufrage : aucun talent ! À dix ans, ton fils en avait plus que moi.

– Mon fils ?

– Jacques. Excuse-moi, je ne devrais pas…

– Jacques écrivait ?

– Oui, quand il venait ici, il me demandait souvent du papier, un stylo, et en avant ! Un jour, je lui ai offert un cahier. Il y dessinait et écrivait, comme font tous les enfants. Mais lui y mettait un acharnement singulier.

– Tu as gardé ce cahier ?

– Non. Un jour, il l'a emporté avec lui. Je ne l'ai plus revu.

Quand Just arriva devant la porte de son immeuble, Maurine et sa mère sortaient.

– Ah, Just ! Nous allons faire une promenade.

Just embrassa Maurine :

– Tu te sens mieux ?

– Oui. Ne t'inquiète pas. Nous n'irons pas loin.

Il les regarda s'éloigner vers Battant. Mme Lucas tenait sa fille par le bras. Maurine marchait à petits pas. Elle regardait autour d'elle, comme si elle redécouvrait le monde. Just entra dans l'immeuble, monta les marches quatre à quatre. En pénétrant dans l'appartement, il pensa qu'il faudrait déménager au plus vite. Cet endroit était empli de mauvais souvenirs. Just se dirigea vers la chambre de Jacques. Il posa la main sur la poignée. La chambre avait été condamnée par Maurine, la clef jetée, elle lui en avait fait l'aveu. D'un coup d'épaule, Just força la porte et entra : elle n'avait pas été aérée depuis des semaines. Il ouvrit la fenêtre. Révélées par la lumière, des ombres se découpaient dans la petite pièce. La bonnetière, le bureau. Just fouilla les tiroirs, les casiers. Chercha sur les étagères. Puis il avisa le coffre à jouets, souvenir de l'enfance de Jacques. Un petit meuble peint de motifs naïfs offert par son grand-père, qui en avait acheté deux : il avait installé le même dans la chambre où dormait Jacques lors de ses séjours au château. Just l'ouvrit. À l'intérieur, quelques peluches, des petites voitures, une toupie, une fronde, un sac de billes, des livres d'enfant, un fanion d'une équipe de foot et, tout au fond, sous une boîte de jeux, un cahier d'écolier.

# 21

Lucas passa l'après-midi au téléphone. Il appela une quinzaine de numéros. La date et l'heure d'une séance plénière du Conseil du Serpent étaient arrêtées. Elle aurait lieu le 4 Juillet, à minuit. Après le dernier coup de téléphone, Lucas se servit un whisky qu'il dégusta accompagné d'un bon cigare, en regardant le soleil décliner derrière les collines surplombant le château.

# 22

C'était un cahier à petits carreaux. Les premières pages étaient couvertes de dessins. D'abord colorés, représentant des animaux familiers, chats, chiens, chevaux. Puis le dessin se faisait plus heurté, la couleur disparaissait peu à peu. Deux pages entières étaient couvertes de hachures et de gribouillis. Les pages suivantes étaient déchirées. Puis Jacques s'était mis à écrire. Une écriture d'abord appliquée, et, au fil des pages, de plus en plus fine et ardue à déchiffrer. Just s'assit sur le rebord de la fenêtre et commença sa lecture. Une demi-heure plus tard, il avait terminé. Bouleversé, il sortit de la chambre, dont il referma la porte, enfila sa veste et glissa le cahier dans une de ses poches. Il s'apprêtait à sortir quand la clef joua dans la serrure. Maurine et sa mère rentraient.

– Décidément, mon cher, nous ne faisons que vous croiser !

– Une petite course et je reviens. Je vais choisir une bouteille de vin chez Ferdinand.

– Prends aussi un peu de pain, chéri, j'ai oublié d'en acheter.

Maurine semblait mieux. Just sortit.

Kerenn était plongé dans l'étude d'un dossier. Hirsute, le col dégrafé, il jouait nerveusement avec son stylo.

– Ah ! c'est vous.

Just entra et jeta le cahier d'écolier sur le bureau.

– De quoi s'agit-il ?

– D'un journal. Celui d'un enfant : mon fils Jacques.

Kerenn prit le cahier entre ses mains.

– Et alors ?

– Tout y est. Lisez. Ensuite appelez-moi.

Il souriait.

– Vous verrez, c'est abominable.

Kerenn, interloqué, le regarda partir. Puis il commença à feuilleter le cahier. Une demi-douzaine de cigarettes plus tard, il en avait terminé la lecture. Quand il se servit à nouveau de son briquet, ce ne fut pas pour en allumer une autre : il plaça le cahier au-dessus d'une corbeille métallique et y mit le feu. Deux minutes plus tard, il ne restait au fond de la corbeille qu'un petit tas de cendres.

Quand le téléphone sonna chez Just, il était à table avec sa femme et sa belle-mère, autour d'une tarte qu'il s'appliquait à découper. Il alla décrocher. La conversation fut brève. Just, le visage sombre, enfila sa veste et sortit.

Il frappa à la porte de la réserve du Cep de Comté. Des pas dans l'escalier, et le visage souriant de Ferdinand :

– C'est toi, Justo ?

– Il faut que je te parle.

Ils s'installèrent au magasin. Dans l'obscurité, les robes rubis des Trousseau et des Pinot noirs s'habillaient du reflet des réverbères. L'or des Savagnin semblait éteint, en sommeil.

– As-tu des nouvelles des Montrapon ?

– Évidemment.

Salem, Djeck, et les autres. Les diables des grandes barres. Une enfance passée à jouer au foot sur les pelouses pelées de leur immeuble. Puis une adolescence enterrée dans les caves, à fumer, à danser, à se frotter à un destin difficile, à voler des mobylettes et à jouer les bandits de petits chemins.

– La plupart sont casés. Pourquoi tu me demandes ça ?

– J'aurai peut-être besoin d'eux.

– Tu es leur ami. Ils t'admirent. Tu les a toujours aidés. Ils seront là. Tu peux m'en dire plus ?

Les deux amis parlèrent jusque tard dans la nuit. Ferdinand avait débouché une bouteille à laquelle ils ne touchèrent pas. Quand ils se quittèrent, la lune dansait sur l'eau, entre les arches du pont Battant. Comme si, habituée au pire, elle préférait en rire.

# 23

Just et Maurine partirent pour Mouthier-Le-Château quelques jours plus tard. Mme Lucas avait accepté de garder l'appartement en leur absence. Just était repassé voir Kerenn, lui expliquant qu'il laissait tout tomber, qu'il fallait tourner la page, qu'il comprenait ce que le commissaire lui avait dit au téléphone : le cahier de Jacques ne contenait aucune preuve ; des histoires d'enfant, sans plus, d'enfant trop imaginatif. Quand ils s'étaient quittés, Just avait tout de même demandé à Kerenn de lui restituer le cahier. Le commissaire avait refusé : la pièce avait été versée au dossier, à tout hasard. Just ne se douta pas que la pièce avait été purement et simplement détruite. D'ailleurs peu lui importait. Sa décision était prise.

Dans le bois des Mayes, le soleil jouait entre les branches des sapins centenaires. L'été s'était installé, remettant de l'ordre après le foisonnement du printemps. La chaleur semblait un concentré de vie, un distillat d'énergie brute. Les champs blondissaient tandis que les ruisseaux se tarissaient. Dans l'ombre fraîche des sous-bois, les écureuils couraient sur un tapis d'écorces sèches, bondissant entre une souche et le tronc d'un hêtre, ramassant une pive qu'ils emportaient dans leur cachette d'altitude, d'où ils pouvaient épier la vie, ses souffles et ses murmures, sans craindre pour la leur.

Just arrêta la Corvette sur le bas-côté, en face des Jonquets.

– Viens, Maurine.

Ils traversèrent un petit champ en foulant des herbes hautes et entrèrent dans la forêt. Les lueurs du couchant allumaient des incendies dans les collines, caressant leur courbe en plongeant vers les étangs. Ils longèrent une ravine, puis, passé un petit raidillon, entrèrent dans leur cachette. Celle où ils se retrouvaient, enfants.

Ils s'assirent devant la fenêtre donnant sur l'infini : un trou dans la roche, qui s'ouvrait sur les tourbières et les marais, et d'où le regard filait jusqu'à l'horizon. Les eaux dormantes semblaient garder un secret. Just prit la main de Maurine.

– Je vais te faire une promesse.

Maurine se serra contre lui.

– Tu reverras ton fils. Un jour, Jacques sera de nouveau à tes côtés.

Elle ne pleura pas. Elle se contenta de poser la tête sur l'épaule de Just et de regarder avec lui mourir un nouveau jour.

La Frasne les attendait, imposante et tranquille. Barthélémy faisait les cent pas dans la cour, et quand il les vit, il prit son béret et l'agita en venant à leur rencontre.

– Jo ! Les voilà !

La Corvette se gara devant le perron. Quelques minutes plus tard ils étaient attablés devant un pontarlier, tandis que le crépuscule jetait sur cet endroit perdu un voile de mystère. Les grands arbres penchés sur la Frasne semblaient participer à la veillée, le silence n'était troublé que par le cri des buses planant sur les étangs. Dans les champs jusque-là écrasés de chaleur la vie se faufilait à nouveau entre les herbes, la chasse recommençait et, au bord des ruisseaux, les grands animaux trempaient leur mufle dans l'eau vive, avant de regagner les sous-bois et les sentes qu'ils parcouraient, les bois dressés, les yeux écarquillés sur les pièges de l'ombre.

Ils dînèrent au clair de lune, de fromage, de saucisses et de salade croquante. Un chardonnay frais et rond s'était invité à la table. Puis les femmes allèrent à leur toilette de nuit, pendant que les hommes partaient voir les bêtes. Dans un pré pentu et semé de chardons, une cinquantaine de vaches dormaient sous les étoiles.

– Où sont tes Comtois ?

– Dans le creux avant les Mayes. Ils se mettent toujours là. C'est des timides.

Le domaine de Barthélémy s'étendait jusqu'aux contreforts des Galières, jouait à saute-collines au sortir des tourbières et descendait en pente douce jusqu'à la rivière, qu'on distinguait à peine, derrière une haie de noisetiers et de hêtres.

– Papa serait fier de toi.

Barthélémy regarda Just en souriant :

– Tu parles. Il m'engueulerait d'avoir tout ça. Tu sais bien ce qu'il disait : un paysan est esclave de sa terre. Moins il en a, plus il est libre.

– Il serait quand même fier de toi.

Les deux hommes gardèrent le silence pendant quelques instants, ne chassant pas les souvenirs, mais les gardant à distance. Puis Barthélémy laissa tomber quelques mots à voix basse :

– Tu es venu, Just. Tu as suivi mon conseil. Mais je sais bien que tu n'es pas ici pour passer des vacances.

Just se tourna vers son frère :

– Non. Les vacances sont terminées. Et certains vont très vite s'en apercevoir.

Derrière les Mayes, à l'aplomb de la rivière, se dressait le château de Lucas. Just y jeta un bref regard. Barthélémy comprit que le temps des regrets et des pleurs était terminé, et qu'était venu le temps de la colère.

Joëlle avait installé ses invités dans la chambraute. Cette alcôve donnant sur la grange était la pièce la plus fraîche de la ferme. En été, c'est là qu'on dormait le mieux. Just y rejoignit Maurine. Elle lisait en l'attendant.

– Viens.

Elle avait défait ses cheveux. Elle était nue. Just se déshabilla et se glissa à ses côtés. Il la prit dans ses bras, embrassa son cou, le mordilla. Puis du dos de la main il caressa ses seins, avant d'y poser sa bouche. De la langue il goûta le sel de sa peau. Elle avait pris sa tête entre ses mains, le guidant là où nichait le plaisir, qu'elle laissa venir, les yeux mi-clos, savourant chaque seconde. Elle procura à son amant le même plaisir, ses longs cheveux faisant à sa bouche un voile de blondeur qu'il macula, le souffle coupé, le ventre en feu. Ils burent de l'eau de source à la carafe posée à leur chevet.

– Maurine.

Du lit ils apercevaient les poutres faîtières de la grange. Vers eux montait l'odeur du foin séché, du cuir des ridelles et du bois de sapin.

– C'est notre dernière nuit ensemble avant longtemps.

Elle se tourna vers lui. Il la rassura d'un regard et d'une caresse.

– Un jour tu m'as dit qu'il fallait que je me venge de ton père.

– Ce n'est plus mon père !

– … sinon, c'est toi qui le ferais.

– C'est vrai, je l'ai dit.

– Le moment est venu. Je vais me venger. Je vais te venger. Et venger Jacques.

– Jacques ?

Elle s'était tendue, comme si elle avait reçu une décharge électrique.

– Lucas lui a fait du mal. Beaucoup de mal.

– Du mal ? Dis-moi, dis-moi.

– Il s'est servi de lui. De ses... pouvoirs.

Maurine le regarda sans comprendre.

– Tu n'en as jamais rien su. Je voulais te protéger. Après tout, c'était un enfant comme les autres. Mais avec quelque chose en plus. Ou en moins. Un don. Ou un fardeau.

Dans la cour de la ferme passèrent des animaux sauvages, un renard, une martre en maraude. La lune donnait à la lambrechure de sombres reflets d'ardoise. La lumière resta longtemps allumée dans la chambraute. Quand elle s'éteignit, des secrets s'étaient envolés. Trop longtemps gardés, ils ne purent s'échapper et allèrent s'échouer dans les étangs, où ils en rejoignirent d'autres, plus lourds encore.

# 24

Comme tous les soirs depuis dix jours, les deux frères étaient à l'affût. Ils partaient vers onze heures, traversaient les Mayes, grimpaient par le chemin des collines et se cachaient dans un bosquet d'arbustes. De là, ils avaient vue sur le parc du château, les grilles et l'entrée principale. Ils attendaient. Les soirs de pluie, ils rentraient trempés, se séchaient et mangeaient une collation préparée par leurs compagnes. Dans la confidence, elles veillaient à tout. Prêtes à téléphoner pour demander du renfort. Les Montrapon étaient depuis trois jours logés chez Lucien, l'oncle de Just. Huit gaillards pressés d'en découdre. Ferdinand avait confié pour quelques jours la gérance du Cep de Comté à Louis Aminel, le beau-père de Rosine. Il logeait à Morteau, chez son cousin Martial Lacour, brigadier de gendarmerie. C'est par lui qu'il avait appris que Lucas préparait quelque chose pour la première quinzaine de juillet. Lacour venait de divorcer de la fille d'un conseiller général connu pour ses amitiés suspectes dans la région. Il lui avait également révélé qu'il n'y avait rien à attendre des forces de police : certains gradés étaient impliqués, d'autres craignaient pour leur carrière. Le Conseil du Serpent semblait avoir de beaux jours devant lui.

# 25

Le 1er juillet au matin, Lucas se rendit à la banque où Tricot lui remit 500 000 francs en liquide. Puis il fit route vers la Suisse toute proche et déposa l'argent sur un compte à Saint-Imier. De retour au château, il s'enferma dans son bureau, remplit deux cartons de papiers divers, factures, relevés de banque, reçus, feuilles d'impôts et les fit brûler dans la cheminée du salon. Puis il fit venir Milot. L'homme à tout faire de Lucas se présenta à lui en tenue de majordome, pensant que son patron lui demanderait de préparer le repas : il était treize heures.

– Milot, ce jour est un grand jour : nous allons mettre du vin en bouteilles.

– Très bien, monsieur.

– J'ai reçu une pièce d'un excellent chardonnay.

– Ah ? Qui l'a livrée ?

– Muselier. Pendant que vous étiez en courses à Ornans.

– Monsieur désire déjeuner avant ou après ?

– Après ! Nous n'en avons que pour une petite heure.

L'accès de la cave était à la cuisine : une trappe munie d'un anneau. Milot l'ouvrit, une lampe à la main, et s'engagea dans l'escalier. Lucas le suivit et referma.

– C'était inutile, monsieur.

– La température doit rester constante, Milot, ce n'est pas à vous que je vais l'apprendre.

La cave était presque vide : quelques bouteilles de bourgogne et de bordeaux, une dizaine de clavelins, une rangée de champagnes.

Milot leva sa lampe.

– Où est le chardonnay, monsieur ?

Comme il lui tournait le dos, il ne vit pas Lucas sortir son revolver :

– N'y voyez rien de personnel, Milot. Vous avez toujours été loyal et dévoué. Simplement, vous en savez un peu trop. Je suis désolé.

Le majordome avait fait volte-face et regardait le châtelain avec stupeur. Le coup de feu claqua. Il s'écroula dans les bordeaux, emportant dans sa chute le rack de bouteilles pleines. Le vin se mêla à son sang, et l'odeur du nectar à celle de la poudre. Lucas ramassa la lampe, déposa sur un foudre un billet plié en deux et remonta. Il referma la trappe, s'épousseta et retourna à son bureau. Il téléphona longuement à Delage, le chroniqueur de *L'Est républicain* et, sitôt après avoir raccroché, se servit un scotch et alluma un cigare. À la fin de l'après-midi, la bouteille était vide. Lucas s'endormit sur le canapé et ne se réveilla qu'à onze heures du soir. Il but trois tasses de café, avala deux comprimés, se doucha et se dirigea vers les écuries. Quelques minutes plus tard, il galopait vers les collines.

Les deux Comtois de Barthélémy attendaient à couvert. Dès qu'ils virent le châtelain sortir de l'écurie sur Kadjinn, les deux frères sautèrent en selle. Lucas passa devant eux au petit trot. Ils lui laissèrent trois cents mètres d'avance et suivirent ses traces. Ils parvinrent à la clairière où patientait l'alezan, cachèrent leurs chevaux dans le sous-bois et pistèrent Lucas jusqu'au ravin. Quand ils arrivèrent à la cascade, le châtelain avait disparu.

– Merde ! Où il est, ce con ?

– Il suffit de l'attendre, il va revenir.

Ils se dissimulèrent derrière une grosse roche. Quelques minutes plus tard, Lucas surgissait du mur d'eau, un sac jeté sur l'épaule. Le châtelain grimpa la pente, passa à quelques mètres d'eux et retourna à la clairière. Just et Barthélémy patientèrent quelques instants et descendirent à leur tour. Just traversa le premier le rideau ruisselant, Barthélémy le rejoignit quelques secondes plus tard. La cascade dissimulait l'entrée d'une caverne étroite. Ils s'y engagèrent, à la lueur de la lampe-torche que tenait Just. L'endroit était sale : des cadavres de bouteilles, des canettes de bière, un tailleur de femme déchiré, jeté sur un tas de détritus, des ossements d'animaux, des boîtes de conserve. Ils parvinrent à un escalier vertical, fait de marches de métal plantées dans la pierre, qu'ils descendirent. En bas, la même saleté, comme si des orgies avaient eu lieu en cet endroit, et que les participants n'avaient pas jugé nécessaire d'en effacer les traces : magnums de champagne vides, préservatifs usagés, vaisselle brisée. L'ouverture principale de la caverne donnait sur la forêt. De là un sentier serpentait entre les ronces et les fougères, s'interrompant brutalement. Just s'avança : le faisceau de la lampe balaya le vide, puis dévoila les contours d'une large cuvette creusée dans la terre. Les frères Mouthier descendirent les quelques marches pourrissantes d'un escalier de bois. Au centre du cratère, un amas de roches disposées en cercle. À l'intérieur de ce cercle, un tas de cendres d'où émergaient des bûches calcinées. Just et Barthélémy examinèrent longuement les alentours, et les chemins conduisant au cratère. Avant de parvenir à la route, il fallait traverser une zone de marais et de gouilles, où abondaient les *tremblants,* ces tapis flottants de laîches. Puis un autre sentier traversait une pinède à crochets, et menait à une prairie envahie de sainfoin, de scabieuses et de cirse des marais. Le ruban de bitume se cachait derrière une haie d'églantiers et de frênes. Les deux frères rebroussèrent chemin, passèrent le mur d'eau et retrouvèrent leurs chevaux. Une demi-heure plus tard, ils étaient de retour à la ferme.

Lucas rentra Kadjinn et alla chercher sa voiture qu'il gara devant la porte des écuries. Il ouvrit le coffre et y jeta le sac qu'il avait rapporté de la cache. Puis il tira vers l'extérieur une cantine de fer cachée sous des ballots de foin, à côté de la sellerie. Elle était trop lourde et trop volumineuse pour être hissée dans le coffre. Il la vida méthodiquement des lingots, billets de banque et bijoux qu'elle contenait : le butin du Conseil du Serpent. Lucas claqua le coffre, le ferma à clef et alla garer la voiture devant les cuisines, où il se prépara à dîner : steak, salade, fromage, arrosé d'un verre de vin. Il lava son verre, son assiette et ses couverts qu'il plaça dans l'égouttoir. Puis il s'enferma dans son bureau et rédigea une lettre. Prit une enveloppe sur laquelle il écrivit une adresse, la glissa dans sa poche et plaça la lettre seule en évidence sur le sous-main avant de sortir de son bureau, longea le couloir menant au vestibule, se regardant une dernière fois dans le miroir suspendu au-dessus de la maie : pâle, les joues creusées, le menton haut, il ressemblait à un Holbein aux couleurs passées. Il eut un sourire mécanique, puis, tournant les talons, ouvrit la porte. Il faisait nuit noire. Il tourna la clef dans la serrure, la jeta dans un gros vase de Salins installé en haut des marches, alla à sa voiture et démarra. Il dut redescendre pour ouvrir les grilles, puis les refermer. Enfin il démarra, sans un regard pour ce qu'il laissait derrière lui.

Il passa la nuit dans une bergerie abandonnée, sur la route de Verches.

À la Frasne, Barthélémy s'était levé avant l'aube. Il avait entendu du bruit du côté du poulailler et n'avait pu que constater les dégâts : un renard ou une fouine avait réussi à pénétrer dans l'enclos et trois pondeuses manquaient à l'appel. Il rafistola le grillage comme il le put et rentra à l'outo prendre son petit déjeuner. Just l'attendait, cafetière à la main.

– Alors, frangin, goupil a fait des siennes ?

Il lui remplit son bol et coupa deux tranches de pain. Ils burent le café brûlant et y trempèrent leurs tartines.

– Ce soir, on y retourne.

– Au château ? Évidemment.

– Non. À la cascade.

Barthélémy leva le nez de son bol.

– Tu crois que c'est pour bientôt ?

– Oui. Lucas s'affaire. Je vais appeler Ferdinand.

La journée se passa en préparatifs. Les Montrapon arrivèrent vers cinq heures du soir. Ils prirent une collation, dans l'outo, assis autour de la grande table de bois. L'âge avait durci leurs traits, leur regard était une mer d'illusions perdues. Mais ils étaient restés fidèles à leur amitié d'adolescence. Ils écoutèrent Just, se répartirent les tâches. À huit heures sonna l'heure du départ. Ferdinand était arrivé entre-temps. Les deux voitures prirent la route des étangs. Barthélémy était monté dans la Corvette, avec Just et trois Montrapon, Djeck, Malik et Kojdar. Dans le coffre, des triques, des barres de fer. Le soir tombait, le ciel pâlissait. Les haies de nerpruns transformaient les chemins en corridors obscurs. Les voitures roulaient au pas, tous feux éteints. Ils arrivèrent au carrefour de Verches, s'engagèrent dans un chemin creux. Ils se garèrent dans le sous-bois, à couvert. Puis se séparèrent en deux groupes. L'un partit vers les marais, avec Barthélémy. L'autre se plaça en lisière, avec Just. Kojdar était chargé de jouer les agents de liaison. L'attente commença. La nuit était tombée sur les marais. Les rossolis étiraient les cils de leurs feuilles pour y attirer les insectes. Elles les digéraient à l'ombre des fritillaires et des parnassies. Les tapis flottants frémissaient sous le vent.

La première voiture arriva à la demie de onze heures. Un homme en descendit, en costume de pénitent, ouvrit une barrière de bois et de barbelés qui donnait sur un chemin menant à une carrière. Il gara sa voiture le long de la paroi crayeuse. Just et son groupe étaient cachés en lisière. Ils virent l'homme se couvrir la tête d'une coiffe pointue mais ne purent distinguer son visage. Il emprunta ensuite un petit sentier taillé à flanc de colline et disparut. Les arrivées se succédèrent. Just compta quinze grosses cylindrées.

Le dernier arrivant referma la barrière et s'engagea dans le chemin.

– On y va.

Just et son groupe se dispersèrent dans la campagne.

De l'endoit où Barthélémy était placé, un talus bordé de séneçon, la vue plongeait vers le cratère, au centre duquel un feu avait été allumé par les premiers arrivants. Tous les participants avaient pris place dans le cercle, dans un silence absolu. Quinze pénitents étaient rassemblés autour des flammes.

– C'est quoi ce r'veuillon d'cochons ? souffla Barthélémy.

– On va bientôt savoir, lui répondit Moktar, les yeux brillants.

Il avait une trique à la main, et sortit un cran d'arrêt de la poche de son blouson. Barthélémy posa la main sur son bras.

– Pas de sang. Just a été formel.

Moktar eut une moue amusée :

– C'est juste au cas où ces gars seraient outillés, dit-il en éprouvant du gras du pouce le fil de la lame.

Lucas arriva le dernier. Il avait garé sa voiture sous un chêne, en bordure de la départementale. Il coupa à travers champs, longea un petit étang et grimpa au sommet d'un tumulus. De là, il vit la carrière où les quinze voitures attendaient. Il inspecta les alentours et se dirigea vers le cratère. Il portait une longue robe noire et enfila une cagoule avant de surgir de la forêt. Marchant à pas lents, il descendit les marches de bois et prit sa place dans le cercle. Les flammes étaient hautes de plus de trois mètres. Les parois du cratère se teintaient de pourpre et d'or. Lucas fit un pas en avant.

– La séance plénière du Conseil du Serpent est ouverte.

# 26

À Nataïwatch il était huit heures du matin et Jacques dormait d'un sommeil de plomb. La veille, il avait bu le kava avec de jeunes Kanaks, des neveux de Bekemoï. Les sucs douceâtres de la plante avaient embrumé son cerveau et il était tombé sur sa couche, insensible aux caresses de Fang. Elle s'était consolée avec un des neveux, dans la case voisine. Jacques était seul. Les volets de son bungalow donnant sur le large étaient fermés. Jacques sentit une vague de chaleur monter de son bas-ventre. Il connaissait cette sensation. Sa tête partit en arrière. Un *message* tentait de lui parvenir. Il vit un cercle de feu, de hautes silhouettes noires. Et il entendit *la voix.*

## 27

– Au commencement était le livre d'Hénoch, et l'antique Serpent, le Diable, *le Satan*, le *séducteur du monde entier*, fut jeté sur la terre et ses Anges avec lui. Venefica et Thessalia avaient déjà instillé leur venin et tissé les couronnes des *daîmons*. La strige attaquait les enfants n'ayant pas de nourrice, dévorant leur chair et buvant leur sang. Elle poussait des cris stridents dans l'horreur de la nuit. Puis Canidie sacrifia un agneau noir et convoqua les fantômes. Elle enchanta la lune avant de perdre ses dents.

Lucas se tut. Les autres se tournèrent vers lui. Le châtelain resta un instant immobile, puis ses épaules commencèrent à se secouer et il partit d'un rire inextinguible, un rire de gorge qui finit en hennissement.

Les pénitents se regardaient, éberlués. Lucas fouilla sous sa robe noire et sortit son revolver. Le cercle fut parcouru d'un frisson.

– Trêve de plaisanterie.

Il reprit son souffle, le corps parcouru de loin en loin par un tremblement nerveux qui se dissipa peu à peu. Il tenait son revolver à bout de bras et balayait le cercle d'un mouvement ample et lent.

– On ne joue plus. Le diable est parti pourrir en enfer.

Le maudjou ne reviendra plus. Il est loin, très loin. C'est moi qui lui ai dit de partir. Car il est de mon sang. Et mon sang doit continuer de vivre. Vous n'avez plus à avoir peur. Lui avait quelques pouvoirs. Moi je n'en ai aucun. À part celui-ci.

Il montra son arme.

– Ceci est la dernière séance du Conseil du Serpent. Du moins, la dernière qui soit anonyme.

Il eut un rire bref.

– Bas les masques ! Mes frères et sœurs, vous allez montrer vos jolis minois. Ne soyez pas timides. C'est votre heure de gloire.

Les pénitents hésitaient, se concertant du regard. Lucas tira un coup de feu en l'air.

– Le prochain est pour l'un d'entre vous.

Ils s'exécutèrent. Des visages d'hommes et de femmes apparurent à la clarté des flammes. D'âges divers, ils avaient tous la même expression de stupeur. Qui s'accentua quand Lucas cria :

– Delage, c'est à vous.

Dix, vingt flashes illuminèrent le cratère. Les pénitents furent mitraillés par le journaliste et son assistant. Un seul pénitent avait gardé sa coiffe.

– Si notre frère, ou notre sœur veut bien se donner la peine.

Le pénitent fixait Lucas, toujours masqué, qui pointait sur lui son revolver. Il avança de trois pas, porta la main à sa coiffe. La retira. Et le visage de Just apparut.

# 28

Jacques se dressa sur son séant. Son père était au centre du cercle. Il était en danger. Le centre était *l'endroit* où ne pas être. Beaucoup y avaient été poussés, après les *questions*, puis pris par les flammes, ou par la lame. Ensuite, les ombres noires creusaient des tombes à l'écart. Jacques se leva et poussa les volets. L'océan grondait sur la barrière des brisants.

# 29

Just parlait d'une voix ferme :

– J'ai enlevé mon masque. Celui que j'ai emprunté à un de vos amis, qui fait en ce moment la sieste dans les fourrés. À votre tour.

Le châtelain pointa sur lui son revolver. Puis il se ravisa.

– Il n'est de bonne compagnie qui ne se quitte.

Lucas recula, le revolver en main, escalada les marches et se mit à courir. Il disparut dans le sous-bois. Les pénitents démasqués essayèrent de l'imiter. Mais les Montrapon faisaient bonne garde. Il y eut des dents cassées, des côtes fêlées et des bains forcés dans l'eau croupissante. Des dames furent malmenées, certaines, les plus belles, plus rudement que d'autres. Au bout d'un quart d'heure de bastonnade, de fessées friponnes et de fiesta pugilistique, les Montrapon s'arrêtèrent pour reprendre leur souffle. Barthélémy lâcha son gourdin et décocha un dernier coup de pied aux fesses d'un pénitent dodu qui s'écroula dans les taillis, le postérieur meurtri. Barthélémy regarda autour de lui. Just avait disparu.

Dès que la bagarre avait commencé, il s'était rué à la poursuite de Lucas. Il le rattrapa près du petit étang, alors qu'il fonçait vers sa voiture.

– Lucas !

Le châtelain se retourna. Il avait retiré son masque. Il leva son revolver.

– Allez-vous-en.

– Pas avant que vous ne m'ayez dit où est Jacques.

Lucas baissa l'arme.

– Évidemment je pourrais vous le dire. Évidemment. Mais je ne le ferai pas.

– Pourquoi ?

Lucas haussa les épaules :

– Parce que *la course n'est pas terminée.* Maintenant filez. Je vais perdre patience.

Just fit un pas vers lui :

– Alors tuez-moi.

Lucas ricana :

– Mon gendre ce héros… Non je ne vous tuerai pas, bien que j'en meure d'envie. Ce n'est pas pour vous que je me prive de ce plaisir. C'est pour elle…

– Qui elle ?

Lucas fit un geste vague de la main qui tenait le revolver

– Vous le savez bien.

Et il courut à sa voiture. Just le regarda partir, silhouette tassée, profil d'oiseau de proie. Il baissa la tête et ses mâchoires se crispèrent de colère.

Delage et son assistant étaient installés dans la voiture du journal garée sur le talus de la nationale quand on frappa au carreau. Le journaliste actionna le bouton électrique et la vitre se leva.

– Salut, Delage.

– Bonsoir, commissaire.

– La chasse a été bonne ?

– Plutôt, oui.

– Laissez-moi en juger.

– Pardon ?

– Donnez-moi vos appareils, et toutes les pellicules. Les appareils vous seront restitués dès que possible.

– Vous plaisantez ?

Kerenn souleva un pan de sa veste. Son arme apparut dans son étui :

– J'ai l'air de plaisanter ?

– C'est illégal !

– Ça aussi c'est à moi d'en juger. Allez, filez.

Cette nuit-là, le hibou du bois de Verches s'offrit un dîner d'après-spectacle. Une vingtaine de voitures avaient défilé sous son arbre et lorsque la dernière, celle du commissaire Kerenn, quitta les lieux, il s'ébroua les plumes, tendit le cou, scruta les fourrés et se laissa tomber de l'arbre, en un vol lourd mais gracieux. Il y eut un couinement aigu, et une vie prit fin sous ses serres. Le hibou emporta sa proie sur un rocher et la dégusta en quelques coups de bec tranchants et précis.

# III

# *L'ange de l'oubli*

Il est, à l'écart du monde, dans un monde qui n'est plus le monde, un endroit perdu, que certains appellent le paradis, d'autres l'au-delà. Il est traversé de fulgurances lumineuses, mouillé par les chagrins, les larmes de joie et les souvenirs, tout ce qui fait une vie : le tumulte, les rires et les cris, les amours. Dans une clarté opaque qui agit comme un filtre, le passé s'étire en filaments qui, peu à peu, cèdent. De la vie écoulée ne subsiste alors qu'une vibration, un murmure, une très lointaine rumeur, comme celle qu'on peut imaginer quand on se penche sur un livre d'histoire.

Ne pas y croire ne l'empêche pas d'exister. Il est. Quelque part. Il baigne dans une lumière fragile. Il est fait d'indifférence, est habité par des ombres. On ne s'y ennuie pas, on s'y promène. On n'y vit pas, c'est une endroit où on achève d'oublier.

Connaissez-vous l'ange de l'oubli ? Il est responsable de ce pli qu'ont les humains entre la bouche et le nez. Lorsqu'on renaît, l'ange, d'une pression sur les lèvres, vous somme tendrement de vous taire, vous qui savez déjà tout. Et de tout oublier.

# 1

*Mouthier-Le-Château. France. Juin 2006. Vingt ans plus tard.*

Le soir tombait sur le village. Le soleil jouait avec les branches des sapins, caressant la surface de l'eau coulant en contrebas. Dans les gorges, la fraîcheur s'installait, après la chaleur de l'après-midi. Le village attendait le couchant, qui le transformerait en caravane immobile, saillies et courbes se reportant en ombres chinoises sur le flanc des collines. Les derniers rayons chauffaient le toit des fermes. Les bêtes rentraient à l'étable, roulant leurs flancs ronds et lourds. Sur la route descendant vers la combe, un homme au volant d'un tracteur, contemplait, cigarette à la bouche, le panorama biblique qu'il connaissait par cœur : des champs de blé, dix hectares d'arbres fruitiers, un troupeau de cinquante bêtes paissant dans une prairie plantée de chênes, qui venait buter sur les contreforts d'une reculée. Plus loin, au-delà du bois des Mayes, se dessinaient, sur un éperon rocheux, les contours du château. Ses murs plongeaient à l'à-pic vers les gorges, et personne n'aurait été étonné de trouver l'édifice écroulé dans le ravin, un lendemain de tempête, tant il tendait vers le vide. Il régnait depuis des siècles sur la région et sa présence, pour les habitants, était la signature de ce paysage familier.

L'homme tira une bouffée de sa cigarette et siffla entre ses dents. Un braque sortit alors d'un fourré où il batifolait et se mit à courir devant le tracteur. La route était devenue chemin, et la ferme apparut bientôt. La Frasne, où des générations de Mouthier, d'Alphonse à Victorin, de Gaston à Ludovic, avaient connu des fortunes diverses. La Frasne, détruite puis redonnée à la vie [1], fierté d'une dynastie de paysans.

Barthélémy stoppa le moteur, descendit du tracteur et marcha vers l'entrée de la ferme, son chien sur les talons. Effrayée par le bruit de l'engin, une buse perchée sur un piquet de clôture s'envola vers les étangs, dont on apercevait, dans le clair-obscur, les lignes courbes, le tracé rendu flou par la vapeur de fraîcheur qui les enveloppait. La colonie de sapins noirs entourant la ferme allait se perdre dans les futaies de lisière du bois des Mayes.

– Joëlle ?

Il poussa la porte de l'outo. La salle commune était vide. Sur la table de bois était dressé le couvert. Pour deux. Assiettes, ronds de serviettes. Un pot de vin. Une cruche d'eau. Un couteau posé à côté d'un gros pain. Barthélémy marcha vers la cheminée en se tenant les reins, les lombaires endolories par le plantage des semis. La vieillesse venait. La litanie des années passées, inscrites dans sa chair et ses os de paysan resté fidèle à la terre. Depuis quelques jours il boitait. Un ongle incarné. Une négligence. Il n'avait jamais trop fait attention à lui-même. Sa femme boitait également, conséquence d'une chute dans un ravin, en ses tendres années. Un couple

1. Cf. tome 1.

de boiteux : ils allaient se marrer, au village. Ce con de Loubi allait les charrier, aux quilles, après la messe.

– Joëlle ?

Il souleva le couvercle de la marmite accrochée dans l'âtre, huma le fumet : un lapin mijotait dans son lit de pinot, de laurier et de thym. Ce n'était pourtant pas jour de fête. Peut-être que son frère Just était monté de Besançon. Le fermier avait passé la journée aux champs et, comme il refusait d'acheter un portable, n'apprenait les nouvelles que le soir, en rentrant.

La télévision, son coupé, diffusait les informations régionales. Barthélémy chercha la télécommande, appuya sur « volume », et la musique d'un groupe folklorique emplit l'outo. Il regarda un instant danseurs et danseuses se démener sur une gavotte, puis la présentatrice reprit la parole et il coupa le son.

Un dernier rayon de soleil filtré par des rideaux d'un blanc immaculé allait mourir sur un coin de la maie. Barthélémy se racla la gorge et alluma une cigarette. Le médecin lui avait conseillé de freiner mais va, il fallait bien s'en aller de quelque part. Du cœur, du foie, des poumons. Bon chien, taille la route, et roule vers le paradis. D'autres avant lui s'étaient grillé la santé avec ce poison, et alors ? Il vivait au grand air. Mi-air, mi-tabac, beau mélange ! Il hocha la tête. Son frère lui manquait. Si c'était bien lui qui venait dîner, il était sans doute passé au village avant de monter à la ferme, pour saluer tel ou telle, qui le tenait en haute estime. Just Mouthier. Le bienfaiteur. Des années de générosité. Mal payées de retour. Du malheur, des regrets. Ce fils disparu. Envolé. D'ailleurs ça valait peut-être mieux.

Posées sur le buffet, des photos dans des cadres de métal poli. Barthélémy et Joëlle, le jour de leur mariage. Les mêmes, avec leurs enfants, Christine et Étienne. Puis

Just et Maurine, avec Jacques, leur fils aîné. Il avait alors quinze ans. Une autre photo : Benjamin, à vingt ans, souriant, bronzé, sur le campus d'une université américaine. Barthélémy tira sur sa cigarette, qu'il se cala au coin des lèvres avant de monter à l'étage, chercher sa femme.

Au même instant, à vingt mille kilomètres de là, Jacques Mouthier survolait la Grande Terre, laissant derrière lui l'île Kunié. Il aperçut l'embouchure de la rivière des Pirogues, dont les rives de latérite fumaient sous le soleil. Et les premières villas accrochées aux collines, leurs toits colorés, jaune, vert, rose. Déjà l'avion amorçait sa descente vers Nouméa. L'hôtesse terminait sa ronde de contrôle – mettez votre ceinture, relevez votre tablette – quand il se crispa soudain sur ses accoudoirs, portant la main à ses yeux. Un visage de femme. Elle suffoquait. Mais Jacques ne voyait pas de mains autour de son cou. Juste une corde.

– Monsieur ? Tout va bien ?

Le visage de femme avait disparu, remplacé par celui de l'hôtesse penchée sur lui. Il eut envie de la frapper pour qu'elle s'éloigne, serra plus fort les accoudoirs.

– Ce n'est rien. Un petit étourdissement.

– Voulez-vous un verre d'eau ?

– Non.

Elle regagna son poste, près de la cabine de pilotage. Jacques fouilla dans son sac, en tira une petite boîte fabriquée dans du bois exotique : il y prit une pincée d'une poudre verte qu'il fit glisser sous sa langue et ferma les yeux. Il ne les rouvrit que quand l'avion posa ses roues sur la piste, en un rebond sec qui fit tanguer la carlingue.

– Joëlle ?

Leur chambre était vide. La fenêtre donnant sur les champs était ouverte. Le lit était fait, les draps tirés au cordeau. Barthélémy alla à la fenêtre, qu'il referma après un bref regard sur les reflets rouges du soleil frappant le haut des Galières. Dans la pâture longeant les Mayes, six chevaux attendaient la nuit. Ils paissaient, savourant le calme et la fraîcheur du soir.

Barthélémy regagna le couloir et se dirigea vers la chambraute. C'est là que Joëlle rangeait leur linge ; peut-être s'y trouvait-elle. Le plancher craquait sous ses pas. L'odeur du foin montait de la grange. Dans l'entrecroisement des poutres faîtières se tenait un chat-huant. Barthélémy se pencha sur la rambarde.

– Ah ! T'es là !

– Je finis ma première couche.

– Et pourquoi tu réponds pas, quand je t'appelle ?

– C'est que je deviens sourde, mon pauvre.

La Fauvette était installée de guingois sur un échafaudage de fortune suspendu au-dessus du vide par deux cordes passées dans des poulies. Un pinceau à la main, elle étalait du lasure sur la lambrechure.

– Qui c'est qui t'a bricolé cet engin de malheur ?

– Je me le suis bricolé toute seule.

– Tu vas te casser le cou.

– Penses-tu !

– Descends de là et viens souper.

Joëlle posa son pinceau.

– Je mange en vitesse et je reviens finir.

Elle défit le nœud retenant la corde et fit descendre l'échafaudage qui stoppa sa course sur des cuchons de foin. Vive, elle sauta à terre et se dirigea vers l'outo, où Barthélémy la rejoignit. La corde, abandonnée, s'entortillait sur elle-même comme une vipère prise au lacet.

Le chat-huant cligna les yeux et, déployant ses ailes, s'envola vers les étangs.

Le bimoteur venait de redécoller pour l'île des Pins avec une nouvelle cargaison de touristes. Jacques le suivit un instant du regard, alluma une cigarette et se dirigea vers les taxis. L'aérodrome Magenta était éloigné d'une vingtaine de kilomètres de l'aéroport international La Tontouta. Il s'installa sur la banquette arrière d'une Mercedes hors d'âge et se concentra sur le paysage. C'était le seul moyen qu'il avait de bloquer les portes de son inconscient, de s'évader de lui-même pour *voir.* Alors apparaîtraient, tapies dans le feuillage ou révélées par les ondulations du Pacifique qui tanguait au loin, des images oubliées, ou des images *à venir.* Il avait reconnu la femme au visage écarlate, étranglée par une corde : c'était Joëlle, sa tante. Il se crispa, car cette filiation le ramenait à sa malédiction, au bannissement qu'il s'était imposé. Et à l'horreur qu'il avait vécue, et engendrée. Le passé s'accrochait à lui, s'insinuait dans ses artères comme un poison violent remonte les capillaires, fonçant à travers la liqueur rouge et épaisse, jusqu'au cœur. Jacques fixa son regard sur un rideau de banians, et le visage de Joëlle réapparut. Pas de doute, c'était elle. La Fauvette. Sa peau avait retrouvé sa teinte naturelle, grand air, soleil et vent. Plus de corde autour de son cou. Ce n'était qu'un sursis. Il fallait agir. Les paupières closes, Jacques plongea vers les abysses, parvint à la source, se laissa dérober quelques minutes de vie et remonta à la surface où il émergea en frissonnant. Il rouvrit les yeux. Dans le rétroviseur, le chauffeur le regardait :

– Ça va, monsieur ?

– Oui, merci. C'est encore long ?

– On y est presque.

Il but une gorgée d'eau minérale. Maintenant il devait faire vite. Trouver un *véhicule*.

C'était un gros rat des champs, nourri de graines cueillies à pleines dents au bout de tiges tendues vers le ciel. Il était tapi sous une souche, solitaire. Les buses, chouettes et autres rapaces avaient décimé sa famille. Lui avait survécu. Plus d'une fois, pourtant, il avait vu fondre sur lui une paire de serres acérées. Son secret ? Il ne sortait qu'en plein soleil. L'ombre des grands oiseaux les trahissait. Dès que tombait le soir, il ne bougeait plus une oreille, observant en gaspard avisé les luttes, frôlements, coups de griffes, coups de dents que se dispensaient martres, furets et renards. Il gueuletonnait – blotti dans son abri de feuilles et de brindilles – de glands, d'insectes, de vers gras chassés sur le tas de fumier, d'oisillons trouvés fracassés au pied d'un chêne, de couennes de fromage ou de lard chapardées dans les poubelles de la grande ferme. Ce soir-là, il faisait son miel d'un quignon de pain où subsistaient des traces de beurre rance quand une torpeur l'envahit, comme s'il nageait dans une source chaude ou s'il avait regagné le ventre de sa mère, dans le grouillement brûlant des autres embryons qui se collaient à lui. Il cligna des yeux, cessa dc grignoter le quignon et scruta l'obscurité. Ses moustaches ne décelaient aucun danger. Pourtant son cœur se mit à battre frénétiquement et il se sentit comme expulsé de son abri. Il trottait maintenant vers l'arrière de la ferme, se glissait à travers les herbes hautes qui couvraient le flanc de la montée de grange, arrivait à la haute porte de bois. Là, il souffla un instant, avant de repérer un interstice sous le vantail droit et de s'y glisser, alors qu'un rayon de lune se faufilait entre deux nuages pour venir frapper la surface des étangs. Sa queue louvoyant entre les brins de paille, le rat se dirigea vers le fond de la grange, une odeur de vernis déplaisante lui pinça le museau, mais il n'y pouvait rien, il ne s'appartenait plus, il fallait qu'il y aille. Là, posé sur un cuchon de foin, se trouvait un étrange appareil : trois planches réunies par des tasseaux, une corde, deux poulies. Il s'installa à califourchon sur la corde et l'attaqua à grands coups de dents. Il croquait, taillait, débitant le chanvre en tronçons inégaux, et quand il eut fini, et que la corde ne fut plus qu'un désastre de fil et et de crin, il trotta en sens inverse, jusqu'à la porte, rampa sous le vantail et surgit de l'autre côté. Il ne vit pas le chat-huant fondre sur lui, sentit le feu des serres lui mordre les flancs et poussa un couinement suraigu qui fut son épitaphe.

Jacques tendit la main pour prendre la monnaie, remercia d'un hochement de tête et sortit du taxi. Le chauffeur le regarda partir avec soulagement. Ce zoreille avait trop pris le soleil, ou il avait abusé du kava, de la ganja ou de la bière locale, en tout cas il faisait bien de quitter le pays, se dit-il en essuyant le siège encore chaud où se tenait Jacques quelques instants plus tôt : il était humide et poisseux. Le chiffon se colora de rouge, et quand le chauffeur le porta à ses narines, une odeur de bête crevée lui vrilla les sinus. Il courut jusqu'à une poubelle et y jeta l'étoffe puante.

– Vingt dieux, en v'là une autre.

– Dis voir ?

– Une fouine ou un raton m'a saccagé ma corde !

Barthélémy s'approcha : la Fauvette suffoquait de colère.

– C'est pas grave, ma Jo, on t'en rachètera une, viens te coucher, j'ai un peu chaud à la racine.

Elle le regarda par en dessous, et sa fureur tomba. Elle s'allongea dans le foin et releva ses jupes, découvrant une culotte blanche qu'elle fit glisser le long de ses cuisses fines. Jambes ouvertes, elle l'attendait.

– Viens. Ça fait longtemps qu'on l'a pas fait ici.

Il se déshabilla au plus vite, embrassa et mordilla le fruit salé puis entra en elle d'un coup. Les yeux mi-clos, Joëlle laissait monter le plaisir. La paille lui piquait les reins, la force de Barthélémy lui arrachait de petits cris. D'un ample battement d'ailes, le chat-huant regagna son perchoir, rassasié, le bec encore taché de sang.

# 2

Jacques était allé se rafraîchir le visage dans les toilettes de l'aéroport. Ce matin, il n'avait pas pris le temps de se raser : le village se réveillait, il fallait faire vite. Il ne voulait pas voir Bekemoï. Il n'y avait plus rien à dire. À expliquer. Il étala la mousse sur ses joues. Des années de plein soleil avait donné à sa peau des reflets cuivrés. Il ressemblait aux Kanaks qu'il venait de quitter. Musclé, aguerri, il était devenu une force de la nature, alors qu'à son arrivée dans l'île, il y avait vingt ans, il était pâle et maigre. Une ombre.

Le rasoir traça des sillons dans la mousse tendre et, passage après passage, lui rendit un visage lisse et frais. Torse nu, ne prêtant aucune attention aux allées et venues dans les toilettes de l'aéroport, il fixait son reflet dans le miroir. Le rat était mort, parce qu'après avoir servi de véhicule il devait mourir. Et Joëlle Mouthier, sa tante, était sauve. Tout était bien. Jacques vit passer des ombres furtives derrière le miroir. Des goules égarées. Des fantômes à genoux. Il les chassa d'un revers de main. Un touriste japonais qui se lavait les mains se méprit et eut un geste de recul. Puis il sortit de son sac un étui de plastique. Il en tira un tube de crème grasse, dont il commença à s'enduire le torse et les épaules, insistant sur la clavicule gauche, où se dessinaient de minuscules estafilades, des scarifications presque invisibles. Trois lignes obliques et parallèles[1]. La crème les fit disparaître presque complètement. Jacques rangea ses affaires de toilette dans son sac, but au robinet, se sécha les mains et sortit. L'aéroport, à cette heure matinale, ressemblait à une ruche vide, comme si une foule vrombissante attendait derrière les portes closes le moment de l'investir. Des chauffeurs de bus patientaient sur le parking. Jacques se dirigea vers le kiosque à journaux.

1. Cf. tome 2.

# 3

Malaï se tenait debout devant le chef Louis Bekemoï, entouré du conseil des anciens. Grand, musclé, des dreadlocks balayant son front et couvrant sa nuque, uniquement vêtu d'un short en jean beige et d'un gilet rasta, pieds nus, il avait l'air d'un guerrier des temps anciens, de ceux qui, autrefois, se donnaient rendez-vous dans la plaine des combats, au sud de la Grande Terre, pour se mesurer aux ennemis venus de Lifou : se battant parfois jusqu'à la mort, ils revenaient au village avec les dépouilles des vaincus, les faisaient cuire et les mangeaient. Ainsi le voulait la coutume, à l'époque révolue des grandes batailles.

– Le takata blanc est parti.

– Parti ? Où ? À la plage sans doute. Il aime se baigner le matin, à Nataïwatch. Peut-être n'est-il pas au courant, pour ma fille. Il voit dans le futur, mais il ne peut pas deviner le présent.

– Je l'ai cherché dans tous les endroits qu'il aime fréquenter.

– Va l'attendre devant sa case, et ramène-le-nous.

– J'en reviens, grand chef : sa case est vide. Toutes ses affaires ont disparu.

Il y eut un murmure dans l'assemblée. Bekemoï

imposa le silence. Le murmure devint une vibration sourde.

– Où a-t-il été vu pour la dernière fois ?

– Au mariage, chez Simon, vers deux heures du matin. J'ai interrogé des jeunes frères : ils l'ont vu quitter la fête, marcher le long de la route, puis s'enfoncer dans le petit bois.

– Lequel ?

– Celui qui mène à la baie des Rouleaux.

Le sorcier, toujours accroupi à gauche de l'entrée de la Grande Case, émit un coassement qu'il étouffa entre ses genoux. Le chef lui lança un regard bref.

– Il est peut-être allé à la Statue.

– J'ai téléphoné à Bernard Lojendro. Il ne l'y a pas vu.

– Fouille l'île du nord au sud. Il faut le retrouver.

Malaï s'apprêtait à répondre. Il comprit que cela ne servait à rien.

– Je ferai ce que tu dis. J'emmène avec moi Kolomé. Nous serons de retour ce soir. Ou demain matin.

Bekemoï fit un signe de la main. Malaï sortit après un bref salut. Le sorcier fixait le haut de la Grande Case. Ses lèvres bougeaient mais aucun son ne sortait de sa bouche. Puis il poussa un cri aigu et commença à onduler du torse, comme s'il se berçait. Léon Bekemoï joignit les mains et, les yeux posés sur la dépouille de sa fille, se remit à prier.

Malaï grimpa dans son 4 × 4, mit le contact et démarra en soulevant un nuage de poussière rouge. Un chien pelé poursuivit le lourd véhicule sur une dizaine de mètres en aboyant, puis, la langue pendante, s'enfonça dans les taillis.

# 4

Jacques acheta des journaux et des magazines, un bloc de papier et deux paquets de kleenex. Puis il se dirigea vers l'enregistrement. Nerveux, il tenta de se concentrer sur des images positives. L'une lui revenait sans cesse à l'esprit : une petite fille caressant un chat. Elle avait les cheveux blonds, le chat était tigré, gris-blanc. Il n'arrivait pas à savoir si c'était un souvenir ou une image récurrente, comme celle de ces voitures traversant la passerelle enjambant la rivière, dans sa ville natale, dont on ne voyait que le toit, les roues et les flancs étant masqués par le parapet, ou celle de cette vieille femme qui jetait du pain aux pigeons dans les allées de Granvelle puis qui s'éloignait, tenant un chien boiteux en laisse.

La petite fille aux cheveux blonds était souriante, elle parlait mais on ne l'entendait pas : il s'agissait d'un film muet, en super-huit, le débit des images était saccadé, et le visage de la petite fille disparaissait soudain dans un éclair blanc, le bobino tournant à vide : le film terminé, tout le monde était parti, quittant la salle où avait eu lieu la projection, abandonnant l'appareil à son sort. Jacques se repassa mentalement la séquence, puis il but une gorgée d'eau et jeta un coup d'œil à l'extérieur. Une voiture de police stoppait devant l'entrée principale de l'aéroport.

Un rayon de lune filtrait entre les tavaillons. Du foin sec montait un parfum d'épices et de prairie endormie au soleil. Joëlle caressait le torse de Barthélémy, les yeux mi-clos :

– Ton frère va monter. Mais pas ce soir, demain.

Le visage de Barthélémy s'illumina. Il serra Joëlle contre lui.

– Il a appelé ?

– Quand tu étais aux bêtes.

Demain serait un beau jour. Il emmènerait Just à la rivière, pour une partie de pêche. Ils casseraient la croûte au bord de l'eau. Comme autrefois. Quand leur père Ludovic leur apprenait à tirer la canne au bon moment : la truite fario sortait de l'eau comme un trait de lumière, se tordant au fil, la gueule mordue par le fer. Les gamins essayaient de l'attraper, mais elle se débattait, leur glissant des mains, avant d'être recueillie dans le filet, puis de tomber dans le panier, où elle attendait sa fin. Quand le soleil déclinait, le père donnait le signal du départ. Il allumait une cigarette et leur laissait tirer une bouffée, qui leur brûlait les poumons. « C'est pour les dégoûter », avait-il prétexté quand sa femme les avait surpris un matin aux champs, cigarette au bec. Après avoir gravi le chemin des Mayes, ils voyaient devant eux se dresser la grande ferme et y retrouvaient Flora, occupée à tourner la cancoillotte sur la cuisinière à bois. Les deux frères jetaient leurs godillots dans un coin de l'outo, enfilaient des chaussons et attendaient que leur mère ait vidé et préparé les truites en jouant aux dominos ou aux osselets, à même le sol. Le père se servait un verre de poulsard qu'il avalait d'un trait, en regardant sa femme du coin de l'œil. Flora, brune, charnelle, son amour et son remords. Il l'adorait. Ça ne l'empêchait pas de lui être infidèle, prenant le risque insensé de compromettre, pour des étreintes furtives, un bonheur presque parfait. Le temps s'était vengé. Son père s'en était allé. Il reposait depuis plus de cinquante ans sous une dalle de pierre, dans le cimetière de Mouthier-Le-Château. C'était hier, et demain serait un beau jour.

Deux policiers se dirigeaient vers le comptoir d'enregistrement, deux autres restant en faction devant la porte vitrée. Jacques demeura impassible. À son arrivée dans l'île, vingt ans plus tôt, sa photo et son signalement s'affichaient partout, dans les Dom et les Tom comme sur l'ensemble du territoire métropolitain. Il avait dû user de tous ses talents pour réussir à passer à travers les mailles du filet. Aujourd'hui il était serein. Bien qu'il ne puisse *voir* l'avenir pour son propre compte, il pensait n'avoir rien à craindre. C'est donc d'un pas tranquille qu'il marcha vers l'hôtesse d'accueil.

– Votre billet et votre passeport, s'il vous plaît.

C'était une jeune femme brune, jolie, aux cheveux attachés en chignon. Il retira ses lunettes noires, lui sourit.

– Je vous le demande à tout hasard : comme vous le voyez, je suis très grand et je souffre de l'inconfort de la classe économique. Auriez-vous l'extrême gentillesse de me surclasser ?

Il avait prononcé ces mots d'une traite. Jacques vit la jeune femme tressaillir, ses mains se crisper sur le clavier de son ordinateur. Il était au cœur de la *laitance parfumée*, où son esprit manœuvrait à son aise, contrôlant sans effort les sinapses de sa proie, les connectant à son gré.

– Cela ne présente aucune difficulté.

– Merci.

L'hôtesse frappa le clavier de l'ordinateur de ses doigts fins aux ongles vernis de rose nacré, l'imprimante vrombit et délivra le sésame. Un petit morceau de carton perforé. L'hôtesse le tendit à Jacques.

– Merci encore.

Il prit le billet et le passeport, remit ses lunettes et prit sa place dans la file de contrôle des passeports. Derrière lui, à une vingtaine de mètres, les policiers arrivés en estafette bavardaient avec un homme en complet gris. Ils lui remirent une chemise contenant une dizaine de photos en couleurs. L'homme composa aussitôt un numéro sur son portable. Quelques instants plus tard un employé rondouillard, moustachu et vêtu d'une blouse bleue vint le rejoindre. Un rouleau d'adhésif à la main, il s'empara des photos et entreprit de les coller à des endroits stratégiques.

Jacques s'avança vers le contrôle et tendit son passeport au policier qui le feuilleta avant de poser les yeux sur lui.

– Pouvez-vous retirer vos lunettes, je vous prie ?

Jacques s'exécuta. Bien qu'il doutât que son nom et son signalement figurent encore, vingt ans après, dans le listing des individus recherchés, il décida de ne prendre aucun risque. Le policier fixait Jacques, qui dut s'employer pour le déstabiliser : c'était un esprit rigide, sans failles apparentes. Il finit tout de même par s'affaisser imperceptiblement sur son siège avant de lui rendre son passeport, d'un geste mécanique, et de faire signe au passager suivant.

Le visage de Jacques Mouthier s'affichait maintenant aux quatre coins de l'aéroport. Sauf dans la salle d'embarquement. L'employé n'y était pas encore passé. Le personnel de bord était déjà dans l'avion et tous les passagers du vol AZ 829 pour Osaka avaient franchi le contrôle. Jacques n'avait donc rien à craindre. D'ailleurs il n'avait aucune conscience d'un quelconque danger, puisque l'affichage des photos avait commencé pendant qu'il remontait le couloir menant au scanner, puis à la salle d'embarquement. Jacques s'installa confortablement à côté d'une famille japonaise et déplia un journal.

L'employé n'avait plus que deux photos à poser. Il commença par le couloir conduisant au scanner et après avoir scotché l'affichette il se dirigeait vers la salle d'embarquement quand son bippeur sonna.

– Allô ?

Sa fine moustache s'arrondit en cul de poule autour de sa bouche.

– Tout de suite ? Mais j'ai pas fini pour… Bon.

Cet abruti de Monnard. Un zoreille bombardé responsable des agents au sol qui voulait qu'il retourne au planning. Monnard. Connard. Il posa son rouleau de scotch et la photo restante sur une chaise installée près d'une fontaine à eau et rebroussa chemin en jurant.

Mona Kessler ne prêta aucune attention au déploiement policier autour de l'aéroport. Elle avait un souci majeur : elle allait rater son avion. Sa valise à la main, elle se précipita à l'enregistrement. La nuit avait été horrible : elle s'était fait traiter de tous les noms par son ex, un garçon charmant qui, au fil des années, s'était révélé un parfait abruti. Du moins à ses yeux. Elle se reconnaissait quelques torts : mais coucher n'est pas jouer, et ses innocentes amourettes avec l'adjoint à la culture et un avocat d'affaires n'auraient pas dû le rendre aussi vindicatif, mais ce con était d'une jalousie maladive. Pourtant, elle l'avait aimé. Aller lui dire adieu avant de regagner la métropole avait été une désastreuse initiative : elle avait évité de justesse le cendrier qu'il lui avait balancé à la figure. On ne l'y reprendrait plus. L'hôtesse mettait un temps fou à l'enregistrer. Mona Kessler sentit venir les palpitations. Elle fouilla dans son sac.

– Mademoiselle, où puis-je trouver de l'eau ?

– Il y a une fontaine à eau dans le couloir d'accès à l'embarquement.

Mona Kessler prit le billet que lui tendait l'hôtesse, fila au contrôle des passeports, puis courut jusqu'au portique, qu'elle passa sans un regard pour l'agent de sécurité qui rengaina son sourire et se contenta de la regarder s'éloigner, silhouette fluide, croupe ondulante et crinière rousse tombant sur les épaules de son tailleur vert ajusté.

Le couloir était désert. La fontaine à eau juste devant elle. Mona posa sa valise sur la chaise, faisant glisser la photo qui s'y trouvait et qui tomba sur le sol, à l'envers. Elle avala deux comprimés avec un peu d'eau, jeta le gobelet dans une corbeille et empoigna sa valise. Elle allait marcher vers l'embarquement quand, prise d'un remords, elle ramassa la photo et la reposa sur la chaise. Machinalement, elle y jeta un coup d'œil. Un homme, plutôt beau, cheveux bruns, yeux bleus. Sous la photo, en lettres rouges, trois mots : recherché pour meurtre. Et un numéro de téléphone. Mona Kessler reposa la photo sur la chaise et se dirigea d'un pas vif vers la salle d'embarquement.

Malaï et Kolomé sortirent de la boutique « Fax, photocopies, cybercafé » de la rue des Martyrs d'Ouvéa, à Vao, alors que se levait une petite brise qui chassait le sable des trottoirs et faisait frissonner les feuilles de niaoulis.

– Tu es sûr qu'on a bien fait, cousin ?

Kolomé craignait Malaï, de cinq ans son aîné.

– Évidemment.

– Mais si ce n'est pas lui ?

– Qui d'autre ? Il a été vu à l'heure du crime, près de la baie des Rouleaux. C'est un homme mauvais. Le chef a été fou de lui accorder sa confiance. Ce takata blanc l'a envoûté. Tu vois le résultat. De toute façon, mon oncle, le brigadier Thirri, m'a dit que j'avais eu raison.

Ils grimpèrent dans le 4 × 4 et prirent la direction du village. Kolomé n'était qu'à moitié convaincu par les arguments de Malaï. Le takata blanc avait été bon avec lui. Il l'avait défendu quand il avait été attaqué par trois jeunes près des *baraques*, un samedi soir. Il l'avait pris sous sa protection, l'accueillant dans sa case, l'aidant pour ses leçons et lui faisant partager sa science des herbes médicinales. Kolomé ne comprenait pas son départ. Qui ressemblait, c'était vrai, à une fuite.

Le signalement de Jacques Mouthier, dont Malaï avait transmis la photo par fax à la gendarmerie de Nouméa, fleurissait maintenant à chaque coin de rue, de la place des Cocotiers au quartier chinois, de la Baie des Citrons à l'anse Vata. À l'aéroport, l'employé chargé de cette besogne, juché sur un escabeau métallique, finissait de coller la dernière affichette sur un des piliers de la salle d'embarquement. Tournant le dos à la piste, il ne vit pas le décollage du vol AZ 829, destination Osaka, première étape du retour au pays de Jacques Mouthier. Installé en business class, il n'eut pas un regard pour ce pays qu'il quittait pour toujours. L'avion vira sur l'aile, laissant derrière lui deux larges traînées de kérosène.

# 5

Louis Bekemoï et son neveu Malaï étaient assis, côté à côte, sur un tronc échoué sous une rangée de palétuviers, en bordure de la plage de Nataïwatch. Ils fumaient. Les yeux rougis par le chagrin, le chef parlait d'une voix presque inaudible.

– Ce que tu me dis est terrible, Malaï. Tu as pris une responsabilité qui te dépasse.

– J'ai fait ce que ma conscience m'ordonnait de faire. Il faut retrouver le takata blanc, et lui faire payer son crime.

– Comment peux-tu accuser cet homme, qui est notre ami, alors que tu n'as pas la moindre preuve ?

Malaï fouilla alors dans un sac de toile qu'il avait posé sur le sable.

– Regarde, mon oncle.

Dans sa main, un morceau de tissu qu'il déplia. Apparut alors un couteau taché de sang.

– Voici l'arme qui a tué ta fille.

Louis Bekemoï frissonna. Cette arme, ce couteau à lame courbe, au manche de corne représentant une tête de dragon, c'était lui-même qui l'avait offerte au takata blanc, quelques mois plus tôt.

– Où l'as-tu trouvée ?

– Sur la plage de corail où avait été jeté le corps de ta fille.

Bekemoï tourna et retourna l'arme dans sa main. Puis il secoua la tête.

– Ça ne va pas. Si c'est lui qui l'a tuée, il n'a pas pu laisser traîner ce couteau qui l'accuse.

– Si, justement.

– Mais pourquoi ?

– C'est une ruse vieille comme le monde. D'ailleurs toi aussi tu as marché. Il essaie de nous faire croire qu'il s'agit d'un coup monté contre lui.

– Mais c'est absurde ! Il ne se serait pas enfui s'il s'estimait insoupçonnable.

– Pourtant c'est ce qu'il a fait. Mon oncle, je suis passé à l'aéroport. Le bimoteur venait de rentrer de la Grande Terre. J'ai interrogé ma cousine Séraphie, qui travaille comme hôtesse dans cette compagnie. Il était dans l'avion. Elle l'a reconnu. Elle m'a même dit qu'il avait eu une sorte de malaise. Le takata blanc est parti, mon oncle. Il s'est enfui. Il rentre chez lui.

– Qu'en sais-tu ?

Malaï sortit de sa poche l'enveloppe découverte dans la case de Jacques Mouthier et la tendit à Bekemoï.

– Elle est vide ? Où est la lettre ?

– Il l'a sans doute prise avec lui. Ce courrier venait de France.

– Je le vois bien. Cela ne prouve pas qu'il veuille y retourner.

– C'est vrai. C'est seulement une intuition.

Bekemoï baissa la tête. Malaï posa la main sur son épaule.

– Tu sais, grand chef, quand il est arrivé, je n'étais qu'un enfant. Adulte, j'aurais trouvé les mots pour te conseiller la prudence.

– Quand il est arrivé, il avait le même âge que toi aujourd'hui. Je l'ai traité comme j'aurais traité mon fils. Déjà il fuyait quelqu'un, ou quelque chose. Il avait peur. Surtout de lui-même.

– Pourquoi ?

– Il avait commis de mauvaises actions, là-bas, dans son pays. Il regrettait. Il voulait s'amender. Commencer une nouvelle vie. Crois-moi, au début, je me suis méfié. J'ai convoqué le conseil des Anciens. Ils m'ont mis en garde. J'étais prêt à le chasser. Et puis Niaoah est tombée gravement malade. Une mauvaise fièvre. Elle dépérissait. J'ai appelé notre sorcier à son chevet. Il a fait le boucan, invoqué les esprits. Sans résultat. Je me suis résigné à faire appel aux services d'un zoreille, le médecin de Vao. Il l'a gavée d'antibiotiques. Ça n'a servi à rien. C'est alors que le takata blanc est intervenu. Il l'a sauvée. Ne me demande pas comment. Il l'a soignée à mon insu. Je l'ai croisé ce soir-là, je ne savais pas qu'il sortait de ma case. Il était trempé de sueur, il avait les yeux fous, il est allé dormir sur la plage, seul. Le lendemain matin, ma fille se portait comme un charme. Le takata blanc, lui, a gardé le lit pendant une semaine. Sur la plage, chaque fois qu'ils passaient à proximité de l'endroit où il avait dormi, les chiens faisaient un détour en grondant et en montrant les crocs. Puis il a fait d'autres prodiges. Il a sauvé, guéri. Un jour, j'ai appris que la police le cherchait, je l'ai emmené loin du village. Il est revenu. Je l'ai chassé. Mais il y a eu cette fameuse nuit, où son animal-totem l'a sauvé. J'ai compris qu'il était plus fort que les esprits, plus fort que notre takata. J'ai décidé qu'il resterait avec nous, quoi qu'il ait fait par le passé. Nous lui devions beaucoup, et ma fille lui devait la vie.

– Il la lui a reprise.

– Tu as sans doute raison. Il a succombé à ses anciens démons. Je ne vois pas d'autre explication.

– Qu'avait-il fait de si terrible, avant de venir ici ?

– Je préfère ne pas te le dire. Tu le hais déjà suffisamment.

Bekemoï enroula la pièce d'étoffe autour du couteau taché de sang.

– Et maintenant, mon oncle ?

– Je vais appeler mon cousin Sandibeh. Il travaille en France, à Lille. Il viendra cueillir le takata blanc à sa descente d'avion, à Paris. S'il rentre en France, c'est là qu'il le trouvera.

– Et après ?

– Sandibeh fera le nécessaire. Ma fille sera vengée.

Il se leva, regarda l'horizon.

– Quel est ce jour où je perds à la fois une fille et un fils ? Quel est ce jour maudit ?

Il cracha à terre puis se mit à genoux. Il pleurait. Ses larmes tombaient sur le sable. Malaï s'éloigna.

# 6

La business class comportait une vingtaine de sièges, espacés d'une soixantaine de centimètres. Les sièges étaient orientables électroniquement, par simple pression sur des boutons gris perle. Devant chaque siège, une tablette de service, un écran. Sur l'accoudoir, outre les boutons de réglage, une manette de jeux encastrée et des input destinés aux écouteurs. Il était également fourni une sacoche de voyage, avec savon, eau de toilette, serviettes rafraîchissantes, appuie-tête, et un masque pour les yeux. L'hôtesse fit les démonstrations d'usage, que Jacques suivit avec un certain plaisir : c'était une jolie blonde aux gestes gracieux. Puis elle fit le tour de l'habitacle pour recevoir les commandes de boissons. Jacques demanda un Perrier rondelle qui lui fut servi avec une assiette de petits-fours. À ce moment le rideau séparant le sas d'entrée de la business class s'ouvrit devant Mona Kessler. Pendant que se préparait le décollage, Jacques ne lui prêta aucune attention. Une hôtesse l'avait installée dans un siège situé sur la droite de l'habitacle, un peu en avant de celui de Jacques. Il la voyait ainsi en profil perdu. Elle commença de l'intriguer quand elle commanda une coupe de champagne qu'elle avala d'un trait, et quand il remarqua sur son bras un discret tatouage : un scarabée.

Au décollage, pendant ce court instant d'apnée où l'appareil s'arrache à l'attraction terrestre et se met à voler, Jacques eut un tressaillement et serra l'accoudoir. Ce n'était pas de la peur. Juste la sensation de ne plus être maître de son destin. L'énorme appareil, ses tonnes de ferraille, de kérozène et d'électronique embarquée, le ramenait chez lui. La poussée des réacteurs le projetait vers le futur, et il n'avait aucune idée de ce que celui-ci lui réservait.

Le trajet Nouméa-Osaka se passa sans incident notable. Jacques observait du coin de l'œil Mona Kessler qui s'était assoupie. Il dégusta une assiette de sushis, arrosés d'un verre d'alcool de riz, feuilleta des magazines de luxe, où des mannequins somptueux souriaient, le corps enchâssé dans des bustiers en lamé, les reins courbes, la fesse ferme et la taille fluide. Elles semblaient vivre dans un autre monde, où tout était rose, bleu métal et vert pâle. Les bijoux qu'elles portaient scintillaient sous les spots et Jacques pensa que l'au-delà qu'il visitait parfois en songes ou lorsqu'une vision imposait à lui ressemblait à cela : trop de lumières et de couleurs, trop de beauté. Il passa la main sur le papier glacé, et le fait que rien ne changeât dans la physionomie des modèles, au contact de ses doigts, l'irrita. L'illusion était pourtant parfaite : dans l'habitacle, tout était calme et harmonie, l'air frais pulsé par les buses d'aération caressait son front, il voyait à travers les hublots le bleu du ciel, couvert d'un enduit lanigère comme un Redon trop éclairé, sentait dans son corps une douce langueur, et, derrière ses lunettes fumées, se sentait à l'abri de toute incertitude. Il étira ses jambes, vida son verre d'alcool de riz et jeta un discret coup d'œil sur ses compagnons de voyage. À sa gauche, le couple japonais, la femme, profil impérieux, regard sombre, la presque soixantaine, et l'homme, même âge, mais sur le visage une expression d'éternelle félicité. Jacques n'eut pas à se concentrer longtemps pour *voir* ce qui les attendait. Une berline noire aux vitres teintées, garée sur la zone réservée aux taxis de l'aéroport d'Osaka, sous l'œil indifférent d'un policier. Ils arrivent, elle, fermée, lui, souriant, un homme vêtu d'un costume bleu électrique les salue, les installe dans le véhicule, charge leurs bagages, monte à l'avant et la berline démarre aussitôt. Ils traversent une zone industrielle, puis la route monte vers les collines. Ils sont bientôt en rase campagne. La berline s'arrête. Une des portes arrière s'ouvre, la femme sort de la voiture en criant. Elle court sur quelques mètres. Derrière elle l'homme au costume bleu se tient debout, le revolver pointé. Deux coups de feu claquent. Elle tombe dans le talus, les bras en avant. Le tueur fait trois pas jusqu'à la porte arrière, celle qui est ouverte, se penche. On ne voit plus son bras, celui qui tient l'arme. Deux autres coups de feu. Le chauffeur sort à son tour, il aide le tueur à transporter l'homme à côté de la femme. La voiture repart.

Jacques regarda vers la droite. Un homme en chemise, la cravate dénouée, la cinquantaine, plongé dans une revue d'économie. Un archétype. Sur le siège voisin, un jeune homme glabre, les écouteurs sur les oreilles, teeshirt surf et baskets agitées d'un tremblement continu. Devant lui, un coca. Un autre archétype. Jacques sourit. Il existait donc des gens normaux, préoccupés par des futilités fondamentales : cours de la bourse, cash flow, dernier album de Moby et sneakers tendance. C'était certainement ainsi qu'il fallait vivre. Jacques jeta un regard sur sa gauche : la jeune femme au scarabée avait les yeux posés sur lui. Elle détourna vivement la tête et but une gorgée de champagne.

L'aéroport d'Osaka était une curiosité artificielle, comme il y a des curiosités naturelles : entièrement construit sur l'eau, il s'enfonçait de quelques centimètres tous les jours, et une noria de camions déversaient en permanence du sable pour le remettre à niveau. Les voyageurs en transit gagnèrent les salles de repos. Jacques alla se promener dans les galeries commerciales. Boîtes de gâteaux nippons aux couleurs acidulées, gadgets, souvenirs inutiles mais indispensables. Il s'approcha du stand du Starbucks café. Une serveuse *volante* s'approcha aussitôt de lui, la carte à la main. Il choisit une pâtisserie et un cappuccino et, quand il arriva à la caisse, sa commande était prête et son plateau l'attendait. Il s'installa à une petite table ronde plantée sur une tige d'acier, se jucha sur un tabouret et savoura sa collation. À quelques mètres, une hôtesse se tenait debout devant un immense écran plasma, des tracts à la main, qu'elle distribuait mécaniquement aux passants, avec un sourire glossé ouvert sur des dents de nacre. Sur l'écran, des images de mer que traversait une voiture aux pneus vernissés, soulevant une écume crémeuse. Jacques goûta cet instant rare : ses yeux étaient charmés et sa bouche conquise par la suavité du breuvage. À ce moment, devant l'écran, passa Mona Kessler. Elle prit la file d'attente du Starbucks puis, plateau à la main, chercha des yeux une place libre. Sans hésiter, elle se dirigea vers Jacques :

– Accepteriez-vous de me céder quelques centimètres ? Tout est petit, ici.

L'aéroport était gigantesque. Des tables étaient vides. Jacques s'était installé à l'écart, dans un recoin.

– Je vous en prie.

Elle s'installa et trempa ses lèvres dans un café latte.

– Vous continuez sur Paris ?

Jacques lui jeta un regard amusé : était-il devenu irrésistible ? Il ne le pensait pas.

– Oui.

– Moi aussi.

– Vous y habitez ?

Mona Kessler s'essuya délicatement les lèvres.

– J'y ai vécu. Mais cette fois, je retourne dans ma famille. En province, dit-elle en ajustant son corsage de soie parme. Et vous ?

Jacques ne répondit pas aussitôt. Il prit le temps de boire une longue gorgée de cappuccino.

– Je rentre chez moi.

– C'est où, chez vous ?

Une serveuse passa devant leur table, lui donna un coup de chiffon, puis s'éloigna à reculons, en saluant.

– Dans l'Est. Franche-Comté.

Elle sourit à son tour.

– Je le savais. C'est bien vous.

Jacques eut un instant de panique. Il n'arrivait pas à *lire* dans cette femme.

– On se connaît ?

– *Je* vous connais. Enfin, disons que j'ai entendu parler de vous. Très souvent.

– Par qui ?

– Une personne qui, elle, vous connaît très bien.

Jacques eut un ébouissement. Le scarabée. Il l'avait déjà vu. Il l'avait regardé de près, senti, touché, embrassé.

– Comment s'appelle cette personne ?

– Alice. Alice Kessler. C'est ma sœur. Ma petite sœur chérie.

# 7

Mona avait relevé sa manche.

– Alice a le même. Nous l'avons fait faire le même jour, celui de mes vingt ans. Elle était jalouse ! Je le lui ai payé chez Tony, le tatoueur de la place Marulaz. Après, elle portait sans cesse des manches longues : nos parents auraient été fous de rage. Moi, j'avais le droit : j'étais adulte. Enfin, si on est adulte à vingt ans.

– Pourquoi un scarabée ? Je n'ai jamais pensé à le lui demander.

– À cause des Beatles ! Nous étions de grandes fans. D'ailleurs nous le sommes toujours.

Jacques hésitait à poser la question qui lui brûlait les lèvres. Mona le devina :

– Vous n'avez pas envie de savoir ce qu'elle est devenue ?

– Qui vous dit que je ne le sais pas ?

Elle sembla surprise :

– C'est impossible. Où elle vivait, il n'y a ni poste, ni téléphone, ni liaison internet. Elle était coupée du monde.

– Elle était ?

– Elle est rentrée en France il y a quelques semaines. C'est ce qui m'a décidé à quitter la Grande Terre. Elle doit avoir plein de choses à me raconter. Elle vivait au Tibet, dans un village perdu.

– Pourquoi est-elle partie si loin ?

Mona le regarda :

– Comme si vous ne le saviez pas.

Elle termina son café latte. Sortit de son sac un paquet de cigarettes.

– Vous m'accompagnez à la salle fumeurs ?

Jacques acquiesça. Ils traversèrent l'immense hall bourdonnant, longèrent les boutiques de luxe. L'aéroport sentait le plastique, le parfum sophistiqué, les épices et les produits d'entretien. Une superbe voiture de sport installée sur un podium attendait les amateurs de loterie. Ses flancs arrondis s'incurvaient vers une proue aux optiques étirées. C'était un cabriolet sellé de cuir fauve. Les roues étaient énormes, comme le prix du billet : 2 000 dollars. Deux jeunes Asiatiques en body grenat et collant fuchsia attiraient le chaland.

– C'est là.

Une cage de verre. À l'intérieur, des fumeurs moroses, lisant des journaux. Des cendriers remplis, un air irrespirable. Mona alluma une cigarette, aspira goulûment la fumée.

– Vraiment, vous n'en voulez pas ?

– Pas ici.

– Je comprends. Moi je suis trop accro.

Quelques bouffées plus tard, elle était au bord de l'évanouissement.

– Aidez-moi.

Jacques la prit par le bras et l'aida à sortir.

– Qu'est-ce qui vous arrive ?

– Je fais de la tachycardie. De temps en temps j'ai des palpitations. Ce n'est pas grave.

Ils marchèrent jusqu'à une rangée de sièges. Elle s'assit, fouilla dans son sac, en sortit une plaquette de médicaments. Elle avala un comprimé, but à la petite bouteille d'eau qui ne la quittait pas et qu'elle avait remplie à l'aéroport de Nouméa. Jacques lut discrètement le nom du médicament. Il le connaissait bien et comprit aussitôt pourquoi il n'était pas parvenu à voir en Mona : c'était un bêtabloquant. Il diminuait notablement les effets du système sympathique de régulation. Le siège de la *laitance parfumée.* Le domaine de prédilection de Jacques.

– Pourquoi ne s'est-on jamais rencontrés ?

Mona se reposait, les yeux fermés, les jambes allongées. Jacques observait les allées et venues dans l'aéroport. Elle ouvrit les yeux, fronça le front :

– Je vous l'ai dit : tout le temps de votre liaison avec ma sœur, j'étais à Paris.

Elle se redressa, se tourna vers Jacques :

– Vous n'enlevez jamais vos lunettes noires ?

– Si. Pour dormir. Et ce n'est pas l'heure de dormir.

– Pourriez-vous faire une exception, en l'honneur de notre rencontre ?

Il les retira. Leurs regards se rencontrèrent. Mona tressaillit. Elle comprit pourquoi il masquait ses yeux : beauté et laideur absolues s'y côtoyaient, dans la plus parfaite disharmonie. Elle avala sa salive, se cala dans son siège.

– La photo ne vous rend pas justice. Je vous préfère au naturel.

– De quelle photo parlez-vous ? D'une vieille sans doute, avec Alice ?

– Pas du tout. C'est une photo que j'ai vue très récemment. À l'aéroport de Nouméa. Je ne vous ai pas reconnu tout de suite. Vous avez changé. Mais dans l'avion, je vous ai observé. Et j'ai su que c'était vous.

Jacques la regardait sans comprendre.

– Que faisait ma photo à l'aéroport de Nouméa ?

– Vous êtes recherché. Pour meurtre.

Un liquide acide remonta son œsophage et son bas-ventre fut pris dans un étau. Le seul signe extérieur de ce trouble fut une légère crispation des commissures. Il s'éclaircit la voix.

– Intéressant.

Mona Kessler posa son index sur son poignet et prit son pouls.

– Le médicament n'a pas encore agi. Attendez un peu pour me dire si c'est vrai.

– Quoi ?

– Que vous êtes un criminel.

Dans la tête de Jacques tout se bousculait. Sa vie ressemblait à un mauvais livre d'images. Il en revoyait des fragments, revivait des sensations qu'il avait oubliées. Dans cet aéroport perdu dans le Pacifique, ce nulle part, cet endroit transitoire où tant de destins se croisaient, il ne savait plus où se trouvait le sien. Cette femme s'était mise sur sa route. Il ne voyait aucun sens à leur rencontre. Ce n'était qu'une cruauté de plus. Une piqûre de rappel d'un passé où tout était à oublier.

– Je crois que c'est vrai.

– Vous *croyez* ?

Elle prit une profonde inspiration :

– Moi je ne le crois pas. Je me souviens très précisément de votre affaire : les journaux ne parlaient que de ça. Les conclusions de l'enquête avaient été sujettes à débat. C'est votre fuite qui avait fait pencher la balance en votre défaveur.

– Je n'ai pas fui. J'ai disparu. Ce n'est pas la même chose.

– Vous jouez sur les mots.

– Pas du tout. Si je restais en Comté, je mettais en péril la vie de toute ma famille. On m'a conseillé de disparaître.

– Qui on ?

– Vous posez trop de questions.

Elle fut surprise par son ton coupant. Mais elle revint à la charge :

– Une chose me chiffonne : pourquoi vous recherche-t-on à nouveau, après toutes ces années ?

Il se tourna vers elle, agacé :

– Je ne comprends rien à ce que vous dites.

– J'avais internet sur la Grande Terre : en métropole, on ne parle plus de vous depuis très longtemps. Jugé par contumace, vous bénéficiez maintenant de la prescription. D'ailleurs je ne comprends pas très bien pourquoi vous remontrez le bout de votre nez. Vous n'étiez pas bien, sur votre île ?

– Vous posez trop de questions, répéta Jacques.

– Très bien. Réfléchissez quand même à ce que je vous dis : je pense que vous êtes recherché pour une *autre* affaire.

Jacques haussa les épaules.

– De toute façon, en quoi cela vous regarde-t-il ? Pourquoi êtes-vous venue à moi ? Pourquoi me posez-vous toutes ces questions ? Avez-vous l'intention de m'aider ?

– Bien sûr. Votre cas m'intéresse : je suis avocate. De plus, ma petite sœur, que j'adore, est toujours amoureuse de vous.

# 8

À la Frasne, l'été déroulait ses jours dans l'odeur du foin rentré, des lessives, des confitures rouges. Le temps s'y était arrêté depuis très longtemps. Sur la toile cirée tendue sur la table de l'outo, les mouches allaient et venaient, pointilleuses butineuses, robots minuscules mus par les quantas, vivant d'accélérations brusques et de pauses autour d'une tache de miel, de beurre ou de sauce au vin. Elles finissaient leur vie harassante de diptères accrochées au serpentin collant suspendu à la lampe ou dans la cuvette d'eau sucrée posée sur le rebord de la fenêtre donnant sur les grands champs. La campagne ronronnait, tracteurs en maraude, bennes cahotantes, sonnailles des troupeaux. Au village, malgré les protestations de nouveaux arrivants, des *beuyots* de la ville aux oreilles fragiles, on continuait de sonner les heures et les demi-heures. Comme on le faisait depuis des siècles. Dans les forêts qui couvraient les collines et coloraient de vert sombre les versants ombragés, la vie foisonnait en silence, à l'abri des souches et des troncs, au creux des talus, là où se cachent morilles, trompettes-de-la-mort, girolles et pieds-de-mouton. L'humus asséché se couvrait de brindilles, le sol craquelait et la résine coulait le long de l'écorce râpeuse des grands arbres austères. Au fond des terriers, des nichées s'éveillaient à la vie, tétant et mordant, cherchant dans l'humidité poisseuse du pis des femelles le fluide délicieux, le nectar embaumé et foxé qui coulerait dans les ventres affamés par les jeux sous le soleil des clairières ou dans le clair-obscur des sous-bois. Les chevreuils aux yeux humides et aux sabots légers dansaient des tangos argentés dans des flaques de lumière pour charmer les chevrettes, qu'ils forceraient avec de brusques coups de reins et des œillades effarées, dans l'ombre propice des sapineraies endormies. La sève irriguait de son sang lilial et acide les tiges des prêles, des dryoptères, des nivéoles, des parisettes. La ronce des rochers s'épanouissait dans les pessières d'altitude. Ses fruits auraient fait de jolies broches sur le corsage des promises, c'est pourquoi on l'appelait, jadis, l'ambrochet, mais aujourd'hui ces baies rouges se faisaient croquer par les vaillants escaladeurs de rocaille.

Dans les étangs se célébraient les retrouvailles de l'eau et du soleil. La fluette urticulaire offrait ses fleurs jaunes aux insectes qui s'y engluaient, les primevères farineuses consommaient avec la swertie un mariage morganatique qui ne troublait pas la grassette et ses feuilles beurrées. Le sorbier des oiseleurs s'épanouissait dans les tourbières, à l'ombre des épicéas et du saule à oreillettes. La molinie bleue, l'angélique des bois et la renouée bistorte se cachaient dans les seignes, où jadis on venait chercher la tourbe, qui finissait sa vie dans les grandes cheminées, d'où elle filait vers le ciel, fumée encore chargée de ventrées de grand air.

Barthélémy était fatigué. Il posa son corps vieilli sur le banc de pierre, près de la porte de l'outo. Soixante-quatre ans, le visage ensoleillé, encore rond, barré de quelques rides. Des yeux rieurs et malins. Avec des lueurs d'enfance. Et toujours l'envie. De se lever, de marcher dans les champs, débusquant les rainettes, les sauterelles, de partir nez au vent, les manches relevées, réparer un bout de clôture, tailler un pieu, jamais las, jamais lassé, de monter son cheval, son tracteur, d'escalader la colline qui glisse vers les tourbières, de s'attarder au pied d'un chêne pour regarder, au loin, le soleil jouer dans les roseaux, et courir, et semer, et tailler son chemin dans les fougères du bois des Mayes. Et le soir, au moment du repos, contempler ses attiots, cigarette à la main, et attendre, content, l'heure du souper.

Le téléphone sonna à huit heures. Joëlle sortit sur le seuil :

– C'est ton frère.

Barthélémy lui lança un regard interrogateur en passant auprès d'elle et rentra dans l'outo. Il rejoignit sa femme dans la cour quelques minutes plus tard.

– Il ne viendra pas.

Il se rassit, le cœur gros.

– Qu'est-ce qu'il a ?

– Rien de spécial.

Il ralluma sa cigarette, se gratta le crâne et regarda machinalement vers le couchant.

# 9

À Battant, la lumière s'alluma dans l'atelier. Le soir tombait. Un homme apparut à la fenêtre. Grand, les cheveux blancs, le regard clair. Il regarda un instant vers la rivière, son visage était grave. Puis il passa sa main dans ses cheveux et s'éloigna de la fenêtre.

Just Mouthier s'assit à une petite table installée près du fer à dorer. De là, il voyait le sommet des grands arbres alignés sur les quais. Il relut quelques feuillets, plongea dans ses pensées et se remit à écrire. Une heure plus tard, il posa son stylo, alluma une cigarette et se servit un café. Un livre était pris dans les mâchoires de l'étau. Il serait bientôt libre et protégé pour toujours par sa carapace de cuir et de nerfs serrés. En attendant il retenait entre ses pages des noms, des rimes, des personnages et des pays, qui seraient bientôt redonnés à la vie par la seule grâce du regard. Just passa le doigt sur le dos de l'ouvrage, qui sentait la colle et la corde. Les années n'avaient pas altéré sa passion pour cet objet qui traversait les siècles, insouciant des modes, des lubies, des pulsions mercantiles et du consumérisme aveugle et triomphant, pour se poser sur une table de chevet, dans les mains d'un malade, d'un enfant, d'un voyageur curieux ou sur les étagères prestigieuses d'un temple érigé à sa gloire. Il en avait lu des centaines, et maintenant qu'il en écrivait, ne s'expliquait toujours pas cette étrange fascination pour les signes, les syllabes, les mots, éprouvée par le plus grand nombre, qui, jour après jour, y cherchait des réponses, un soutien, des frissons ou, simplement, la sensation de quiétude nourrie que procure la lecture.

Just but son café et termina sa cigarette. Il l'écrasa dans un cendrier métallique qui semblait là depuis toujours, enfila sa veste et s'apprêtait à sortir quand on frappa à la porte de l'atelier.

– Entrez.

La porte s'ouvrit devant un homme lourd et grisonnant, coiffé d'un chapeau sans âge : le commissaire Kerenn.

– Monsieur Mouthier.

Ils se serrèrent la main.

– Des années que nous ne nous sommes vus, commissaire.

– Ex-commissaire. Je suis à la retraite.

– Je l'ignorais. Votre départ de Besançon a été discret, il y a quinze ans. Encore une *promotion*, je présume ?

Kerenn ne releva pas l'ironie :

– Je suis retourné en Bretagne. Je vis au Guilvinec. À deux pas de la criée. C'est là que j'ai terminé ma carrière.

Il avait l'air usé et désabusé mais semblait pour l'heure touché par un regain de vie :

– Puis-je vous voler une cigarette ? Les tabacs sont fermés et je n'ai pas été prévoyant.

Il avait fumé plus encore que de coutume et sa provision quotidienne était épuisée. Il alluma la cigarette offerte par Just avec une gourmandise un peu dégoûtée, tira une bouffée amère et toussa comme on se purge.

– Vous n'avez pas changé, Kerenn.

– Hélas si.

– Que faites-vous à Besançon ?

– Je suis venu vous voir.

– À quel sujet ?

– Toujours le même.

Kerenn marcha vers la fenêtre, qu'il entrebâilla :

– Votre fils a encore fait des siennes. C'est un collègue de Vannes qui m'a prévenu. Il sait que je m'y intéresse. Jacques Mouthier est recherché pour meurtre, en Nouvelle-Calédonie. Le plus absurde, c'est qu'il a commis ce crime alors même que ceux qui l'avaient poussé à s'enfuir étaient prescrits.

Just ne cilla pas. Il y a longtemps que la tristesse était incrustée dans chaque recoin de sa vie, de son corps. Il la laissait y faire son nid, et quand elle criait trop fort, se contentait de lui donner à boire.

– Encore que la prescription ne soit qu'une notion relative. Pour les familles concernées, elle est un outrage intolérable, et elle débouche la plupart du temps sur la vengeance. L'expérience l'a prouvé.

– J'ai dédommagé les familles. Toute ma fortune y est passée.

– L'argent est une chose…

– … mais il n'achète pas tout, vous avez raison. Un petit verre ?

Il posa une bouteille de scotch sur sa table d'écriture.

– Un fond.

Just servit le whisky. Il but une gorgée qui lui chauffa le ventre.

– Alors c'est là-bas qu'il se cachait ?

– Oui. Mais il a de nouveau disparu. La tribu dont il était l'hôte et qui a, semble-t-il, été victime d'un de ses méfaits, a donné l'alerte.

Kerenn fit claquer sa langue :

– Excellent malt.

Il reposa son verre, entreprit d'essuyer ses lunettes :

– Le fin limier est devenu passablement myope. J'essaye néanmoins d'y voir clair. Vous le savez, j'ai toujours eu la conviction que votre fils était coupable. Avec également la désagréable sensation que quelque chose m'échappait : cette histoire de Conseil du Serpent n'a jamais été complètement élucidée. Il faut dire que je n'ai rien fait pour qu'elle le soit. Je suis venu vous confesser ma lâcheté, monsieur Mouthier, mais également essayer de la racheter. Je possède des documents mettant en cause des personnes exerçant toujours dans la région des fonctions officielles. Des photographies de cette dernière réunion, à laquelle vous avez vous-même participé. Je les tiens à votre disposition. Elles pourraient vous être utiles. À bon entendeur. Voici mes coordonnées : le numéro de mon portable et l'adresse de mon hôtel. J'y reste une semaine. Mais je comprendrais que vous m'en vouliez, et que vous ne souhaitiez plus entendre parler de moi.

Il lui tendit une carte. Just la glissa dans la poche de sa veste.

– Monsieur Mouthier, cette affaire est un clou dans ma chaussure depuis des années. Avec votre aide, je pourrais essayer de le retirer. Et c'est peut-être vous que cela soulagerait le plus.

Ils se serrèrent la main.

– Je suis désolé.

Just ne répondit pas et le regarda partir. Puis il prit son verre de scotch et le vida dans l'évier.

# 10

À l'embarquement pour Paris, Mona Kessler vit avec stupéfaction l'hôtesse d'accueil avaliser le surclassement de Jacques, qui alla même jusqu'à demander, armé de son plus beau sourire, la place voisine de la sienne. Au portique, il ne fut pas fouillé, il put même garder sa ceinture, malgré le couinement aigu de la sonnerie d'alerte et les regards d'incompréhension des autres voyageurs.

– C'est votre jour de chance.

– Sans doute.

Elle aimait sa voix. Et cette façon qu'il avait de parler en demi-teinte. Comme si entre ses mots et sa pensée se glissait toujours un espace ténu qu'il souhaitait garder secret.

Ils s'installèrent côte à côte, elle près du hublot, lui près de l'allée. Après le décollage, elle commanda du champagne, s'en excusa :

– Je suis désolée : il n'y a rien à fêter.

– En effet.

– Simplement, cela calme mon angoisse. Je n'ai pas une passion pour l'avion.

Elle but une gorgée :

– C'est donc vrai. Vous avez des pouvoirs. Je viens d'en être témoin.

– Disons qu'on m'a appris quelques tours.

– Qui on ?

– Un sorcier.

Il l'avait dit avec le plus grand naturel, comme si c'était la chose la plus banale qui soit.

– Ah oui ? Comment vous a-t-il initié ?

– Initié est un grand mot : il a mis en moi tout son savoir, comme on remplit la carte-mémoire d'un ordinateur. Et cette mémoire est inviolable, inusable, inaltérable : elle ne disparaîtra qu'avec moi. C'est la raison de mon retour. Je veux que cette mémoire s'efface. Définitivement.

– Comment comptez-vous vous y prendre ? Vous allez vous livrer ?

– Certainement pas. Je deviendrais une bête de foire, ou un cobaye de laboratoire. Je vais aller voir celui qui m'a donné la vie : mon père. Et je lui demanderai de me la reprendre.

– Il n'acceptera jamais.

– Je saurai l'en convaincre.

L'avion prenait de l'altitude. Par le hublot, Jacques le vit traverser la mer de nuages et s'accrocher en plein ciel. Il ne remarqua pas une mince traînée blanche qui filait vers le sud, abandonnant dans l'atmosphère des miettes de calcite et la lueur brûlée d'une fulgurante espérance.

– Et ce sorcier, qui était-il ?

– Affaire de famille. C'était le frère de mon grand-père.

Il se tourna vers elle, arma son sourire le plus délicieux :

– C'est un secret. *C'était.* Si mon grand-père apprend que je vous l'ai confié…

– Il vous tuera ?

Jacques prit la coupe de Mona et y trempa ses lèvres.

– Il *vous* tuera.

# 11

Sandibeh vivait depuis quinze ans en métropole. La semaine, il travaillait chez un transporteur de fonds et, le week-end, prêtait ses bras à une entreprise de sécurité qui fournissait le service d'ordre pour des soirées privées, des concerts, des réunions politiques. Il rentra chez lui tard dans la nuit et consulta son répondeur. Il clignotait. Il appuya sur play et écouta à trois reprises le message. Puis il consulta ses mails sur son ordinateur portable : l'un d'eux, celui qui l'intéressait, comportait un document joint. Il cliqua et une photo apparut : celle de Jacques Mouthier. Il l'imprima, éteignit le portable, le débrancha et le glissa dans sa housse. Puis il but un verre de cocktail vitaminé, jeta quelques vêtements et des affaires de toilette dans un sac de sport et sortit. La ville était endormie. Il monta dans sa voiture, une vieille golf GTI, glissa dans le lecteur une cassette de reggae, traversa les faubourgs de Lille, emprunta la rocade qui menait à l'autoroute et prit la direction de Paris. Il fit le plein de carburant à hauteur de Compiègne et, à six heures, garait sa voiture à Roissy-Charles-de-Gaulle. Il prit l'ascenseur et déboucha dans le hall des arrivées. Après avoir consulté les panneaux il s'installa à la cafétéria.

# 12

Jacques dormait, et Mona le regardait. Elle comprenait de mieux en mieux la fascination qu'il exerçait sur Alice. Bien qu'il dormît profondément, il semblait *en attente*, comme ces bolides qu'il suffit de réveiller d'un coup de clef pour les faire passer, sans transition, de l'immobilité à l'accélération maximale. Il respirait le danger. Et Mona commençait à avoir peur. Elle ne savait rien du Jacques d'aujourd'hui, et s'était imprudemment mise sur son chemin. Il laissait nonchalamment traîner sa jambe droite dans l'allée, et aucune des hôtesses ne s'était permis de le lui faire remarquer. À l'instar des autres passagers, qui contournaient l'obstacle pour se rendre aux toilettes. Quand il se réveilla, Mona fit semblant de dormir. Il la regarda en souriant et se pencha sur elle.

– J'ai senti votre peur. Elle m'a arraché à mes rêves. Rassurez-vous : ce n'est pas moi que vous devez craindre.

Elle ouvrit les yeux. Il avait le souffle brûlant, une haleine de silex. Elle eut un mouvement de recul. Il se redressa :

– Désolé.

– Ce n'était pas désagréable. Surprenant, tout au plus.

Le feu couvait. Il le sentait remonter de son bas-ventre,

s'insinuer dans ses artères. C'était un signal d'alerte. *Elle* essayait de le prévenir. Il regarda sa montre : ils atterriraient dans deux heures. Jacques se prépara mentalement.

# 13

Sandibeh paya son café et se rendit aux toilettes. Il s'enferma et vérifia son arme : un P 38. Puis il passa le pouce sur le fil de son couteau : tranchant comme un rasoir. C'était un cadeau de Bekemoï, son cher cousin. Le jour de son départ de Nouméa, quinze ans plus tôt, Louis l'avait serré dans ses bras en lui souhaitant bonne chance : Sandibeh voulait devenir une vedette de full-contact. Il s'était déjà fait un nom sur la Grande Terre. À Paris, il était tombé entre les mains d'un promoteur véreux qui, lui faisant miroiter des combats prestigieux, avait fait main basse sur son pécule, patiemment amassé en Calédonie. Un autre frère kanak, installé à Lille, alerté par Bekemoï, l'avait accueilli dans sa famille avant de le laisser voler de ses propres ailes. Sandibeh s'accrochait à son rêve, espérant toujours un clin d'œil du destin. Il s'entretenait : son corps était d'un lutteur, d'un athlète des rings.

Il rangea l'arme dans son holster et replaça le couteau dans son étui, maintenu à son mollet par une sangle de cuir. Il sortit des toilettes et alla patienter dans la galerie marchande.

# 14

Just avait mal dormi. La visite de Kerenn l'avait arraché à la torpeur dans laquelle il se complaisait depuis des années, cette torpeur qui avait fait dire à Maurine qu'il avait perdu son « œil de tempête » et qui, petit à petit, les avait éloignés l'un de l'autre. Il quitta le petit lit installé dans l'atelier, où il dormait depuis leur séparation.

L'appartement du quai Veil-Picard avait été vendu. Maurine vivait avec sa mère. À quatre-vingt-un ans, celle-ci avait besoin d'une présence à ses côtés. Sa fille avait toujours refusé de la placer dans un institut médicalisé. Maurine portait avec légèreté ses soixante-six ans et se sentait parfaitement capable de jouer les gardes-malades. Elle voyait Just de temps en temps : ils s'aimaient toujours, mais d'un amour incertain.

Just but son café en observant les allées et venues dans la rue. Le quartier Battant avait fait peau neuve : des arrière-cours douteuses s'étaient muées en oasis de calme, où on pouvait déguster en terrasse des spécialités locales, lécher la vitrine des boutiques d'artisans, flâner en toute quiétude. Le soleil découpait des origamis sur l'asphalte et les chalands affluaient vers la place de la Révolution et son nouveau marché couvert. Besançon bruissait de ce murmure propre aux villes de province, fait de mille événements réunis sur une surface ramassée, un puzzle mouvant fait de familiarité, de voisinage, de rencontres inévitables, au contraire des grandes métropoles, où tout se dissout, se relâche, les relations, les amitiés, dans la dispersion, l'esquive et la distance.

Puis il alluma une cigarette, aspira trois bouffées et l'éteignit. Prit sa veste et sortit. Il descendit Battant, traversa le pont, tourna à gauche et remonta la rue des Granges. L'hôtel où était descendu Kerenn se trouvait rue Gambetta. Il entra dans le hall et se fit annoncer à la réception. Cinq minutes plus tard, l'ancien commissaire le rejoignait. Il était habillé de la même façon que la veille, à l'exception d'une chemise mauve qui jurait avec sa cravate.

– Content de vous voir. Venez, il y a un petit salon, par là.

Ils s'installèrent à l'écart, près d'un yucca poussiéreux.

– J'ai réfléchi. J'ai travaillé. Je ne veux pas vous faire pleurer, mais j'ai un cancer du poumon : rien d'étonnant à cela. J'en ai pour un an. Alors il faut faire vite. Je vais contacter quelques personnes. Des gens influents. Quand ils sauront que je détiens les documents dont je vous ai parlé, ils ne se feront pas prier pour me fournir l'aide nécessaire. Depuis le début de ma carrière, les méthodes d'investigation sont peu ou prou restées les mêmes, à une différence près, et elle est colossale : la recherche ADN. Elle existait déjà il y a vingt ans, mais de manière plus expérimentale, et, pour le cas qui nous préoccupe, j'avais constaté de la part des services concernés un étrange laxisme, pour ne pas dire plus. J'avais fait faire des prélèvements sur les corps des victimes des deux bords. Je m'explique : d'une part, ceux des cinq jeunes filles assassinées et celui de la femme Mauduit, la prostituée dont la maison a été brûlée. Pour elle, ça n'a pas été commode, son corps était calciné. Mais les tueurs avaient jeté dans les fourrés un pied de lampe dont une des extrémités portait des lambeaux de chair et des traces de sang appartenant à la victime. D'autre part, deux corps non identifiés, découverts dans un hameau désert, La Bressanges, près du bois de Verches.

– Quel rapport avec Jacques ?

– Ces deux corps étaient de toute évidence ceux de membres du Conseil du Serpent, cette organisation qui rackettait la région à l'époque, et dont le chef a disparu. Son identité est restée secrète, sauf pour deux personnes : vous, et moi. Même s'il s'est volatilisé, les documents en question, une fois encore, risquent de nous être fort utiles. Quand on recherche quelqu'un, on commence par rechercher son argent. Or il n'est pas de secret plus mal gardé que le secret bancaire. Quand on s'adresse aux bonnes personnes. C'est ce que je compte faire. Et quand les tests ADN auront été effectués, nous y verrons plus clair.

– Il n'y a qu'un hic : comment comptez-vous prouver l'innocence de mon fils, si innocence il y a, puisque lui-même ne peut pas être soumis à ces tests ?

– Excellente remarque. N'auriez-vous pas conservé des effets personnels de Jacques ?

Just réfléchit un court instant. Une lueur s'alluma dans ses yeux :

– Le cahier ! Vous l'avez gardé !

Le regard de Kerenn s'assombrit.

– Hélas non, monsieur Mouthier. Je l'ai détruit. Je vous l'ai dit, j'ai été lâche. J'avais peur d'affronter la réalité. Cela pouvait compromettre des gens importants, et, surtout, ma carrière. De toute façon, ce cahier ne nous aurait certainement pas fourni ce que nous recherchons.

L'ADN se trouve dans la salive, les cheveux, les composés organiques. Pensez-y : vous avez peut-être conservé des effets personnels de votre fils.

– Je demanderai à Maurine.

– Voilà où nous en sommes, monsieur Mouthier. Je me remets tout de suite au travail, et je vous tiens au courant de ses avancées.

Il allait se lever quand Just le retint d'un geste :

– Attendez. Même si vous parvenez à prouver que mon fils est innocent, qui vous croira, sachant qu'il est recherché pour un autre meurtre ?

– Une chose après l'autre. D'après ce que j'ai lu dans ce fameux cahier, votre fils était manipulé. On se servait de lui, de ses pouvoirs.

– Vous finissez par reconnaître que...

– Je ne reconnais rien du tout. Je m'en tiens aux faits. À ce que j'ai vu, lu, constaté. Votre fils était sous influence. Et il l'est peut-être encore.

Kerenn tripotait son paquet d'américaines et s'apprêtait à en allumer une quand il arrêta son geste :

– Votre autre fils, Benjamin, travaille toujours aux États-Unis ?

– Bien sûr.

– C'est un scientifique, non ?

– Il est chercheur à Pittsburgh.

– Pourquoi ne le contactez-vous pas ? Il pourrait peut-être nous aider.

# 15

Quand Mona Kessler rejoignit Jacques dans la zone de réception des bagages, il était au téléphone. Dès qu'il la vit, il raccrocha et glissa son portable dans sa poche de chemise.

– On y va ?

À ce moment, il y eut un bruit de sirènes, des policiers surgirent et placèrent des barrières aux endroits stratégiques. L'aéroport devint en quelques instants une zone sécurisée, des patrouilles et des maîtres-chiens se mirent à arpenter les couloirs et les accès aux terminaux.

– Qu'est-ce qui se passe ?

– Alerte à la bombe. Un mauvais plaisant, sans doute.

– On est coincés ?

Des policiers gardaient les portes, contenant le flot des voyageurs impatients.

– C'est l'affaire de quelques minutes, Mona. Vous n'avez pas envie d'une cigarette ? lui glissa-t-il avec un sourire malicieux.

Sandibeh patientait près des taxiphones. Il ne vit pas arriver une patrouille remontant vers le terminal B.

– Bonjour, monsieur. Contrôle des papiers.

Il sursauta.

– Oui. Tout de suite.

Le brigadier Mangin n'avait pas une tendresse particulière pour les hommes de couleur. Quand sa sœur s'était entichée d'un Guyanais, il avait failli en faire un drame. Et aux repas de famille, il essayait de se contenir quand il voyait ses enfants, blancs et blonds, jouer avec ceux de son beau-frère.

Il contrôla les papiers, les rendit à Sandibeh.

– Mettez-vous face au mur, bras et jambes écartés.

– Mais...

– Faites ce que je vous dis.

La nuque de Sandibeh se couvrit de sueur. Il obéit. Tête baissée, il ne put voir passer, à quelques mètres, Jacques Mouthier et Mona Kessler. Ils marchaient vers la sortie. Ils montèrent dans un taxi qui prit la direction de l'autoroute.

Le taxi les déposa gare de Lyon. Ils achetèrent des billets pour Besançon et patientèrent en prenant une collation au Train Bleu. À dix heures, ils se dirigèrent vers le quai 12 et embarquèrent. Quand le convoi s'ébranla, le cinquième fils de la Vouivre regarda sa montre : dans un peu plus de deux heures, il poserait le pied sur le sol de sa ville natale. Le soleil butait contre les vitres fumées du wagon des premières. Le ciel était d'un bleu parfait. C'était un jour idéal pour mourir.

# 16

Une maison simple et élégante, dans le quartier des Chaprais. Une haie de thuyas dérobant l'entrée aux regards. Just sonna. Maurine vint ouvrir le petit portail de bois.

– Je pensais justement à toi.

Son visage avait vieilli ; son regard, non. Ses cheveux conservaient leur beauté grâce à une discrète teinture. Elle portait un corsage de soie jaune paille, une jupe brune, des sandales de corde lacées aux chevilles.

Ils s'embrassèrent sur la bouche, du bout des lèvres.

– Allons au jardin. Maman se repose.

Just la suivit, les yeux accrochés au balancement de ses hanches, au roulis de sa croupe. Elle se retourna, surprit son regard : – Oh ! – et le prit par la main. L'emmena au fond du jardin, où se trouvait un petit canapé d'osier. Ils s'assirent côte à côte. Des rosiers grimpants couraient le long des murs, entre les lianes envahissantes d'un lierre. D'autres s'épanouissaient en massifs, couverts de fleurs rouges, jaunes ou orangées. Des campanules ornaient un muret de pierres grises.

– Tu avais envie de me voir ?

– Bien sûr.

– Mais pas seulement ?

– Kerenn est passé à l'atelier.

Son sourire disparut d'un coup. Elle lâcha sa main. Just lui raconta leur entrevue. Elle écoutait, visage fermé. À la fin :

– Aurais-tu conservé quelque chose ayant appartenu à Jacques ? lui demanda-t-il.

Elle répondit que non, se leva, fit quelques pas. Elle pleurait. Just alla vers elle, la prit dans ses bras. Elle le laissa faire.

– Pardon.

Elle posa la main sur sa joue.

– Ce n'est rien. Tu seras chez toi, ce soir ?

– Bien sûr.

– Je passerai après avoir couché maman. Vers neuf heures, d'accord ?

Ils se quittèrent sur un sourire.

Just regagna son atelier et, bien qu'il fût déjà impeccable, entreprit de le nettoyer. Onze heures sonnèrent au Jacquemard. Il aéra, récura, changea les draps, brûla de l'encens dans une coupelle, fit la vaisselle, l'essuya, descendit faire quelques courses, œufs, tomates, roquette, basilic, pain, jambon cru et parmesan et une bouteille de vin qu'il alla choisir chez Ferdinand. Celui-ci le vit arriver, les bras chargés, le visage épanoui.

– Justo !

Ferdinand avait l'embonpoint des bons vivants et le teint vermillonné des adorateurs de Bacchus. Il avait l'âge de prendre sa retraite mais n'y songeait guère. Passionné par son travail, il continuait de conseiller particuliers et professionnels, vantant les mérites comparés des Trousseau, Poulsard, Chardonnay et Savagnin, tout en élargissant la palette de ses prescriptions aux Bourgogne, Bordeaux, Côtes-du-Rhône et vins de Loire, sans oublier les vins de lave, les Chianti, les Sangre de Toro, Palette, Banyuls, Maury, Cabernet de la Napa Valley et d'Afrique du Sud, les vins de glace, les vendanges tardives, les vins de partout et d'ailleurs, qu'il avait tous goûtés, discutés, appréciés, ratiocinés et disséqués jusqu'à la rafle, jusqu'à la plus infime particule, le moindre pépin, le plus subtil effluve. Sa boutique était devenue un capharnaüm œnophilique, une grotte dionysiaque où lui-même ne se retrouvait plus.

Il enjamba une caisse de côte-rotie La Mouline et serra Just dans ses bras :

– Mon vieux Justo. On ne te voyait plus. Je n'osais même plus te rendre visite.

– Ça va mieux.

– Pose tes sacs. On va boire un coup.

Il déboucha un vin de paille de dix ans d'âge et le servit, glacé, dans un petit verre ballon. Ils trinquèrent : le vin était fluide, gras et racé, d'un moelleux chocolaté, avec des parfums de ruche.

– Magnifique.

– Hein, qu'il est bon ?

Il lui sourit. Just posa son verre.

– Je dîne avec Maurine.

– Gamin, va !

– Et j'ai des nouvelles de Jacques. Il a encore les flics aux fesses. En Nouvelle-Calédonie.

– En Nouvelle…

Il vida son verre.

– Mon pauvre Justo. On n'est pas près de le revoir.

# 17

Il était 12 h 28 quand le train stoppa en gare de Besançon. Jacques prit son sac d'une main, de l'autre la valise de Mona Kessler. Ils descendirent, remontèrent le quai et entrèrent dans le hall. Mona acheta quelques journaux pendant que Jacques se dirigeait vers la station de taxis. Elle l'y rejoignit.

– Voilà. C'est ici qu'on se quitte, dit-il en ouvrant la portière d'une Mercedes gris métal et en l'invitant à y entrer.

– Non. Vous venez avec moi.

– Certainement pas.

– Jacques. Vous allez faire une bêtise.

– Une de plus.

– Vous n'avez pas envie de revoir ma sœur ?

Il ne répondit pas. Mona griffonna un numéro sur un morceau de papier, le lui tendit. Il le glissa dans une de ses poches, lui lança un bref regard et s'éloigna vers les glacis. Elle hésita un instant, puis monta dans le taxi pour voir Jacques disparaître dans les escaliers bordant l'horloge florale. Elle indiqua au chauffeur sa destination et se cala dans son siège. Épuisée par le décalage horaire, elle s'endormit presque aussitôt.

Jacques ne reconnaissait pas Besançon. Tout avait changé. Il ne s'attarda pas à déchiffrer les différences. Cette ville le haïssait. Il devait faire vite. Il descendit Battant en quelques minutes, se dirigea vers le quai Veil-Picard. Arrivé devant l'immeuble où il avait vécu, il pressa le bouton d'accès, poussa le vantail et entra. Là, rien n'avait changé : la loge de concierge, la courette, les hauts bacs à fleurs. Il s'avança entre la rangée d'hibiscus, leva le regard vers les fenêtres.

– Vous cherchez quelque chose ?

Il reconnut aussitôt la voix. Pressentit la catastrophe. Tenta de la prévenir.

– J'ai dû me tromper.

Il rebroussa chemin, passa devant la femme qui, balai à la main, s'apprêtait à nettoyer la cour. Une brune aux yeux cernés, aux hanches larges. Elle l'arrêta de la voix alors qu'il parvenait au portail.

– C'est vous ?

Il eut un bref moment d'hésitation, poussa le vantail et s'enfuit.

– Marc ! Marc !

Elle hurlait. Un homme sortit de la loge.

– C'est lui ! C'est lui ! Il est revenu ! Cours-lui après !

L'homme se précipita dans la rue, revint presque aussitôt.

– Qui c'était ?

– Mouthier. L'assassin. Celui qui a tué toutes ces filles. Il est revenu. Je vais à la police.

Elle défit son tablier qu'elle jeta à son mari et fila au commissariat.

Jacques courait vers Chaudanne. Il ne s'arrêta que lorsqu'il ne vit plus de la ville que la Citadelle et Tarragnoz, au loin. Il s'enfonça dans le bois, jeta son sac à terre et s'assit sur une souche. Il s'était conduit comme un imbécile. Il but un peu d'eau minérale et reprit son souffle. Puis il se fit un oreiller de son sac et prit un peu de repos. Quand il se réveilla, le soleil déclinait. Il regarda sa montre : 19 heures. Il avait dormi plus de six heures. Courbatu, il se leva difficilement. Après quelques étirements, il fouilla dans son sac, en tira un paquet prisonnier d'un adhésif noir. Le libéra. Un étui de cuir apparut. À l'intérieur, un revolver. Il le chargea. Le passa à sa ceinture. Et redescendit vers la ville.

Just avait mis le couvert sur sa table d'écrivain. Deux assiettes à motif floral. Deux verres à pied. Fourchettes et couteaux dépareillés. Il n'avait plus rien. Le seul luxe qu'il s'autorisait était de garder sa vieille Corvette. La reliure lui rapportait à peine de quoi vivre décemment. Il regarda la table, retira le couvert, alla chercher une rame de toile bistre et y tailla deux sets. Il les disposa face à face et réinstalla le couvert. Puis il ouvrit la bouteille de vin, un haut-médoc 95 que Ferdinand lui avait recommandé, la posa sur l'établi. Il s'installa dans un fauteuil en rotin, à côté de la fenêtre, ouvrit *Les Poèmes saturniens* et se mit à lire.

Jacques avait une alternative pour retrouver son père : Bregille, où Flora et Gérard devaient, pensait-il, vivre encore, et cet endroit que vénérait Just : son atelier. Il résolut de commencer par celui-ci, mais pour rejoindre Battant, il fallait repasser devant son ancien immeuble. Il s'obligea donc à un détour, et se dirigea vers le pont Canot. Quand il s'y engagea, le soleil couchant donnait à la ville des allures de cité médiévale, jouant avec les vieilles pierres des remparts et glissant sur l'eau sombre. Chamars était plongée dans l'obscurité. Arrivé au mitan du pont, Jacques fit encore quelques pas, puis stoppa net. Il ne pouvait aller plus loin. Quelque chose l'attirait sur l'autre bord. Il traversa la chaussée. S'approcha de la rambarde. Alors tout lui revint, en bloc.

La demie de huit heures sonnait au Jacquemard. Just posa son livre, se dirigea vers lavabo. Il se passa de l'eau sur le visage. Il avait chaud. Se peigna avec soin. Il commençait à perdre ses cheveux. Son front se dévoilait, large et bombé. Ses yeux clairs étaient cernés de ridules qui partaient en épi vers les tempes, étirant et adoucissant son regard. Les traits de son visage s'étaient accentués : la charpente osseuse était plus lisible, les pommettes plus saillantes. Ses joues s'étaient creusées.

Il but un verre d'eau et, pour calmer son impatience, fouilla dans sa collection de CDs et de vinyles. Il se souvint que Maurine aimait les Jazz Messengers, et les baguettes d'Art Blakey se mirent à claquer dans l'air du soir.

*Vautré sur le siège arrière, le crâne serré dans un étau, Jacques ne perçoit que des bruits sourds, des éclats de voix confus : il reconnaît le timbre de ses deux cerbères, et des cris aigus, sans doute ceux d'une femme. Son estomac le brûle. La voiture, tous feux éteints, est arrêtée sur* ce *pont. Il est ivre. De bière et de whisky. Après chaque séance de questions, il a besoin de boire, de se consumer dans l'acool. Les ombres noires sont toujours plus exigeantes. Elles veulent voir toujours plus, se frotter aux ténèbres, creuser ces mystères qui devraient rester cachés. Elles s'en moquent. Elles tiennent en lui le messager idéal. Il appartient à* l'autre monde *depuis l'enfance. Alors il doit retourner voir l'homme au sceptre, au long bâton de pyrite orné de la tête du monstre. Le Gèdre. Le frère aîné du châtelain. C'est lui qui détient les clefs. Les formules. L'enfant cède du terrain, se laisse entraîner vers l'abîme. Contente les ombres noires, et repart vaincu. Il ne trouve de réconfort que dans cette liqueur au goût de tourbe, et dans cette fraîche amertume maltée et moussante, que Becquet et Lesueur lui accordent, au terme de leurs équipées.*

*On le prend par le bras, on l'extirpe de force. Il titube. Il a son couteau à la main. Cette arme ne le quitte pas. Il s'en est servi plusieurs fois, dans des bagarres de bar, au Grand-Charmont, à la fête de Battant. La plupart du temps, son père venait le chercher, pour tenter de le soustraire à ses démons. Un soir, Jacques l'a repoussé violemment, menacé. Il a vu de la peur dans son regard.*

*Becquet le pousse vers la fille. Jacques ne distingue pas ses traits. Il comprend ce qu'on lui demande. Il sait le faire. L'homme au sceptre lui a transmis cette pulsion de mort. Mais il n'est jamais allé au bout. Il s'y refuse. Il résiste. On lui prend le bras. Chacun est à sa place, le tueur, et la victime, maintenue fermement par Lesueur, la jupe arrachée, le corsage béant, le visage suppliant. Jacques veut fuir, s'arracher à ce cauchemar, mais on lui crie dessus, on l'insulte, on lui crache à la figure des mots qui rendent fou et il se décide enfin à frapper, deux fois, trois fois, avec rage. Encore des cris. Son ventre est en feu. Becquet et Lesueur l'encouragent, puis ils sortent l'appareil. Un, deux, trois flashes.*

*Pour Jacques, c'est le moment le plus terrible, quand l'éclair blanc illumine le visage de celles qu'il met à mort. Des proches, des femmes amies, et quand il comprend que c'est pour cela, justement, qu'on les place sur sa route, il est trop tard.*

Jacques se souvient, accoudé à *ce* pont, d'où il voit le flot sombre s'écouler vers la nuit, là-bas, vers les faubourgs, et plus il se souvient, plus il a envie de mourir. Ses larmes coulent dans l'eau brune. Il est pris d'un spasme, il vomit. Sur sa vie, sur ce qu'il a raté, gâché, perdu. Son estomac se noue, ses entrailles se vident.

– Regarde !

La voiture de police stoppe à sa hauteur.

– Qu'est-ce que c'est que ce mec ?

Il sortent du véhicule, s'avancent vers lui, la main sur l'étui du revolver. Jacques les voit approcher dans un brouillard.

– Un problème, monsieur ?

Il fait signe que non.

– On l'embarque, il cuvera en cellule, lance le chef, un petit homme sec et pointu.

Ils l'entraînent vers la voiture, le font monter, direction le commissariat, tout proche.

Elle va arriver. Il le sent. Étrangement, son entrevue avec Kerenn l'a revigoré, lui a redonné de l'espoir. De l'envie. Envie de se battre, de lutter. Just entend des pas dans l'escalier. On frappe :

– Entre.

La porte s'ouvre et le sol se dérobe sous ses pieds.

Jacques n'a pas eu à forcer son talent : ils ne l'avaient même pas fouillé. Ils le croyaient inoffensif, malade, diminué. Il l'était, mais quand le chef a appelé le central, pour identification, Jacques a senti le danger, l'adrénaline est montée, tout s'est remis en place. Il a pris l'arme à sa ceinture, l'a pointée sur le chef, en un éclair il était dehors, sous la douche froide des réverbères. Il a couru vers l'Orme, cavalé par la rue Pasteur jusqu'à la Grande-Rue, en longeant les vitrines sombres. Il entendait derrière lui les policiers lancés à ses trousses, alors il s'est caché dans le trage menant au lycée Pasteur, a patienté quelques minutes. Ils sont repassés devant lui, essoufflés, bredouilles. Il est sorti de l'ombre et a filé vers Battant.

Maintenant il est là, devant son père qui le regarde

comme on regarde un fantôme : les yeux écarquillés, le souffle coupé.

– Papa.

Vingt années. Sans se voir, se parler. Se toucher, s'embrasser. Vingt années perdues. Just entrouvre ses lèvres. Aucun son ne s'en échappe. Il fait un pas vers cette apparition, ce songe. Encore un pas. Et il s'effondre.

# 18

Maurine gara sa voiture dans la montée du Grand-Charmont, n'eut pas un regard pour le quai Veil-Picard et s'engagea dans la rue Battant. Il faisait doux. Dans son dos, le Jacquemard sonnait neuf heures. Elle avait horreur d'être ponctuelle, donc elle marcha vers la fontaine Bacchus, y patienta quelques minutes. Quand elle jugea que son retard était suffisant pour un rendez-vous amoureux, elle se dirigea vers l'atelier. Elle poussa la porte de l'immeuble. Des mois qu'elle n'était venue. Toujours cette odeur de moisi, de salpêtre. Cet escalier aux marches vermoulues, cette rampe usée mal assurée sur ses maigres jambes de fer. Passé le premier étage, son cœur se mit à battre plus fort. Elle s'étonna de ce trouble : après tout, elle allait retrouver un homme qu'elle connaissait *par cœur*. Elle monta les dernières marches, sourire aux lèvres. Quand elle arriva sur le palier du deuxième, elle vit, étonnée, que la porte de l'atelier était entrebâillée. Elle s'avança.

– Just ?

N'obtenant pas de réponse, elle poussa la porte. Just était allongé dans son lit. Devant lui, agenouillé, un homme lui tenait la main. Quand il tourna la tête, elle vit d'abord qu'il était beau. Qu'il pleurait. Que cet homme était ce qu'elle pouvait imaginer de plus terrifiant et de plus merveilleux à cet instant, à cet endroit. Elle se mit à hurler de peur et de bonheur.

# 19

Sandibeh avait été relâché après vérification de son identité. Il avait un port d'armes, son métier le lui autorisait, et aucune charge n'avait pu être retenue contre lui. Le brigadier Mangin avait ravalé son amertume :

– Dégage.

Sur le parking, sa voiture l'attendait, avec son profil aux arêtes coupantes et, à l'intérieur, son odeur de plastique bon marché. Il mit le contact, passa la première. La mécanique hoqueta, Sandibeh remit au point mort et sollicita l'accélérateur. Le moteur trouva son régime, Sandibeh repassa une vitesse et la voiture démarra. Il franchit la barrière et sortit de l'aéroport. La nuit était tombée. Il avait échoué : cette fois, le zoreille s'en était tiré. Il ne perdait rien pour attendre. À la lueur d'un réverbère, Sandibeh relut les quelques notes qu'il avait tirées du message de Bekemoï. Les parents du zoreille habitaient à Besançon, dans l'Est : de toute évidence son client s'y rendrait, si ce n'était déjà fait. Sandibeh déplia une carte de France et localisa la ville. Il traversa des banlieues plongées dans le noir et prit la direction de l'A6. Le moteur tournait rond. Dans un peu plus de quatre heures, il serait en Franche-Comté.

# 20

Maurine étouffait Jacques de baisers. Il se laissait faire, en pleurant, tandis que Just, groggy, essayait de récupérer quelques forces. Ils parlèrent peu. Jacques était là, tout était dit. Maurine avait pris le visage de son fils entre ses mains, ne se lassant pas de le regarder.

– Mon chéri. Mon chéri.

Il retira doucement ses mains.

– Il faut que je parle à papa, seul à seul.

Elle eut un mouvement vers lui, comme si on tentait de lui arracher ce qu'elle avait de plus cher, puis se ressaisit :

– Si tu veux.

Il l'embrassa, la serra contre lui. Elle fit un pas en arrière :

– Je t'attends chez moi. Just te conduira. Tu viens vite ?

Il ne répondit pas. Elle fit un signe de la main à Just, regarda encore une fois son fils et sortit. Le bruit de ses pas décrut dans l'escalier.

– Pourquoi es-tu revenu ?

Il ne répondit pas.

– Maman et toi, vous vous aimez toujours ?

– Pourquoi es-tu revenu ? répéta Just. Tu es en danger dans cette ville.

– Je le sais. Je n'ai pas peur du danger.

– Ne fais pas le fanfaron.

D'un regard et d'un sourire, Jacques fit comprendre à son père qu'il ne se servait que de mots dont il mesurait le sens :

– Papa, je n'ai pas peur du *danger*. Je l'incarne depuis ma naissance.

Il prit son revolver à sa ceinture. Just eut un mouvement de recul. Jacques le lui tendit :

– Il est chargé.

– Que veux-tu que j'en fasse ?

– Prends-le. Et tire sur moi, sans te poser de questions.

– Que je tire sur toi ?

Just eut le sentiment de sombrer dans la folie.

– Je suis revenu pour ça. Si tu m'aimes, fais-le.

– Que je tire sur mon fils ?

– Je ne suis plus ton fils. D'ailleurs je ne l'ai jamais été. On s'est approprié ma vie, je n'ai jamais pu être votre enfant. Il y a quelque chose d'horrible en moi, qui refuse de mourir. Qui ne mourra qu'avec moi. Je t'en prie, papa.

Tout était vrai. Jacques avait raison et Just le savait. Il regarda le revolver, puis, doucement, repoussa le bras qui le lui tendait :

– Impossible. Quoi que tu en dises, tu es mon fils.

– Non !

Jacques prit l'arme et la plaça sur sa tempe.

– Tu ne me laisses pas le choix. Je veux finir de la main d'un Mouthier. J'espérais que ce serait toi.

– Attends ! Tu ne sais pas tout. Il y a peut-être un moyen.

– Un moyen de quoi ?

– D'extirper de toi cette chose dont tu parles.

– J'ai déjà essayé.

– J'ai revu Kerenn, le commissaire qui s'est occupé de l'affaire. Il a de nouveaux éléments. Il te croit toujours coupable, mais, comme il me l'a dit, tu étais *sous influence*. Ça change tout. Jacques, tout ce que tu as fait, c'était malgré toi.

– Qu'en sais-tu ?

– Kerenn et moi avons lu ton journal. Et j'en ai parlé à ton frère. Il peut sans doute nous aider.

– Benjamin ? Comment ?

– Il fait des recherches sur la parapsychologie. Il travaille dans une unité spécialisée, à Pittsburgh. Jacques, je sais ce qu'on t'a forcé à faire. Et je connais le coupable.

– Tu comprends donc pourquoi je n'ai pas d'alternative. Si je retrouve mon grand-père et qu'il paye pour ses crimes, je brise le cœur de ma mère. Je lui ai déjà fait assez de mal.

– Elle ne t'en voudra pas. Lucas n'est plus rien pour elle.

Jacques hésita un instant, puis il retira lentement le revolver de sa tempe, le remit à sa ceinture. Il marcha jusqu'à la fenêtre. La rue Battant était déserte ; la ville, endormie. Au loin, la rivière paressait sous les réverbères. Just rejoignit son fils :

– Kerenn est à la recherche de Lucas.

– Il a une piste ?

– Selon lui, ce n'est qu'une question de jours. Il va le retrouver.

– Dans ce cas, je veux voir Kerenn. C'est à moi de débusquer Lucas, et de le faire payer.

– Impossible. Je ne t'ai pas tout dit. Jacques, tu es recherché pour un autre crime. C'est Kerenn qui m'en a informé.

– De quoi parles-tu ?

Il se souvint de la réflexion de Mona Kessler : « Je pense que vous êtes recherché pour une *autre* affaire. »

– Quel crime ?

Just éluda la question :

– Peu importe. Kerenn est un flic. Retraité, mais flic. S'il te rencontre, il fera son boulot de flic : tu seras arrêté. Il faut que tu te caches.

– Où ?

– À la Frasne. Chez Barthélémy. Son domaine est immense. Il a des écuries, deux bergeries. Tu t'installeras dans l'une d'elles. Personne ne t'y trouvera.

– Quand part-on ?

– Tout de suite.

# 21

La Corvette fonçait vers les faubourgs. À Rivotte, Jacques s'enfonça dans son siège : une voiture de police passait sur le rond-point, avant de s'engager dans le tunnel. Il se garda de parler à son père de son algarade avec les forces de l'ordre. Inutile de l'alarmer davantage. Just passa la troisième et la voiture se lança dans la côte de Morre. Jacques sondait les ténèbres. Ses yeux étaient habitués à les déchiffrer. De nuit, la campagne lui *parlait*. Il percevait des cris, des bruits de bottes, des claquements de culasse. Des pleurs de femme, des grondements de moteur. Des camions. Un avion surgissait du ciel noir, déversant sur les villages sa cargaison de bombes, de balles traçantes ou de rockets. Puis c'étaient des hennissements de chevaux, des cris de cochons sacrifiés. La cavalcade d'une poule faisanne, la course d'un renard. Et le couinement terrifié du mulot attrapé par une fouine. Il plaqua ses mains sur ses oreilles.

– Qu'est-ce que tu as ?

Il ne répondit pas, laissa le tumulte s'apaiser. Et s'endormit bientôt, bercé par le grondement repu du moteur. Il se réveilla à Ornans, qu'ils traversèrent au pas. La Loue étirait ses basses eaux. La Corvette semblait un gros scarabée longeant les rives sombres. Passé les faubourgs, elle reprit de la vitesse et son moteur la propulsa vers les collines. Quand ils arrivèrent au village le clocher sonnait la demie de onze heures. Ils longèrent les vieilles fermes, les maisons endormies. Just prit à gauche, vers les Mayes. La lune s'accrochait aux nuages, la lueur des phares volait des parts d'ombre aux sous-bois, et les grands champs se laissaient caresser par un vent rasant et souple.

Les pierres du chemin claquaient sous les pneus du bolide qui roulait maintenant au ralenti, et s'arrêta bientôt devant la barrière de la Frasne. La lumière était allumée dans l'outo, et une tête se montra à la fenêtre. Barthélémy sortit, mit ses mains en visière sur son front, et actionna la télécommande de la barrière. La Corvette gronda et stoppa sa course devant la ferme. Les portes s'ouvrirent, claquèrent, et Jacques marcha vers son oncle.

# 22

– Jo ! Viens ! Viens ! C'est lui !

Barthélémy n'en pouvait plus de crier. Joëlle sortit sur le seuil et se précipita vers son neveu. Elle l'embrassa, le serrant à lui faire mal. Lui était décontenancé, abasourdi par tant de joie. Il se croyait haï, il se découvrait aimé, attendu.

– Entre ! Entrez ! Ah ! Vingt dieux, c'est pas possible !

La porte de l'outo se referma sur l'allégresse retrouvée. À l'intérieur, Joëlle sécha ses larmes. Elle alla chercher le vin, ils trinquèrent aux retrouvailles. L'euphorie passée, Just prit son frère à l'écart.

– Jacques est recherché pour meurtre. Je suis venu te demander de le cacher.

Barthélémy ouvrit de grands yeux :

– C'est pour il y a vingt ans ? Mais y a jamais vraiment eu de preuves.

– Non. C'est autre chose.

– Merde.

– Tu n'es pas obligé d'accepter.

– Tu rigoles ! Je l'aime, ce môme. Je vais le planquer, t'en fais pas. Je l'emmène aux Jonquets.

Jacques se leva sans un mot. Il embrassa sa tante et sortit. Barthélémy avait pris sa lampe-torche, une bouteille d'eau et deux couvertures. Les trois hommes traversèrent la cour de la ferme, et marchèrent vers les collines. Les nuages masquaient la lune. Les champs étaient d'un noir de suie.

– Il va y avoir de l'orage.

Ils parvinrent aux Jonquets quand tombaient les premières gouttes. Barthélémy installa Jacques au fond d'une bergerie désaffectée, qui servait de remise à outils et de réserve d'engrais.

– Là, tu seras bien. Demain matin, je t'apporte de quoi casser la croûte.

Les deux frères rentrèrent en courant à la ferme. Le ciel déversait des cataractes. L'horizon tremblait, les champs étaient parcourus de zébrures électriques. Dans les tourbières, l'eau était aussitôt digérée, comme avalée par les pores d'une éponge. Les étangs déversaient leur trop-plein dans les gouilles, tandis que les laîches s'inclinaient, tiges ployées, épis trempés. Les bêtes ouvraient de grands yeux au profond des étables. Les chevaux donnaient du sabot. Les éclairs s'espacèrent, la pluie se fit plus fine, plus légère, puis elle s'arrêta.

Jacques attendit que le ciel se taise, puis il sortit, inspecta les alentours et se mit en route.

Les grilles du château étaient fermées. Malgré l'obscurité, Jacques put distinguer les contours de l'édifice. Il semblait à l'abandon. Des fenêtres étaient brisées. Une gouttière pendait. Des tuiles manquaient. La cheminée principale était éventrée. Il longea le mur d'enceinte, retrouva la faille par laquelle il se faufilait, enfant, pour partir au village et aller jouer au baby-foot avec Mazuy, le fils du charcutier, au bistrot de la place de l'Église. Il s'accrocha au lierre et pénétra dans la propriété. La porte des écuries était ouverte en grand. Il y jeta un coup d'œil : le désert, le silence. Des bottes de foin pourri, les montants des vantaux rouillés, une odeur de cuir gâté, de moisissure. L'allée centrale était une flaque, le toit était crevé, la charpente dégouttait de pluie. Jacques se dirigea vers le château. En passant, il colla son nez aux fenêtres de la maison du gardien : un univers poussiéreux, un musée de la solitude. Jacques poursuivit sa route, marcha vers le perron, qu'il gravit, en évitant les débris de tuiles et de chéneaux. Il posa sa main sur la poignée de la porte de chêne. Fermée à clef. Avisant le vase de Salins ébréché, installé sur la partie droite du perron, il se rappela la cachette, se pencha, plongea sa main dans le noir. La clef était sale et humide. Il l'essuya, la glissa dans la serrure et entra. Il tenta machinalement de faire jouer l'interrupteur, mais l'électricité avait été coupée depuis longtemps. Il chercha son briquet, le fit claquer et ouvrit ainsi une brèche dans les ténèbres. Le bureau de Lucas se trouvait sur la droite, au départ du couloir. Il s'y dirigea, poussa la porte. Il n'eut pas à chercher longtemps : une lettre était là, posée sur le sous-main. Il l'ouvrit.

*Cher Jacques,*

*Te voici de retour. Les années ont passé. Nous sommes restés les mêmes. Je le sais, tu le sais. Le temps n'est rien. Une respiration, un souffle. Il paraît que je t'ai fait souffrir ? J'ai la faiblesse de penser que, sans moi, tu aurais souffert davantage. Tu es différent. Je l'ai voulu. N'as-tu pas profité de cette différence ? Te serais-tu contenté d'une existence fade et sans gloire, l'apanage des médiocres ? Réfléchis. Quand tu liras cette lettre, tu ne seras ni tout à fait vieux ni tout à fait jeune. Tu seras dans l'entre-deux. L'âge béni. Rejoins-moi. Oublie tes parents, qui n'en sont pas. Ils t'ont fabriqué, la belle affaire. Moi, je t'ai fait. J'ai besoin de toi, tu as besoin de moi. La course n'est pas terminée. Essaie de me retrouver. Si tu n'y parviens pas, c'est que tu ne méritais ni mon affection, ni ma confiance.*

*Ton grand-père. Ton ami.*

*Avant de partir, fais un tour à la cave. Une surprise du meilleur cru t'y attend.*

La lettre n'était pas datée. Le papier était poussiéreux et ramolli, ses bords rongés d'humidité. Jacques s'assit dans le fauteuil placé face au bureau. *La course n'est pas terminée.* C'était le leitmotiv de son grand-père. Une sorte de mantra stupide, un condensé de suffisance, d'imbécile fierté virile. L'instinct de Jacques ne l'avait pas trompé : cette visite au château avait été prévue par le vieil homme, qui le connaissait mieux qu'il ne se connaissait lui-même.

Jacques se dirigea vers les cuisines. Se doutant de quelque malice, il ne fut pas étonné de découvrir dans la cave le squelette de Milot. Sur un foudre, un billet plié, quelques mots, qu'il lut à la lueur de la flamme de son briquet :

*Tu es le dernier témoin. Et le dernier des Lucas. Sois-en digne.*

Il rentra à la bergerie, s'installa sur son lit de foin et s'enroula dans les couvertures. Il s'endormit aussitôt. La voix de Barthélémy le réveilla, au petit matin. Il apportait un panier empli de victuailles et du café.

– Bien dormi ?

Il boitait, sa respiration était sifflante.

– Tu as déjà pensé à arrêter de fumer ?

– Bien sûr ! Pas plus tard qu'hier !

Il n'était pas difficile à Jacques de deviner, par-delà le complexe réseau de nerfs, de muscles, d'organes et de tissus qui le constituait, que le corps de son oncle était envahi par le mal, qui s'y épanouissait, gagnait du terrain.

– J'irai te chercher des herbes.

– Pour quoi faire ?

– Tu te sentiras mieux.

Quand il était étudiant, c'était un des grands projets de Jacques : redonner aux herbes la place que lui avaient volée les grands laboratoires pharmaceutiques. Il y a des années, ils avaient sciemment éradiqué un savoir millénaire pour se lancer dans la course aux profits. L'impulsion était venue d'Amérique du Nord, où des lobbys puissants, sous couvert de financement de bourses d'études, s'étaient enracinés dans les grandes universités, supprimant peu à peu l'enseignement de l'herboristerie, ringardisée et devenue une vieille lune, un ramassis de recettes de grand-mère, de « *bonne fame*[1] », un savoir archaïque, pour favoriser l'avènement des pilules, des comprimés, des gélules, dont se gave la frange d'humanité qui y a accès. Avec à la clef, le jackpot, pour les laboratoires et le corps médical.

Jacques connaissait les herbes et leurs secrets. C'était là l'unique legs positif du sorcier, de l'homme au sceptre qui hantait sa vie.

– Ton père est reparti après l'orage. Je vais aux bêtes. Reste planqué, je t'apporterai le journal, et un transistor.

– Peux-tu me trouver une lampe ? Cette nuit, j'aimerais aller aux herbes, dans la forêt.

– T'es bien un Mouthier, toi. Quand t'as une idée dans la tête, tu l'as pas ailleurs.

À la nuit, Jacques sortit de sa cachette. Il cueillit des baies de belladone et de valériane, des feuilles d'asaret, aussi des herbes non répertoriées dans les manuels :

1. De bonne renommée.

celles qu'on trouve tapies au pied des chênes, entre mousse et écorce, ou au fond des talus détrempés. Il remplit le panier, puis, rentré à la bergerie, prépara un broyat qu'il écrasa au fond du pot ayant contenu le café. La mixture sécherait trois jours, et quand elle serait prête, il la donnerait à Barthélémy : elle soulagerait ses souffrances quand le mal se déclarerait. Pour la guérison, il était trop tard. Il s'assit sur une pierre, devant la bergerie et assista au mariage renouvelé de la nuit et du silence.

# 23

À dix heures, le téléphone sonna à l'atelier.

– Monsieur Mouthier ? Kerenn. J'ai du nouveau.

Dix minutes plus tard, les deux hommes étaient attablés devant un café, à la terrasse du bar du marché. La place de la Révolution était presque déserte. Les vacances. Des touristes anglais et hollandais prenaient des clichés de la nouvelle fontaine, qui n'était en fait que l'ancienne, déplacée de quelques dizaines de mètres. Le soleil donnait à la place des allures espagnoles.

– J'ai retrouvé Lucas.

– Déjà ?

– Il suffisait d'actionner les bons leviers. Il coule des jours tranquilles en Suisse. À Neuchâtel. Comme un brave retraité. Pourtant il a laissé une jolie ardoise en France, dans une banque de Morteau, dont le directeur, un certain Tricot, a d'ailleurs fait de la prison : il avait sous-estimé la puissance des amitiés de son client. Espérant récupérer un bien hypothéqué, le château de Lucas en l'occurrence, il s'est heurté à quelques problèmes « techniques » : en fait, on l'a menacé de mort.

– Que comptez-vous faire ?

– Vous donner l'adresse de Lucas. Et son téléphone. Ça c'est la bonne nouvelle. La mauvaise, c'est que les traces d'ADN prélevées sur le corps des victimes ont été authentifiées : deux d'entre elles appartiennent aux cadavres trouvés à La Bressanges. Mais il y a une troisième empreinte, non identifiée. Et je crains qu'il ne s'agisse de celle de votre fils.

Il but une gorgée de café, reposa sa tasse, en regardant Just d'un air entendu :

– Prescription ou pas, Jacques n'a pas intérêt à remettre les pieds ici. Le ressentiment contre lui est très fort.

Kerenn tendit à Just un papier :

– Les coordonnées de Lucas. Faites-en ce que vous voudrez. Je m'en lave les mains.

– Vous ne vous intéressez plus à son sort ?

– Bien sûr que si. Mais je connais les lois, et la justice : un homme de ce calibre s'en sortira toujours. Si vous avez des comptes à régler, faites-le vous-même. Je sais que ces propos peuvent paraître surprenants dans la bouche d'un flic. Mais c'est ainsi.

Il vida sa tasse de café.

– Vous n'avez rien à me dire, monsieur Mouthier ?

Il alluma une cigarette.

– Une femme est passée au commissariat. La concierge de votre ancien immeuble. Elle a vu votre fils, à Besançon. Bientôt, son signalement sera partout. Et les fouille-merde vont s'en donner à cœur joie. Les bons sujets ne sont pas légion, en période estivale. Le retour du tueur, quelle aubaine. Une mine d'or.

Il tira une bouffée, planta ses yeux dans ceux de Just :

– J'espère qu'elle est bien gardée. Je vous laisse. Vous avez mon téléphone.

Il se leva et s'éloigna dans la rue des Granges.

Aux Chaprais, l'été accrochait aux vieilles pierres des rais de soleil que reflétaient les fenêtres bâillantes des immeubles. Le quartier ronronnait sous la chaleur. Les grilles du cimetière et les arbres plantés le long de ses allées laissaient entrevoir des vagues de pierre grise, de croix, de stèles, et de marbre luisant. Des silhouettes animaient ce ressac, portant des pots et des bouquets, penchées sur une tombe ou conversant à l'ombre d'un caveau. Just tourna à gauche, dans une rue montante.

– Où est mon fils ? dit Maurine en ouvrant le portail.

– À l'abri, chez Barthélémy.

– Viens.

Elle avait mal dormi. Ses traits étaient tirés, ses yeux cernés.

Ils étaient face à face devant le muret de pierres grises.

– On a retrouvé Lucas. J'ai son adresse, son téléphone.

– Tu comptes l'inviter à dîner ?

– Chérie, je t'en prie.

– Je ne veux plus entendre parler de ce type.

– Il ne peut pas s'en tirer comme ça, après avoir saccagé la vie de notre fils, et la nôtre.

– Tu ne comprends pas ? Ou tu ne veux pas comprendre ? Lucas est dangereux. Il est capable de tout. Depuis vingt ans, il nous laisse tranquille. Rendons-lui la pareille : foutons-lui la paix et oublions-le.

Just s'assit sur le muret. Il prit son portable.

– Qu'est-ce que tu fais ?

Il rédigea un SMS et l'envoya.

– J'ai transmis à Jacques les coordonnées de Lucas.

– Tu es fou !

Elle était blême :

– S'il arrive quoi que ce soit à mon fils, n'espère plus rien de moi, Just Mouthier.

– Jacques est un homme maintenant. Nous n'avons

plus à décider à sa place de ce qui est bon ou mauvais pour lui.

– Fous le camp !

Sitôt reçu le SMS, Jacques décida de partir pour la Suisse. Il se garda d'en informer son père. Barthélémy lui rendit visite dans l'après-midi. Il lui donna le broyat d'herbes, que son oncle regarda avec un air dégoûté :

– Dis donc, c'est pas jojo ton truc.

– Ça a très bon goût et ça te fera beaucoup de bien.

– Si tu le dis. Je t'ai apporté *L'Est.* Regarde, ça n'a pas traîné.

En première page, la photo de Jacques, et un gros titre : « L'assassin vu à Besançon. »

– Dis-moi, gamin : c'est des conneries, tout ça ? T'as jamais tué personne ?

Jacques ne répondit rien. Barthélémy n'insista pas. Le pot d'herbes à la main, il redescendit vers la ferme. Jacques regarda sa silhouette trapue s'éloigner et se dit qu'il ne la reverrait sans doute jamais. Il attendit le soir, perdu dans la contemplation des grands champs et des collines grasses et vertes, et, peu avant que son oncle ne lui apporte à dîner, rassembla ses affaires, grava dans son souvenir ces paysages qu'il aimait, et s'enfonça dans la forêt. Quand Barthélémy entra dans la bergerie, une demi-heure plus tard, il était loin.

# 24

Jacques marchait sans se retourner. *C'était la fin de la route.* Elle passait par le col des Roches, où il franchit la frontière. Il emprunta les anciens chemins des contrebandiers, des maquisards, guidé par son instinct et cette prémonition du danger qui était sa force et son fardeau. À la faveur de la nuit, il pénétra plus avant dans les terres, franchit des combes, se nourrissant de délicieuses racines et d'herbes à la tige grasse et croquante. Il fit une pause au tombé d'un pic. Il vit les prairies dodues, la forêt, longue et haute, et, au loin, la barrière blanche des Alpes, leurs arêtes vives, mangées par le moutonnement des cumulus, leurs sommets embués de neige mousseuse. Il se remit en route, descendit vers la vallée, laissa le Locle sur sa gauche et marcha vers Neuchâtel.

Il ne vit pas, au-dessus de lui, passer une grande ombre filant vers le lac. Le soleil montait derrière les collines. La journée promettait d'être chaude.

Il s'arrêta à une fontaine de village pour faire un peu de toilette. Des enfants jouaient au ballon, ils ne lui prêtèrent aucune attention : les touristes sont nombreux dans la région. Il se rasa, l'eau lui servant de miroir. Puis il posa sur son nez ses lunettes fumées, changea de chemise. Habillé de noir, il avait la même allure qu'à son arrivée sur l'île Kunié. Il jeta son sac sur son épaule et se dirigea vers la ville. Lucas habitait rue du Môle. Jacques obliqua vers les quais. À dix heures, il composa sur son téléphone portable le numéro que lui avait communiqué son père. Il reconnut aussitôt la voix du châtelain. Elle avait vieilli, mais conservait ses inflexions coupantes et acides. Lucas l'invita à déjeuner à l'hôtel Beau-Rivage où, dit-il, il avait ses habitudes. C'était à deux pas de la rue du Môle, face au lac. Pour calmer son excitation, Jacques alla se promener sur ses rives. Vingt ans qu'il attendait ce jour. Il s'assit dans l'herbe et observa les alentours. Il ne mit pas longtemps à détecter *sa* présence. *Elle* était là, dans un rayon de cinq cents mètres à peine. Que faisait-elle en ces lieux ? Malgré son envie de la voir, de la toucher, il se garda de la chercher : ils ne pourraient se voir qu'au soir, quand les ombres descendent. Elle et lui étaient des êtres de ténèbres. Il ferma les yeux et tenta de lui envoyer un *message.* Mais la connexion échoua. Il comprit qu'elle dormait, et décida de la laisser en paix.

Jacques regarda sa montre : midi trente. Il se leva et se dirigea vers l'hôtel Beau Rivage. Il fallut qu'il donne le nom de Lucas pour qu'on lui permette d'entrer. Son allure et sa mise ne correspondaient pas aux standards de l'établissement. Le maître d'hôtel le guida vers un petit salon privé. Deux couverts étaient dressés sur une table ronde. Cerné de rideaux de velours vert pâle, le salon donnait sur le lac. Jacques patienta devant un verre d'eau plate. Une main se posa sur son épaule. Il leva la tête. Lucas lui souriait. Il était vêtu d'un blazer, d'un pantalon clair et d'un polo de coton beige. Il avait l'air d'un yachtman. Jacques le trouva ridicule.

– Tu ne m'embrasses pas ?

– Si, bien sûr.

Les deux hommes se donnèrent l'accolade. Lucas sentait l'after-shave, l'eau de toilette, et le parfum de dentifrice mêlé à son haleine sure composait un bouquet répugnant. Jacques réprima un haut-le-cœur. Le vieil homme donna des instructions au maître d'hôtel et quelques instants plus tard, ils trinquaient au champagne.

– J'ai réservé ce salon privé, pour plus de discrétion. Regarde, il y a une issue de secours sur la gauche : elle débouche sur les quais. En cas de danger, pfuit ! Tu t'évapores.

Il eut un rire complice :

– Tout cela m'amuse beaucoup, je te l'avoue. À mon âge, les distractions sont rares.

Il but une gorgée de champagne :

– Alors, dis-moi : comment as-tu fait pour me retrouver ?

Jacques prit sa coupe à la main, apprécia la finesse des bulles :

– Tu sais que j'ai quelques talents…

– Oui ! J'ai pu m'en rendre compte.

Il avait ce sourire enfantin et méchant des vieillards qui se croient immortels.

– Tu m'as manqué. Ici, je suis bien traité. J'ai des amis. Mais je m'ennuie. Et puis, la carcasse fatigue. Tu t'occuperas de moi. Quelques herbes choisies, les potions dont tu as le secret. Nous avons encore tant de choses à accomplir.

Il vida sa coupe, et eut un geste étrange : il tenta d'enlever les lunettes de Jacques qui se recula vivement.

– Tu es nerveux. Je voulais voir tes yeux.

– Tu les verras.

Lucas cessa de sourire. Une ombre passa dans son regard.

– Tu es fou.

– Pourquoi dis-tu ça ?

– Je lis les journaux. Bien que recherché par la police, tu acceptes une invitation dans un endroit public.

– C'est toi qui m'as appris à aimer le risque.

– Tu as réponse à tout. Décidément tu es un Lucas.

Il remplit sa coupe. Jacques n'avait pas touché à la sienne.

– Tu m'en veux ?

Jacques ne répondit rien.

– Tout ce que j'ai fait, je l'ai fait pour toi. C'est vrai, j'ai profité de ce que tu appelles tes *petits talents*, mais après tout, c'est grâce à moi qu'ils t'ont été donnés. Mon frère, s'il avait été moins fou, aurait pu jouer le rôle que tu as joué. Tu as pris sa place. Pour être plus exact, il te l'a cédée.

– Pas du tout. Il la revendique toujours.

– Comment ? Il est mort depuis quarante ans !

– Il est mort à ce monde, mais il en existe d'autres.

– Qu'est-ce que tu racontes ?

– Il voudrait *revenir*.

– Tu délires.

– Il a toujours essayé de me contrôler. Depuis l'enfance. Il connaît des passages, des failles dans le *visible*. Il avait prise sur moi. Grâce à *la bête*. Maintenant, elle est de mon côté. Elle s'est écartée de lui.

– Je ne comprends rien à ce galimatias. Aurais-tu, sur cette île, goûté à des plaisirs interdits ? Abusé de substances illicites ?

Jacques secoua la tête en souriant :

– Pardon, grand-père, mais ton rationalisme est pathétique. Je veux bien excuser ton goût immodéré pour l'argent et le pouvoir. Mais que tu ne reconnaisses pas l'existence de forces avec lesquelles tu m'as fait jouer durant toute mon enfance, dans le seul but de satisfaire tes appétits, je ne le supporte pas. C'est de la lâcheté. De la peur.

Lucas balaya ces propos d'un revers de main.

– De la peur ? Ce n'est pas moi qui me suis enfui quand les choses ont mal tourné.

– Tu m'as ordonné de disparaître, pour le bien de ma famille, rectifia Jacques.

– … en tout cas je ne t'ai pas abandonné : c'est moi qui ai payé ton billet d'avion. Et vingt ans plus tard, c'est moi qui t'ai fait parvenir cette enveloppe vide pour te suggérer de revenir. À propos, es-tu passé au château ? dit-il avec un sourire gourmand. C'était une bonne idée, l'enveloppe d'un côté, et la lettre de l'autre ? Séparées par vingt années et des dizaines de milliers de kilomètres. Comme toi et moi. As-tu apprécié la valeur du symbole ? Et as-tu rapporté l'enveloppe ?

– Non. Je l'ai laissée sur l'île. De toute façon, elle n'est pour rien dans mon retour.

– Allons donc.

– C'est pour payer mes dettes que je suis revenu.

– Foutaises ! Tu ne dois rien à personne.

– J'ai pris la vie de cinq femmes.

– Ce sont ces deux imbéciles qui…

– Ils étaient manipulés. Par toi, grand-père. Tu choisissais ces filles afin de les sacrifier à ce sorcier qui ne supporte plus de rester cloué sur son rocher, dans ce réduit de flammes et de cendres que les esprits simples appellent l'enfer, mais qui n'est que l'envers de ce monde, son miroir et sa honte.

– Ridicule et pompeux.

– Toutes ces femmes, je les connaissais, je t'en avais parlé, grand-père : cela faisait de moi le coupable idéal. Tu les as condamnées à mourir de ma main, pour qu'à travers moi ton frère nourrisse sa haine pour les femmes, pour *la* femme. Sa mère. *Votre* mère.

– Freudien, ironisa Lucas.

– Humain. Tu l'as abreuvé de sang pour qu'il te laisse tranquille, pour qu'il ne te demande plus de comptes.

Lucas se pencha vers Jacques, l'œil noir et les mâchoires serrées :

– Mon frère est mort et enterré, et je ne suis pour rien dans ces assassinats.

– Exact. Tu t'es toujours arrangé pour garder les mains propres, alors que les miennes…

– Tais-toi !

Blême, il fouilla dans sa poche, en sortit une boîte métallique où il prit deux comprimés qu'il avala avec une gorgée d'eau. Jacques le regardait, impassible. Lucas mit une longue minute à retrouver son calme.

– Tout ce que tu dis est vrai. Mais ce qui est fait est fait, articula-t-il enfin, au prix d'un gros effort.

Il but encore un grand verre d'eau. Ses mains tremblaient.

– Maintenant il faut continuer de vivre.

Son regard s'adoucit, se faisant presque suppliant.

– J'ai besoin de toi. De ta protection.

– Contre qui ?

– Contre mon frère.

Jacques le regarda d'un air entendu :

– Il te demande encore des comptes ? Alors j'avais raison ? Tu as peur ?

Lucas fit oui de la tête. Il tenta de poser sa main sur celle de Jacques qui la retira vivement.

– Désolé, grand-père. *La course est terminée.*

Le vieil homme planta ses yeux dans ceux de Jacques, puis, après un long silence, porta la main à son front.

– Excuse-moi un instant. Je ne me sens pas très bien.

Il se leva et quitta la pièce. Jacques but un peu de champagne, laissa son regard errer sur le lac. *Elle* n'était pas loin. Il la verrait tout à l'heure. Il était bien. Apaisé. Tout était dit. Quand il revint, quelques minutes plus tard, Lucas était de nouveau souriant. Il se servit du champagne, obtint de son petit-fils qu'il trinquât avec lui.

– Je te comprends. Je me passerai de tes services. Il y a d'autres maudjous dans la région. Simplement j'aurais préféré que ce fût toi. N'en parlons plus. Mais dis-moi tout de même, si tu es revenu pour expier, ce qui est, entre nous, d'une bêtise désarmante, pourquoi ne pas être rentré plus tôt ? Avant la prescription ? Tu serais allé directement en prison.

– C'est ce que je voulais éviter.

– Je m'en doute !

– Pas pour les raisons que tu imagines. Je voulais finir de la main d'un Mouthier. De la main de mon père.

– Très touchant. Si tu dis ça pour m'exaspérer, tu en seras pour tes frais. Je ne crois pas un mot de ce que tu racontes.

Il s'interrompit. Le maître d'hôtel venait passer commande.

– Je te conseille l'omble chevalier. C'est un poisson exquis.

– Très bonne idée. À mon tour de m'excuser, dit Jacques en se levant. Où sont les toilettes, je vous prie ?

Commande prise, le maître d'hôtel guida Jacques à travers le dédale des couloirs. Le restaurant était plein. Costumes stricts, femmes élégantes. Jacques descendit les escaliers conduisant aux sanitaires et chercha aussitôt une issue. Derrière les lavabos, au bout d'un couloir mal éclairé, une porte laquée jaune. Il tenta de l'ouvrir. Elle était verrouillée. Avisa un vasistas, mais il était trop étroit.

À ce moment il entendit les sirènes de voitures de police arrivant sur le môle. Il monta l'escalier, fonça vers les cuisines qu'il traversa en courant, bousculant les apprentis et les garçons de salle. Au fond, près d'une fontaine à eau, une porte était ouverte, donnant sur un parking. Une voiture de livraison attendait, clef au volant. Il monta et démarra en trombe. Un quart d'heure plus tard, il abandonnait son véhicule et s'enfonçait dans la forêt.

Il prépara sa vengeance. Aiguisa son couteau sur une pierre plate. Vérifia le barillet du revolver.

À dix heures il se mit en route. Il longea les rives du lac, observa le vol des oiseaux dans un ciel sans nuages. Il s'assit au bord de l'eau. *Elle* était tout près. Mais il avait à faire. Il la verrait plus tard. Quand il en aurait terminé avec *grand-père.* Une fraction de seconde son esprit dériva. Une des images récurrentes revint alors, dans un flash. Une petite fille blonde, qui caressait un chat tigré. Cette fois, il se souvenait.

*Jacques revenait d'une séance de questions. Becquet l'avait laissé sur les quais, près de la passerelle. Ce soir, pas d'alcool. Pas d'argent. Le vieux avait serré les cordons de la bourse. Il erra sans but, tenta de se faire payer un verre à la Croisée des Loups. Le patron le jeta dehors. La dernière fois, il avait fracassé une bouteille de bière sur la tête d'un client, et balancé un tabouret de bar sur une tablée d'étudiants. Il traversa la place du marché. Il savait où trouver de l'alcool. Chez Ferdinand, l'ami de son père. Il sonna rue Claude-Pouillet. Dans la vitrine du Cep de Comté, le remède, la délivrance. La porte de l'immeuble s'ouvrit.*

*– C'est toi ? Entre.*

*– Non.*

*Il transpirait, le ventre en feu.*

*– Tu vas bien ?*

*– J'ai soif.*

*Ferdinand secoua la tête.*

*– Désolé. Ça te fait du mal.*

*– Juste une bouteille.*

*– Rentre chez toi.*

*– J'ai plus de chez-moi. Ils m'ont foutu dehors.*

*– Tu mens. C'est toi qui es parti. Retourne chez tes parents. Ils t'attendent.*

*– Tu parles ! Ils sont encore là-haut. À la Frasne. Donne-moi à boire.*

*– Pas question.*

*Et Ferdinand referma doucement la porte. Jacques serra les dents. Résista à l'envie de fracasser la belle vitrine sombre derrière laquelle brillaient des trésors. Il fouilla les poches de son blouson. Elles étaient là. Les clefs. Il remonta la rue, tourna à gauche, franchit le pont Battant.*

*Il avait mal. Ce soir, les ombres noires avaient encore exigé de lui qu'il parlât au sorcier. Au Gèdre. Pour que celui-ci intercède en leur faveur. Il avait dû s'incliner devant le sceptre, s'humilier et promettre de donner quelques bribes de sa vie à celui qui voulait revenir d'entre les morts. Le feu remontait vers sa gorge, sa salive était une écume de soufre. Quai Veil-Picard, il poussa la porte de l'immeuble, passa comme une ombre devant la loge de la concierge. Monta les escaliers. Troisième étage. La clef dans la serrure. Pas un bruit. Juste un peu de musique dans la chambre de Benjamin. Il remonta le couloir, entra dans le salon. La télé était allumée, son coupé. Sur l'écran, une petite fille blonde, caressant un chat tigré. Gris-blanc. Un éclair. Comme un bobino qui tourne à vide. Puis l'image, saccadée. Et le film qui recommence. Jacques s'approcha du meuble-bar, l'ouvrit : whisky, porto. Il prit la bouteille ambrée, et but au goulot une large rasade. Il toussa. Jacques prit dans la glacière une bière glacée, la décapsula et la vida d'un trait. Il en ouvrit une deuxième, la porta à ses lèvres.*

*– C'est toi ?*

*Jacques sursauta. Derrière lui, son frère Benjamin. Ses yeux d'enfant. Sa silhouette de danseur. Ses mains de musicien.*

*– Tu reviens vivre avec nous ?*

*– Non. Je suis juste passé dire bonsoir.*

*– Il n'y a que moi. Ils sont à la Frasne.*

*– Je sais. Qu'est-ce que tu fais ? C'est quoi, ce truc ? dit Jacques en désignant la télé.*

*– C'est un Clypnotique. Sur VHS. Un concept que je viens d'inventer. Ça me distrait des révisions. J'ai eu l'idée en écoutant un thème de Riley. Une image qui revient, avec le thème musical décalé à chaque fois d'une fraction de seconde. Ça crée une distance, un déséquilibre. Tu reconnais la petite fille ? Non ? C'est maman. C'est grand-père qui m'a prêté ce film super-huit. Tu viens écouter le thème dans ma chambre ?*

*– Si tu veux.*

*– Je suis en train de bosser sur le tempo.*

*Jacques prit deux bières et le rejoignit. La chambre était en fouillis : livres de maths, de physique, feuilles de TP couvrant le lit. La fenêtre était ouverte. Il faisait chaud. Il décapsula les bouteilles, en tendit une à son frère. Puis il entreprit de rouler un joint. Benjamin programma le synthé et le thème commença de s'épanouir, ciselé, charmeur. Une mélodie simple et belle comme une boucle d'éternité.*

*– Comment tu trouves ?*

*– Pas mal. Tiens, essaie ça.*

*Ils se passèrent le joint. Puis Jacques sortit de la poche de son blouson quelques feuilles séchées.*

*– Qu'est-ce que c'est ?*

*– Du datura. Il paraît que c'est géant. C'est la première fois que j'y goûte.*

*Il confectionna un nouveau joint. Y mêla deux feuilles de*

datura. Et commença à fumer. La boucle musicale s'étirait, se contorsionnait comme un ver au bout d'un hameçon.

– Woaoh.

– C'est bon ? demanda Benjamin. Laisse-moi essayer.

– Non. C'est trop dangereux. Il y a des gens que ça rend fous.

– Tu parles ! Donne.

– Laisse tomber.

– Allez !

Benjamin insista tant que Jacques finit par céder. Son frère tira une bouffée. Une autre encore. Le tempo de la boucle s'accélérait, se tendant comme un élastique, rebondissant contre les murs de la chambre, enveloppant Benjamin, le soulevant du sol. Il but une gorgée de bière, redemanda le joint. Jacques le lui tendit avec réticence. Benjamin dansait, sautait, tournait sur lui-même. Il rit comme un dément. Tira encore sur le joint. La boucle était un rollercoaster devenu fou, qui accélérait, accélérait encore. Les murs de la chambre s'étiraient, se contractaient. Maintenant les deux frères dansaient, se bousculant, se repoussant. Benjamin poussait des cris de Sioux. Quelques minutes plus tard, le programme s'arrêta et ils tombèrent sur le sol, épuisés.

Jacques resta un instant immobile, les yeux dans le vague. Puis il marcha en titubant jusqu'à la fenêtre. L'air frais lui fit du bien. Il se pencha en avant. C'est alors qu'il vit : entre deux vases de terre cuite, Benjamin, le corps disloqué, le visage fracassé. Une flaque de sang s'épanouissait sur le ciment de la cour. Il eut un spasme.

– Il te reste du datura ?

Jacques se retourna vivement : son frère le regardait, hilare, les yeux brillants. Il referma la fenêtre, vint s'asseoir près de lui.

– Non. Ça suffit.

Ils restèrent longtemps côte à côte, silencieux, buvant de temps en temps une gorgée de bière. Jacques attendait que les effets du *datura s'estompent, pour son frère comme pour lui. Au bout d'un moment Benjamin se tourna vers lui.*

*– Qu'est-ce que tu deviens ?*

*– Comment ça ?*

*– Tu ne vas plus en fac. Les parents se font un sang d'encre. Qu'est-ce que tu fous ?*

*– Je déconne.*

*– J'en ai l'impression. Explique.*

*– On ne peut pas tout expliquer.*

*– Bien sûr que si.*

*Benjamin désigna les livres, les cahiers, les graphiques étalés sur son lit :*

*– Tout est là.*

*– Tu parles.*

*– Physique, chimie, molécules, tout se tient, frangin, notre corps est une véritable usine chimique, un fouillis ordonné de particules, un chaos organisé. Il prend, il donne, il reçoit, il échange. En ce moment, notre cerveau est saturé de stimuli : alcool, datura. Mais notre corps, lui, réagit, il en a l'habitude. Il perd ses repères pour les retrouver aussitôt. À trop forte dose, évidemment, les repères s'envolent. C'est ce qu'il faut éviter. C'est peut-être ce qui t'arrive en ce moment. Tu prends beaucoup de drogue ?*

*– S'il n'y avait que ça.*

*– Qu'est-ce qu'il y a d'autre ?*

*Jacques alluma une cigarette, se leva.*

*– Tu t'en vas ?*

*– J'ai à faire. Comment tu te sens ?*

*– Un peu mal au crâne.*

*– C'est bon signe : les effets se dissipent. Je te laisse.*

*– Je te revois quand ?*

*Jacques eut un geste vague.*

*– Salut.*

*Il sortit de l'immeuble et remonta une venelle qui débouchait rue d'Arènes. Il contourna la Madeleine, prit une rue sur la gauche et poussa la grille d'une maison modeste. Au rez de chaussée, une chambre qu'une ex-amie de fac de médecine lui prêtait. Il s'allongea sur son lit, essaya de trouver le sommeil, puis, pris par une bouffée d'angoisse, il ressortit, courut jusqu'à l'immeuble de la rue Veil-Picard, poussa la porte et entra. Il leva les yeux : la fenêtre de la chambre de Benjamin était ouverte. Jacques jeta un regard circulaire dans la cour. Elle était vide. Il grimpa les escaliers quatre à quatre, ouvrit la porte, se précipita vers la chambre de son frère. Celui-ci le regarda entrer, ahuri, plongé dans ses bouquins.*

*– C'est toi ? Qu'est-ce qui te prend ?*

*Jacques alla à la fenêtre, la ferma, s'y adossa. Il était en sueur.*

*– Ce n'est rien. J'ai eu peur.*

*– De quoi ?*

*Jacques baissa la tête.*

*– Si un jour tu apprends certaines choses à mon sujet, essaie de comprendre, dit-il, le souffle court. Ne me juge pas trop vite.*

# 25

C'est par le local poubelles que Jacques put pénétrer dans l'immeuble qu'habitait son grand-père. Cette issue est souvent mal protégée. Négligence des nantis. Il prit l'escalier, monta au deuxième et sonna : nul bruit dans l'appartement. Il composa sur son portable le numéro de Lucas. Un répondeur se déclencha. L'ex-châtelain était sorti. Jacques descendit à l'entresol, s'assit sous le tableau des compteurs électriques et attendit. À minuit cinq, il entendit sonner le buzzeur de l'entrée, et quelques secondes plus tard, l'ascenseur fut appelé. Jacques sauta sur ses pieds, monta les quelques marches, alla se placer à la gauche de la cage. L'ascenseur approchait. Il stoppa au deuxième. Les portes s'ouvrirent et Lucas en sortit. Il portait un costume sombre, une chemise blanche, sans cravate. Il prit une clef dans sa poche, l'introduisit dans la serrure. Quand il poussa la porte, Jacques bondit et le propulsa à l'intérieur. Le vieil homme s'écroula dans le vestibule. Jacques claqua la porte et se jeta sur lui. Il prit le poignard à sa ceinture et lui appliqua la lame sur la gorge. Lucas comprit et se tut.

Jacques était à califourchon sur lui, bloquant ses jambes avec ses pieds.

– Tu m'as tendu un piège. Tu as prévenu la police. Tu voulais toucher la récompense, grand-père ? Tu as essayé de t'enrichir sur mon dos. Une fois de plus. Une fois de trop. Ce soir tu vas retrouver ton frère. Et tu vas lui dire que *la course est terminée*, pour vous deux.

Depuis deux jours, Sandibeh filait Just, en espérant qu'il le mène à son fils. Grâce au minitel, il avait trouvé sans peine son adresse. Il connut vite ses habitudes : café au bar de la mairie, achat de cigarettes au tabac de la rue des Granges, promenade sur les quais, jusqu'au Minotaure. Un passage rituel à la librairie Camponovo, où il discutait longuement avec le responsable du rayon littérature, et retour par la Grande-Rue, qu'il remontait d'un pas pressé. Sandibeh l'avait suivi la veille jusqu'au commissariat de la Gare d'Eau. Il y était resté une demi-heure, était ressorti soucieux, le visage fermé. Ce soir, il était rentré tôt à son atelier. Sandibeh se résigna à une nouvelle nuit d'attente, dans la Golf garée près de la fontaine Bacchus. Il alluma son ordinateur portable, consulta ses e-mails. Bekemoï lui demandait de rendre compte. C'est ce qu'il fit. Puis il tua le temps en programmant des jeux.

– Tu voulais voir mes yeux, grand-père ?

Il retira ses lunettes. Planta son regard dans celui de Lucas et replaça ses lunettes sur son nez. Autour d'eux, l'air était empli de secousses, de trépidations. *Ils* attendaient.

Jacques prit son poignard, et le plaça à l'aplomb du cœur de Lucas. Il le tenait à deux mains. Le coup serait unique, précis et foudroyant.

– Adieu, grand-père. Bienvenue en enfer.

*Une autre course allait commencer.*

Le vieil homme avait fermé les yeux. Ses lèvres tremblaient. Jacques affermit sa prise sur le manche du couteau. Tenir à sa merci l'être qui lui avait fait tant de mal ne lui procurait pas le plaisir qu'il avait imaginé. Il essaya de se concentrer sur le geste à accomplir. Mais ses mains étaient moites, ses pulsations cardiaques augmentaient, il sentait battre le sang contre ses tempes. Des images revenaient, des cris, des souffles rauques, puis un hurlement de souffrance : une fille foudroyée par un coup de poignard. Il eut un spasme, sa nuque se tendit, il se redressa péniblement, se mit sur ses jambes et lâcha son arme. Marchant jusqu'à un fauteuil il s'y laissa tomber, tandis qu'autour de lui, *Ils* se concertaient, impatients, affamés.

Lucas avait rouvert les yeux. Il vit son petit-fils, de dos, prostré dans le fauteuil, tourna la tête, aperçut le poignard, tombé tout près de lui. Il tendit la main et le saisit. Sans bruit, il réussit à se mettre à genoux, puis debout.

La respiration apaisée, Jacques contemplait le lac dont les rives se perdaient dans l'ombre. Le passé lui tendait la main : il fallait oublier. Assez de souffrances et de larmes. Il jeta machinalement un coup d'œil derrière lui : son grand-père s'était sans doute évanoui, un peu d'eau sur le visage le rendrait à la vie. Mais l'endroit où il aurait dû être étendu était vide. Alors il comprit qu'il était en danger de mort. Instinctivement il tendit le bras vers la gauche, le choc ne se fit pas attendre. Un impact sur son avant-bras, il esquiva, anticipa l'agression, et vit Lucas, poignard en main, lui frôler le visage et basculer en avant. Le vieil homme essaya d'attraper le vide, de s'agripper à ce qu'il pouvait, mais il s'écrasa sur la table basse, fracassa le plateau de verre qui explosa, sa tête frappant violemment le cadre de métal. Il eut une crispation de la mâchoire, son corps se raidit puis s'affaissa lentement.

Jacques se leva, contempla un instant cette masse inerte à ses pieds et *leur* fit place. Ce fut la curée.

Jacques attendait à côté du cadavre de son grand-père. Dans sa main, des Polaroid, qu'il avait fini par trouver au fond d'un tiroir. L'image était d'une netteté parfaite : on le voyait, couteau en main, frapper au cœur une jeune femme. Puis une autre. Une autre encore.

Il ne se faisait guère d'illusions. L'homme au sceptre ne renoncerait jamais. Il tenterait à nouveau de s'immiscer dans son esprit, de lui grappiller quelques particules de vie. Et le carnaval recommencerait. Il prit son revolver. Plaqua le canon sur sa tempe.

Face au trône où se tenait son maître, le Gèdre attendait, livide. Il savait. *L'enfant* lui avait échappé. Et son frère, l'orgueilleux châtelain, n'était plus qu'un remugle, même pas un damné. Il rendit son sceptre, enleva son long manteau noir, se défit de ses braies et de sa tunique. Nu, il ressemblait à ce qu'il était sur terre, un vagabond, un errant : c'est ce qu'il était redevenu. Il leva les yeux vers son maître, qui, d'un geste sans retour, refusa tout pardon et le chassa. Il se mit à marcher. Peu à peu, autour de lui, les ténèbres s'épaissirent. Le Gèdre avançait vers l'abîme. Il aperçut l'envers du lac où tout se dissout, se transforme, et comprit que tout était fini : dans quelques secondes il ne serait plus rien. Ni dans ce monde ni dans l'autre. De sa bouche sortit alors le cri qu'il poussait autrefois dans les gorges de Nouailles, ce cri qui terrifiait merles et corbeaux. Et il plongea.

Jacques eut un spasme, baissa le revolver. Il se sentait apaisé. Le feu s'était éteint dans ses entrailles. Il se leva, alla contempler son image dans un miroir, au-dessus d'un long meuble d'acajou. Souleva ses lunettes noires. Ses yeux avaient perdu de leur éclat. Son visage s'était creusé. Il sentit une langueur l'envahir, comme si quelque chose se retirait de lui. Il eut un vertige, tituba, se rattrapa au dossier d'une chaise. Il fallait qu'il *la* voie. Au plus tôt. Il quitta l'appartement sans un regard pour le cadavre de son grand-père, qui fixait le plafond de ses yeux de notonecte. Descendit l'escalier, sortit par le local poubelles et courut dans la nuit jusqu'aux rives du lac. Il n'était plus le même : il n'avait plus d'armes, il ne *voyait* plus. Il aurait eu besoin de *sa* protection. Mais il n'en voulait plus. Maintenant il parlait doucement à une ombre. Lui demandait de s'en aller. De le quitter. De retourner vivre et mourir dans les gorges, en Comté. Ils se reverraient, là-bas, ils traverseraient ensemble, la nuit, la campagne endormie. Il lui parla une heure durant, calmant son inquiétude. Il n'était plus son enfant. Il n'avait plus besoin d'*elle*. Mais il l'aimait toujours. Sur le lac, la lune sculptait d'infimes ridules. Un frisson montait des arbres aux feuilles grêles. Un souffle brûlant s'en vint effleurer la joue de Jacques, puis des cris rauques déchirèrent la nuit, alors qu'une grande ombre s'éloignait vers l'ouest. Jacques s'assit sur un rocher et resta là longtemps, les yeux mi-clos, comme s'il était encore à la lisière d'un songe.

# 26

Le chien bleu aimait cette plage de corail. Très peu fréquentée, il pouvait y dormir tranquille, quand il en avait assez de filer le train aux touristes. Il aimait ce coin d'ombre, creusé par l'océan, d'où il pouvait voir sans être vu, entendre sans être entendu. Le chemin littoral passait juste au-dessus. Étroit et épousant le relief, il serpentait de Kou-Bugny à la baie des Rouleaux. Taillé dans une végétation abondante, c'était le chemin des amoureux, qui l'empruntaient pour se rendre dans des petites niches de verdure abritées des regards. Le sommeil du chien bleu était parfois peuplé de gémissements et de halètements, de cris de plaisir montant des bosquets. Cette nuit-là, alors qu'il avait pris ses quartiers sous un banian dont les racines pendaient jusqu'au lit de corail, il entendit des chuchotements au-dessus de lui. Un couple cherchait un refuge pour ses ébats. Chuchotements, rires étouffés. Puis la lente escalade du désir. Frôlements, glissements d'étoffe. Le chien bâilla, à demi assoupi. Un crabe de palétuvier passa à quelque mètres. Il ne lui accorda pas un regard. Les chiens ont la prescience du danger. À l'horizon se levait une menace. L'air était plus lourd. L'océan se chargeait d'électricité. Dans quelques heures, les humains devraient s'abriter, prier pour leurs récoltes et calfeutrer leurs maisons. Et les chiens se terreraient où ils le pourraient, les oreilles baissées et le poil humide d'effroi.

Bekemoï pria les esprits, leur demandant, comme tous les soirs depuis la mort de sa fille, de lui réserver le meilleur accueil et de la préserver des maléfices. Il alla saluer le takata et lui fit quelques offrandes : noix de coco, taro, igname et canne à sucre. Le sorcier les accepta et ils prièrent ensemble. Puis Bekemoï se rendit dans la case de Malaï, son neveu préféré. Il vivait seul, dans une case proche de celle qu'avait quittée le takata blanc.

– Malaï ?

La case était vide. Bekemoï entra. Il avait soif. Il ouvrit un petit réfrigérateur posé sur un meuble de bambou. Prit une bouteille d'eau. Elle n'était pas fraîche. Bekemoï ouvrit le tiroir à glaçons. Au fond, il remarqua un petit container de plastique rigide transparent. À l'intérieur, une forme qui l'intrigua. Il souleva le couvercle : c'était une poupée d'envoûteur. Elle représentait un homme habillé de noir, dont la tête était plantée de cheveux de crin. Ses yeux étaient des perles d'un bleu très clair. Une représentation miniature du takata blanc.

Bekemoï se rendit dans la case de son autre neveu, Kolomé. Malaï et lui étaient très proches.

– Kolomé, je cherche Malaï. Tu l'as vu ?

Kolomé se leva et salua son oncle avec déférence.

– Oui, mon oncle. Il m'a dit qu'il partait chasser les crabes à la baie des Rouleaux.

– Tu ne l'as pas accompagné ?

– Il m'a dit qu'il préférait chasser seul.

Bekemoï lui souhaita bonne nuit et traversa Nataïwatch. Le village était endormi. Les flèches faîtières grattaient le ciel noir où glissaient des comètes. Bekemoï sonda les nuées, essaya de percer les ténèbres. Une onde de chaleur parcourait l'océan, n'annonçant rien de bon. Le chef prit le chemin de la plage. Il longea Kanuméra, remonta Kou-Bugny. Le sable était frais, l'océan roulait sa musique sur les galets effilés. Il escalada le petit raidillon menant au chemin littoral. Longea la côte et s'arrêta un instant pour souffler. Il pouvait voir au loin le rocher aux esprits, plus loin encore l'île Bayonnaise. Aucun bruit. Même celui du ressac parvenait estompé. Il comprit pourquoi : il était à l'aplomb de la plage de corail. Celle où on avait retrouvé le corps de Niaoah. L'eau n'avait pas le temps de s'épanouir sur le rivage, comme elle le fait sur le sable nu. Les débris de corail stoppaient son élan. Dans ce silence presque parfait s'éleva une voix d'homme. Puis ce fut un rire de femme. Bekemoï reconnut la voix de Malaï.

– Malaï ? Montre-toi.

Des murmures étouffés. La course d'une femme qui s'enfuit, à moitié nue, vers Kou-Bugny. Et Malaï qui apparaît dans un rayon de lune.

– Mon oncle ? Que fais-tu ici ?

– Je te cherchais.

– Si tard ? Tu as besoin de quelque chose ?

Bekemoï sortit de sa poche la poupée à l'effigie de Jacques :

– D'une explication.

Malaï regarda la poupée. Garda le silence.

– J'attends.

– C'est le takata blanc.

– Ça, je le vois bien. Qui a fabriqué cette poupée ?

– Le sorcier de notre village.

– C'est toi qui le lui as demandé ?

Malaï hésita. Insensiblement, il rapprochait la main de sa ceinture.

– Oui.

– Pourquoi ?

– Il était jaloux de ton ami, le takata blanc.

– Je ne comprends pas. Il était jaloux, donc il t'a fabriqué cette poupée ? C'est absurde.

Malaï avala sa salive. Il transpirait.

– Dis-moi la vérité. Toi aussi tu étais jaloux de lui ?

– De lui, non.

Sa main se posa sur le manche de corne de son poignard. Bekemoï feignit de ne pas le remarquer.

– Alors de qui ?

Le regard de Malaï alla se perdre dans le noir, au creux des rochers qui bordent la plage de corail.

– De Simon Wanahae. Ton gendre.

Les couteaux furent tirés en un éclair. Bekemoï dégaina le premier. Il reçut aussi le premier coup. À l'épaule droite. Il para une deuxième attaque fougueuse de Malaï, mais au troisième assaut, il se servit de la force de son neveu et, d'une volte, la détourna en sa faveur. Malaï se jeta sur son arme, un gros poignard à dépecer. La lame entra dans son ventre de dix centimètres. Il roula au sol, essaya de se raccrocher à une racine mais tomba dans le vide : il fit une chute de cinq mètres et tomba lourdement sur les débris de corail. Le chien bleu ouvrit un œil. Malaï gisait à quelques mètres, couvert de sang. Bekemoï sauta sur la plage et s'accroupit auprès de lui, l'agrippant par le cou :

– Malaï. Réponds-moi. Tu l'as tuée ?

Malaï regardait son oncle, les yeux noyés.

– Tu as tué Niaoah ?

Il fit oui de la tête.

– Pourquoi ?

– Je... l'aimais.

– Tu l'aimais ? Et tu l'as tuée ?

Un bouillon de sang sortait de la bouche de Malaï. Il toussa et, alors qu'il parlait, le sang continuait de couler :

– Le takata blanc avait favorisé leur mariage. C'est Simon Wanahae qui lui avait demandé. J'ai payé le sorcier pour qu'il contre ses pouvoirs. Ça n'a pas marché. J'étais furieux. J'ai tué Niaoah. Et le sorcier et moi avons fait accuser le takata blanc.

– Alors tu as tout inventé ? Tu n'as jamais vu le takata blanc près de la baie des Rouleaux, cette nuit-là ? Et son poignard ? Tu le lui as volé ?

– Oui. Pardon, mon oncle.

– Pardon ?

Malaï se tenait le ventre. Le sang se mêlait à l'eau de mer qui s'infiltrait dans le corail.

– Tu as violé ma fille, tu l'as tuée, tu l'as décapitée et tu veux que je te pardonne ?

Il pleurait de fureur. Il prit une grosse pierre, l'abattit trois fois sur le visage de Malaï, qui respirait toujours. Alors, il prit son poignard et lui planta dans le cœur.

Le takata fut traîné hors de sa case par Bekemoï, ivre de rage. Le chef convoqua les anciens. Le jugement fut bref. Et la justice passa. Le sorcier fut amené en bateau, ficelé de barbelés, à la barrière de corail, le territoire du requin. Il fut jeté par-dessus bord. Les squales sortirent de l'ombre et, à la lueur des lampes-torches, Bekemoï assista au festin. Puis il rentra prier les esprits pour purifier son âme.

Le lendemain, il envoya ses hommes chercher la dépouille de Malaï. Il la fit jeter à la fosse commune. Le ciel était noir, le vent se levait. L'océan grossissait. Sur le chemin du retour, il s'arrêta au cybercafé de Vao : il fallait qu'il prévienne Sandibeh. La boutique était fermée, à cause de l'orage. Il fit un détour par Pétéré, puis il essaya le Méridien. Plus de liaison internet sur l'île. Ni de liaison téléphonique. Kunié était coupée du monde.

# 27

Arrivé au pied du col des Roches, Jacques composa le numéro de Mona Kessler sur son portable.

– Jacques Mouthier.

– Où êtes-vous ?

– Près de la frontière suisse. Je voudrais voir votre sœur.

– Elle en sera très heureuse.

– J'ai un service à vous demander. Pouvez-vous venir me chercher ?

Une courte hésitation :

– Naturellement. Je viens avec elle.

– Non. Je la verrai seul.

– Je comprends.

Ils se fixèrent rendez-vous à Villers-le-Lac. Jacques se mit en route. Ils se retrouvèrent trois heures plus tard, près des bassins du Doubs. Jacques sortit de la forêt alors qu'elle garait sa voiture sur le bas-côté. Il monta. La voiture prit la route du Valdahon.

– Merci.

Mona observait Jacques à la dérobée. Il avait quelque chose de changé.

– Vous allez bien ?

– Oui. Pourquoi cette question ?

– Vous êtes différent. Vous semblez détendu, apaisé.

– C'est le cas.

– Pourtant la police est à vos trousses.

– C'est pour cela que je vous ai demandé de venir me chercher.

Ils traversèrent des villages tranquilles et des forêts profondes. Ils roulaient en silence. Jacques se sentait bien auprès de cette femme. D'une beauté discrète, il émanait d'elle une force rassurante. Elle avait de l'aplomb, sans être autoritaire.

– Où est Alice ?

– Vous la verrez bientôt.

– C'est une bonne nouvelle.

– J'en ai une autre. J'ai parlé à mes associés. Ils sont d'accord pour tenter de faire ouvrir votre procès en réhabilitation. La condition requise est qu'il y ait des éléments nouveaux. Il y en a. Dans la région les langues se délient. Ça pourrait être un énorme scandale. Qui cette fois vous profiterait.

– Et pour *l'autre affaire* ?

– Je m'en occupe également. J'ai tenté de contacter les services de gendarmerie de l'île Kunié. Malheureusement les liaisons sont coupées. Le mauvais temps. C'est l'affaire de quelques heures.

Elle posa sa main sur celle de Jacques.

– Faites-moi confiance.

La voiture de Mona Kessler laissa Consolation sur sa droite, passa Orchamps-Vennes. Puis elle entra dans la forêt. D'abord courbes et lentes, les trajectoires devinrent rectilignes et fuyantes avant de s'étirer puis de plonger vers Besançon. Ils prirent le tunnel qui les mena à la route de Dole. Après Saint-Ferjeux, Mona obliqua à gauche. Ils traversèrent des prairies pelées, une zone industrielle, à nouveau la campagne. Puis ce fut l'entrée d'un village.

– Nous y sommes.

Vellesme. Des rues étroites. Une église. La mairie. Quelques commerces. Un chemin de terre qui monte vers une maison de maître. Une pelouse qui dégringole jusqu'à une haie de résineux. Une terrasse. Une femme qui lit, dans un fauteuil de rotin. Qui lève les yeux. Sa bouche s'arrondit. Elle sourit.

– Jacques !

Il retire ses lunettes noires. Monte l'escalier en courant. Elle se jette dans ses bras. Ils s'embrassent. Mona Kessler les regarde. Elle remonte en voiture. Fait demi-tour. Ils ne la voient même pas repartir. Alice prend Jacques par la main. Ils passent le seuil de la maison. Le salon est immense. Bleu. Une grande cheminée. Un luminaire insolite : un bouquet d'ampoules colorées. Un divan de toile écrue. Alice porte une robe beige. Elle est pieds nus. Elle se hisse sur les talons. Pour l'embrasser. Mordre ses lèvres. Retrouver ce goût de sel et de pierre. Il retire sa chemise. Elle caresse son torse. Sur ses omoplates, elle ne retrouve pas ces fines entailles qui l'intriguaient, il y a vingt ans. Elles ont disparu. Il l'aide à retirer sa robe. À faire glisser sa culotte noire le long de ses longues jambes. Il embrasse ses seins, les mordille, s'agenouille et savoure ce plaisir dont il rêvait depuis des années. Son parfum, son amertume chaude. Il la couche, la transperce. Elle gémit. Ils sont seuls, dans cette grande maison qui n'appartient qu'à eux. Le soleil qui dure un peu, derrière les fenêtres couvertes de brumes de rideaux, essaie de couler quelques rayons sur la blondeur du parquet. Quand ils finissent, exténués, transpirant de joie, il est tard. Ils ont soif. Alice débouche une bouteille qui déverse pétillance et fruits clairs dans des verres fuselés. Ils sont heureux. Ils se retrouvent. Ils se regardent. Ils ont tout oublié. La souffrance et la nostalgie. Le Tibet, les atolls, éclipsés par ce moment de grâce.

Plus tard, au cœur de la nuit qui n'en finit pas, ils se parlent encore, se racontent. Alice écoute son amant et le couve du regard, puis elle lui dit les années de solitude, et le mal qu'elle a eu à attendre, à comprendre. Les heures passent, ils sont ivres et heureux. Ils s'endorment, enlacés, mais se réveillent si loin l'un de l'autre qu'ils rient et se chamaillent, ils sont bêtes et amoureux, à nouveau, pour toujours.

Le matin et la chaleur du jour les trouvent engourdis de fatigue, autour d'un café, qu'ils dégustent, les yeux dans les yeux, le corps et le cœur las, rassasiés.

# 28

Le ciel grondait, l'eau se déversait en cataractes sur l'océan gris-brun. Le sable se creusait sous l'écume bouillonnante, les pins colonnaires ployaient et se tordaient. Des ruisseaux devenaient rivières, des chevaux sauvages couraient sous le vent, les naseaux fumants, les yeux affolés. Les bateaux s'arrachaient à leurs piquets et filaient au hasard, avalés par la houle. À Nataïwatch, Bekemoï avait réuni les anciens. La Grande Case vibrait et tremblait.

– Ce n'est pas un cyclone. Dites aux femmes et aux jeunes de conserver leur calme. Peut-être est-ce la colère des esprits. Peut-être est-ce la colère du takata blanc. Il voit loin, vous le savez. Nous nous sommes trompés à son sujet. *Je* me suis trompé. J'espère ne pas avoir à le payer trop cher. Prions les esprits que la colère du vent s'apaise. Il faut prévenir Sandibeh que le takata blanc n'est pour rien dans la mort de ma fille. J'avertirai aussi les gendarmes. Prions.

Ils invoquèrent l'esprit des morts les plus sages, les supplièrent d'intervenir. Mais la pluie redoublait, le vent arrachait la paille des toits, se faufilant dans d'infimes interstices, entre les planches, entre les plaques de tôle, qu'il soulevait, les emportant au loin, comme des feuilles de bancoulier, mais coupantes, tranchantes, et qui décapitaient cordylines et bagayous, saccageant les plantations de taros et d'ignames.

Les éclairs crépitaient et le sol tremblait sous le tonnerre. La nuit ressemblait au jour et, au petit matin, le jour ressembla à la nuit. L'eau gagnait du terrain, elle était partout, s'infiltrant dans les cases, imprégnant le béton des parpaings, fragilisant les cases, même les plus robustes. Des jeunes tentaient des sorties téméraires. Ils tenaient quelques minutes, essayant de consolider, d'étayer, d'écoper. Puis ils rentraient à l'intérieur, relayés par d'autres, qui renonçaient à leur tour. Bientôt il n'y eut plus que le hurlement du vent et la plainte des grands arbres, crispés sur leurs racines, accrochés à un sol traître. Les hommes s'étaient résignés à attendre.

# 29

À Bregille, Flora et Gérard dormaient. Il s'étaient couchés tôt. Gérard avait eu un coup de fatigue, après dîner. La journée avait été chaude et lourde, et l'ancien relieur, à 90 ans passés, supportait mal le soleil. Mais il ne supportait pas non plus que Flora le traitât avec trop de sollicitude, comme on le fait d'un vieil homme. Il ne se voyait d'ailleurs pas ainsi, à juste titre, tant son corps avait été étonnamment préservé des atteintes de l'âge, héritage bénéfique d'une enfance paysanne ? Il s'efforçait toujours de suivre le mouvement, bien que ce lui soit de plus en plus difficile. Et il acceptait d'en payer le prix. Demain ils iraient rendre visite à Just, à l'atelier. Gérard voulait travailler un maroquin, pour relier un Verlaine et un Supervielle. Et il avait envie que Just lui lise ses dernières pages. Il aimait ce qu'il écrivait. Des histoires d'hommes, de forêts, d'animaux fabuleux. C'était aussi l'histoire de sa vie. De leurs vies. Les pages s'empilaient sur son écritoire. Un titre était griffonné sur la page de garde : quarante années, quatre mots. Un titre provisoire. Comme la vie, comme les jours. Comme des mots, justement, pas encore imprimés.

# 30

Just alluma une cigarette et s'installa à la fenêtre. Il aimait cette heure tranquille. Le ciel avait des reflets d'océan. La rue résonnait du pas de dîneurs en goguette, au sortir des restaurants, cherchant un dernier verre, une ultime rigolade, une terrasse où parler fort. Ils passaient. Lui restait, cigarette à la bouche, scrutant l'obscurité, guetteur inutile, des idées plein la tête, mais pas des idées pour vivre, des idées pour écrire. Des mots, des phrases, une musique. Une mélodie simple comme la nuit.

# 31

Sandibeh se promenait dans les rues vides. Il avait laissé ses armes dans la voiture. À l'exception de son poignard, qui ne le quittait pas. Son corps lui suffisait. Il n'avait peur de rien, ni de personne. Il but un verre dans un bar, s'installa à la terrasse d'un restaurant italien. Il mangea une assiette de pâtes au basilic, arrosée d'un bardolino. La journée avait été longue. Le père de Jacques Mouthier n'avait pas quitté son atelier. Mais il ne désespérait pas. La chance lui sourirait. Et Niaoah serait vengée. Il finit le vin, commanda un café et régla l'addition. Puis il retourna à sa voiture, garée au parking Saint-Paul. Consulta ses e-mails. Son patron lillois lui demandait ses disponibilités pour la semaine prochaine. Il répondit évasivement : affaires de famille à régler. Rien en provenance de Kunié. Rien non plus sur son téléphone portable. Il s'installa pour la nuit, rabattit les sièges avant. Les grands arbres longeant la rivière frissonnaient sous une brise tiède. La lune donnait au Minotaure des allures spectrales. Sandibeh s'endormit alors que le Jacquemard sonnait minuit.

# 32

À la Frasne, les sapins, immobiles et tendus vers le ciel, figuraient des totems majestueux et larges. La ferme ressemblait à un temple païen. Dans les étables, soupirs et claquements de sabots. Silence et fatigue des ruminants, les cornes lourdes, les yeux cernés de diptères affamés. La cour était un théâtre d'ombres, la lune y découpait de minces tranches de nuit. Au loin, dans les tourbières, les étangs, les secrets enfouis sous la vase indolente se hissaient en surface, errant parmi les joncs et le maquis des roselières. Des fantômes se glissaient au bord des nymphéas, fuyaient vers la forêt où ils se perdaient. Au petit matin, il n'y aurait plus rien. Que de l'eau, de la terre, et un parfum d'oubli.

Barthélémy et Joëlle essayaient de trouver le sommeil. Il toussait. Ce jour, il avait ressenti d'étranges fatigues. Un voile de chaleur lui pesait au front. Demain, avait dit Joëlle, il faudrait aller *au docteur.* En attendant, dormir. Oublier la visite de ce neveu arrivé et reparti comme un courant d'air. Barthélémy finit par se lever, gêné de gâcher la nuit de sa compagne. Il descendit à l'outo, but un peu d'eau, se souvint des herbes de Jacques. Il huma le contenu du pot de terre cuite : une odeur de menthe, de tourbe, de valériane. Entre deux quintes de toux, il prit entre ses doigts une petite motte de pâte verte, se la fourra en bouche. C'était frais, parfumé, délicieux. Il avala ce qui, délayé par sa salive, était devenu une liqueur. Ses poumons se libérèrent, il respirait mieux. Il remonta se coucher, et put enfin trouver le repos.

# 33

Ferdinand quitta le verger sous la lune en rasant l'arche du pont. Il grimpa les escaliers, prit pied sur les quais, marcha d'un pas pressé vers la passerelle. Il ne pouvait se résoudre à rentrer tout de suite. Il voulait garder sur sa peau, quelques minutes encore, l'odeur du garçon, musc et tabac, cuir et brillantine. Il traversa la rivière, longea le square de la Charlotte. D'autres ombres, d'autres silhouettes. Rue de la République, il se décida à rentrer. Obliqua tout de même vers le square Saint-Amour. Là, nulle tentation. Un îlot d'innocence. Arbres, fraîcheur, et le bruit de la fête, dans son dos, qui montait du sous-sol d'une boîte de nuit. Il prit la rue Moncey, faisant claquer les pavés datant de l'enfance, du temps des courses dans les trages, des glaces à l'italienne et des bagarres de préau. Grande-Rue, encore des promeneurs, il salua tel ou telle, des clients, des amitiés lointaines, des bonjour-au revoir. Devant le fast-food, des jeunes en casquettes et baskets, des rappeurs de bazar, des Britney Spears aux lèvres tachées de mayonnaise. Il donna un euro à une cloche en guenilles qui riait, les dents limées par le sauvignon tiède, et finit au comptoir du Rallye, où il éclusa un demi en parlant foot avec un inconnu. Verre payé, il remonta la rue Claude-Pouillet, chercha sa clef et, poussant la porte de son immeuble, redevint honorable.

# 34

La bouteille de rosé était vide. Jacques fumait une cigarette, la jambe d'Alice posée sur la sienne, dans le canapé installé sur la terrasse. Elle portait un corsage de soie indienne échancré. Il y glissa la main, enveloppant le fruit souple et chaud, en effleura la pointe. Elle se laissait faire en souriant. Au loin, les champs et les bois, une ferme au toit fracassé.

– Demain, on va en ville. Tu veux ?

Elle s'étira.

– On est bien, ici. Tu as des choses à faire ?

– Il faut que je voie mon père.

Il avait l'air heureux comme un enfant. Comme un fils.

– Je te le présenterai. Il te plaira. Il est encore plus beau que moi.

Elle l'embrassa en riant. Des peupliers lançaient sur l'horizon des ombres noires. Jacques tressaillit.

– Qu'est-ce que tu as ?

– Rien.

Il inspira profondément. Essaya de contrôler les battements de son cœur. Ses paupières étaient lourdes.

– Tu es fatigué. Viens te coucher.

Il accepta sa main et ils rentrèrent, laissant derrière eux la nuit et les ombres.

Le téléphone sonna chez Just peu avant minuit. Quelques minutes plus tard, il marchait dans les rues sombres, vers la rue Gambetta. Devant l'hôtel où était descendu Kerenn, une haute silhouette. Just pressa le pas et serra Benjamin dans ses bras. Tous deux rentrèrent dans l'hôtel. Kerenn les attendait dans le salon plongé dans la pénombre. Just fit les présentations et les trois hommes s'installèrent dans des fauteuils, autour d'une table basse.

– Merci d'être venu, Benjamin.

– Je n'ai fait qu'avancer mes vacances. Je suis heureux d'être là. J'espère pouvoir vous être utile.

Il portait des lunettes, ses cheveux étaient mi-longs, il était vêtu avec élégance, veste et chemise sombres, pantalon de velours gris et un trench, qu'il abandonna sur le bras d'un fauteuil. Il avait avec lui une mallette et un ordinateur portable. Quelques instants plus tard, la table basse ressemblait à une table d'état-major : documents, graphiques y étaient disposés méticuleusement, baignant dans la lumière bleue de l'ordinateur. Benjamin prit la parole, choisissant, au fur et à mesure de sa démonstration, des documents qu'il montrait à ses interlocuteurs :

– Dans les pays du Peyotl vivaient autrefois les Indiens Huichols. Ils étaient souvent en guerre contre d'autres tribus. Quand ils partaient en expédition punitive, des éclaireurs précédaient le gros de la troupe. À l'approche du territoire ennemi, ils grimpaient sur une crête et scrutaient l'horizon. Mais leur vue ne portait guère qu'à quelques centaines de mètres. Ils avalaient alors une potion préparée par leur homme-médecine. Après que la drogue eut produit son effet, ils pouvaient voir à des kilomètres. Ils avaient des *visions*. Mais ces visions n'étaient pas le fruit de leur imagination, elles étaient réelles. Et leur donnaient un avantage énorme sur leur ennemi.

– Votre frère aurait donc ce genre de visions ?

Benjamin ne répondit pas.

– Il existe une liane, de la famille des malpighiacées, de laquelle on extrait un alcaloïde. À petites doses, il augmente l'activité musculaire. Mais il provoque également des visions de faits se produisant dans des endroits très éloignés. Il permet de faire des prédictions. On appelle cette liane la plante télépathique. Mon frère connaît évidemment l'existence d'une telle plante. Il en a usé, comme il a testé de nombreuses autres substances. Cela ne suffit pas à tout expliquer. Il faut maintenant pousser les portes de la perception : Jacques est, depuis sa naissance, en état de ressenti permanent. Mon père m'a raconté dans quelles circonstances il avait été sauvé. Cet homme, le Gèdre, était lui aussi un homme-médecine, il savait le secret des plantes, et la façon de transmettre ce savoir : le cerveau d'un nourrisson est un espace vierge, perméable et aisé à *impressionner.* Les rebouteux connaissent des formules, des suites de mots – ce qu'on appelle aussi des mantras – qui ont un pouvoir hypnotique et une interaction avec le réel. Grâce à ces formules on peut guérir ou empoisonner, influer à distance. L'homme, c'est avant tout le Verbe. Il nous différencie des animaux, nous permet d'élaborer des concepts. Son importance est capitale dans notre ressenti. D'autre part, Jacques a été marqué à la naissance. Mon père m'a parlé de ces trois entailles sur sa clavicule. Le chiffre Trois est celui de la création, de la transmission, de la communication. Du Deux naît l'enfant. Le Gèdre s'est créé son propre successeur. Il s'est lié à lui, lui a transmis l'essentiel de son savoir : je veux parler, outre la science des plantes, du pouvoir spirite, du magnétisme et de la médiumnité. Tel ou tel spirite est parfaitement capable, par exemple, de suggérer à un sujet réceptif qu'il a chaud ou froid, qu'une boisson est sucrée ou salée, alors qu'elle est neutre. Il influe mentalement sur les sensations et la volonté du sujet sélectionné. Manifestement, Jacques possède les structures mentales adéquates : il les a héritées de son bourreau. Celui-ci n'a cessé de l'influencer à distance. Une influence inscrite dans le temps, mais dans un espace-temps dépassant les bornes de notre perception. Je veux parler des bornes de la mort. Et, comme toujours en pareil cas, le bourreau a reçu le choc en retour. On ne peut impunément créer un déséquilibre sans qu'il ne vous retombe dessus. Dans l'Univers, il n'y a pas d'acte gratuit. Tout se paie. Je jurerais que le bourreau de Jacques n'existe plus. Il ne fait plus partie de l'Univers.

Benjamin marqua une pause, tapota sur son clavier.

– Tout cela est fort bien, objecta Kerenn, mais votre frère a été reconnu coupable de meurtres, et je ne suis pas certain qu'une commission de réhabilitation se laissera séduire par de tels arguments.

Benjamin soupira :

– Je le sais. C'est en partie pour cette raison que je suis parti travailler aux États-Unis : c'est un pays où on prend très au sérieux ce qu'on considère ici comme un aimable délire. On y admet l'existence de forces, non pas irrationnelles, mais surréelles, c'est-à-dire qui dominent le réel. Des expériences ont été menées, j'ai participé à certaines d'entre elles, et désormais ma conviction est faite : la parapsychologie est une science, au même titre que la physique, la chimie, ou la biologie. Je vous renvoie à la définition du mot science.

Benjamin appuya sur la touche enter et une fenêtre s'ouvrit sur l'écran :

– « Science, ensemble cohérent de connaissances relatives à certaines catégories de faits, d'objets ou de phénomènes obéissant à des lois et vérifiées par les méthodes expérimentales. » La parapsychologie répond parfaitement à ces critères. Je sais que c'est difficile à admettre, mais nous avons en Jacques la représentation parfaite de l'homo sapiens « ultra » ou « trans » sapiens : qui est allé au-delà de son propre savoir. Dans quelques siècles, tous les êtres humains seront sans doute à son image, si toutefois les hommes de science et les politiques acceptent de leur accorder cette liberté.

– Si je suis votre raisonnement, et en simplifiant sans doute exagérément, votre frère a été victime d'un envoûteur, il a donc été privé de son libre arbitre et soumis à la volonté de son bourreau ?

– C'est exactement ça.

– Parfait.

Kerenn se tourna vers Just :

– Qu'en pensez-vous, monsieur Mouthier ?

– Benjamin a répondu à toutes les questions d'ordre scientifique. Il en reste une, et de taille : dans son cahier d'écolier, Jacques parle à de nombreuses reprises de cette créature qui le hante, puis qui le protège.

– La Vouivre ?

Benjamin éteignit son portable et s'enfonça dans son fauteuil :

– Seul celui qui l'a vue peut prétendre qu'elle existe. Jacques l'a vue : pourquoi ne pas le croire ? Nos descendants la verront peut-être un jour, à leur tour, quand ils seront parvenus à un niveau supérieur de perception. Celui auquel a accédé Jacques.

# 35

L'eau ruisselait, éclaboussant la mousse accrochée aux rochers, coulant entre les rives tapissées de brindilles, de feuilles odorantes et de fougères en gloire. Elle calmait son ardeur dans les espaces clos, les retenues sérieuses et sombres, où, prisonnière, elle se donnait le vertige, au plus profond de cavités habitées par les farios et les plantes des bas-fonds. Puis elle trouvait la clef, des échappées, des issues sinueuses, étroites, entre deux cils de minerai, deux paupières de pierre, et elle s'y jetait, s'y précipitait, fluide, glacée, l'appétit de vitesse aiguisé par l'attente. C'était la course à l'aval, la grande dégringolade, les sauts et les frôlements de broussailles, la cavalcade torrentielle, le vacarme des hauts-fonds, le tintamarre des tombées de canyons. Les rochers lissés par l'ivresse liquide se faisaient acérés, mordant l'onde, lui rendant ses outrages en colères immobiles. L'eau passait, elle allait son chemin, libre et bondissante, et la vallée l'attendait.

La bête regardait cette furia nocturne. Elle s'apprêtait à dormir. C'était la fin du voyage. *L'enfant*, son enfant, s'en était allé. Son dernier fils. Il n'avait plus besoin d'elle. Tout était consommé. La malédiction était vaincue. Elle ferma les yeux car elle n'avait plus la force de les garder ouverts. Alors qu'elle aurait aimé savoir, connaître *la fin*. Cela ne lui fut pas donné. Par pure cruauté ou simple indulgence.

# 36

– Monte. Je conduis.

Alice s'installa sur le siège passager. Il était sept heures du soir. C'était une journée sans *histoires*, peuplée de gens normaux, d'enfants qui jouent dans les rues du village, de voitures se hissant au sommet des collines, disparaissant derrière des haies taillées au cordeau. La campagne se sentait voisine de la ville, elle estompait sa sauvagerie, limait ses aspérités et se faisait câline. Jacques conduisait en souplesse, sans à-coups.

– J'ai appelé Mona. Elle voudrait qu'on dîne ensemble. Pas dans un endroit public, bien sûr. Chez elle, place Marulaz. Elle a des choses à te dire. Des choses qui te feront plaisir. Ton frère Benjamin lui a téléphoné.

– Benjamin ! Mais où est-il ?

– À Besançon. Tu le verras tout à l'heure. Il a fourni à ma sœur de nombreux éléments qui plaident en ta faveur.

Jacques se pencha vers elle, l'embrassa dans le cou. Il semblait fou de joie.

Elle portait un tailleur cerise, un chemisier blanc au col de dentelle. Lui était en noir. Jean et chemise. Lunettes sur le front. Pieds nus dans des chaussures de toile. Il accéléra et la voiture fila vers la ville.

Sandibeh en avait assez de faire le pied de grue sous les fenêtres de Just. Il alla consulter ses mails, constata que la batterie de son ordinateur portable était à plat. Il le referma, le mit sous son bras et se dirigea vers le Tillanum, un bar où il avait ses habitudes. Le patron était arrangeant et l'autorisait à recharger son appareil à la multiprise où était branché le presse-oranges. Il s'installa sur une banquette, commanda un café et observa les allées et venues dans la rue. Les filles avaient la peau cuivrée, le sourire rouge et la démarche vive. Sandibeh pensa à celles qu'il avait connues là-bas, sur l'île des Pins colonnaires, et qu'il avait laissées pour courir la chance. Aux étreintes volées dans les maquis d'herbes folles, à la lisière des plages de sable blanc. Aux nuits de Novembre, au cœur de l'été calédonien, quand les filles s'allongeaient et s'ouvraient comme des livres, et qu'il s'abandonnait entre leurs cuisses lisses. Ici, en métropole, les rencontres étaient moins faciles, peu de femmes acceptaient ses avances. C'est pourquoi il fut étonné qu'une jolie brune, assise sur la banquette voisine, lui rendît son sourire.

– Je vous offre un verre ?

Pulpeuse, elle avait des yeux de chatte et des cheveux de jais. Il était difficile de deviner son âge.

– Pourquoi pas ?

Elle se glissa aux côtés de Sandibeh.

– Tu n'es pas d'ici, c'est la première fois que je te vois.

– Je viens de Lille.

– Comment t'appelles-tu ?

– Sandibeh. Et toi ?

– Fatia. Qu'est-ce que tu viens faire à Besançon ?

– Affaires de famille.

Elle remarqua qu'il regardait son décolleté.

– Tu n'as pas les yeux dans ta poche.
– Quand le spectacle en vaut la peine.
Elle rit, alluma une cigarette, agitant ses bracelets.
– Qu'est-ce que tu bois, Fatia ?
– Comme toi.

Il commanda deux bloody-mary qui furent suivis de plusieurs autres. Quand la demie de sept heures sonna au clocher de Saint-Pierre, ils étaient amis et bientôt amants.
– Tu viens chez moi, Sandibeh ?
– Je te suis.
Le patron du bar les regarda s'éloigner dans la rue de la République. La croupe de Fatia ondulait, sa crinière s'agitait et ses bras entouraient la taille de Sandibeh qui avait oublié son ordinateur portable, sa mission et ne songeait plus qu'au plaisir à venir.

# 37

La pluie cessa quand personne ne s'y attendait plus. Le bruit de tambourin sur le toit des cases se mua en murmure liquide, puis la lumière du soleil se glissa sous les auvents, les volets et les portes. Bekemoï sortit sur le seuil. Des flaques comme des lacs défiguraient le camp. Le premier chien apparut, la langue pendante, suivi par d'autres. La vie reprenait. Des femmes chantaient. Le chef courut jusqu'au 4 × 4, se hissa à bord et mit le contact. Le moteur toussa, puis se mit à tourner. Bekemoï enclencha une vitesse et le véhicule s'arracha à la boue. La route de Vao était une mer d'eau sale, les talus étaient gorgés, saturés. Bekemoï avançait au ralenti, soulevant des gerbes brunes. Il arriva à Vao une heure plus tard. Le cybercafé était ouvert. Le patron balayait le seuil.

– L'engin ! Ça a envoyé ! Les caniveaux sont à la gueule. Et chez toi, Louis ?

– À bloc. Ça marche, ton internet ?

– Awou ! C'était barré en douille.

– Et là, bon dans il est bon [1] ?

– Il est bon.

– C'est choc.

1. Tout va bien ?

Bekemoï s'installa devant une machine, tapa fébrilement son message et l'envoya à Sandibeh. Il attendit quelques secondes. *Message envoyé* s'afficha. Bekemoï poussa un soupir de soulagement. Puis il paya et remonta en 4 × 4.

– Tata[1] !

– Tata ! Kalolo[2] !

Le 4 × 4 s'éloigna en brinquebalant au milieu des flaques et des branches d'arbres arrachées par le vent.

1. Au revoir.
2. C'est génial.

# 38

Jacques se gara au Grand-Charmont. Il était sept heures et demie. Il mit ses lunettes sur son nez, Alice prit son bras et ils se dirigèrent vers l'atelier.

Gérard et Just travaillaient. Just écrivait et Gérard dégrossissait son maroquin. Ils étaient silencieux, appliqués. La fenêtre était ouverte. Dans l'atelier, une odeur de tabac brun et de café, de cuir et de colle. Ils entendirent des pas dans l'escalier, se regardèrent.

– Tu attends quelqu'un ?

– Ce doit être Maurine. Elle m'a dit qu'elle passerait.

On frappa à la porte. Elle s'ouvrit. Gérard reçut un coup au cœur.

– C'est toi !

Jacques franchit le seuil.

– Je savais que tu étais rentré. Just m'avait prévenu. Quel bonheur de te revoir.

Ils s'embrassèrent. Jacques leur présenta Alice. Just sortit quatre verres et ils trinquèrent au macvin. Personne ne posa de questions. Sur le passé, sur l'avenir. Gérard se dit que, peut-être, le pire était derrière eux. Et quand Maurine arriva, accompagnée de Benjamin, quand il vit le regard qu'elle portait sur ses fils, il ne douta pas un instant que les jours heureux fussent enfin revenus.

# 39

Sandibeh s'abandonnait aux caresses de Fatia. Elle avait joué avec son sexe, le croquant, le léchant, avant de l'enfouir entre ses cuisses, les mains posées sur le torse de l'homme. Maintenant, la croupe tendue, elle jetait ses cheveux en arrière, le laissant s'amuser avec ses seins, qu'il mordait et pétrissait. À la lueur des bougies, il avalait sa sueur salée, se rassasiait de son parfum d'épices. Le plaisir monta et Fatia planta ses ongles dans ses flancs. Il cria, elle fit de même quand elle sentit la chaleur dans son ventre et les soubresauts dans sa chair. Quand ils s'apaisèrent, ils avaient le souffle brûlant et les yeux noyés.

– Comment s'appelle cette colline où tu m'as emmené ?

– Bregille, mon beau.

# 40

– Une seule personne ne t'a pas encore revu, dit Gérard. C'est Flora.

– Allons la rejoindre ! lança Just. Elle sera folle de joie.

Ils se mirent en route, longèrent les quais déserts et remontèrent la promenade Micaud, plongée dans l'obscurité. Bregille était encore pris dans une brume de chaleur. Ils passèrent devant l'ancien funiculaire. Les wagons étaient mangés par l'humidité, les rails rongés par la rouille. Jacques souriait. Il revit son enfance. Le chemin des Ragots, les balades au Grand Désert. La neige et le froid. Et les étés torrides, à se griller la peau en regardant voler les hirondelles au-dessus de la Citadelle.

– C'est là.

Il désigna à Alice une maison modeste, au bout d'un chemin bordé d'iris et de capucines. Sur le côté, un escalier qu'il gravit quatre à quatre. Il ouvrit la porte. Flora lisait dans le canapé. Elle sursauta. Puis elle porta la main à son cœur, poussa un cri. Il s'avança, se pencha sur elle. Elle l'étreignit, et ils restèrent ainsi, rassemblés, réunis, pendant qu'arrivait le gros de la troupe. Il y eut des pleurs, des rires, des éclats de voix. Gérard sonna la fin des effusions, et on but quelques pots de savagnin et de crémant. Puis on mangea jambon et tartes, et la compagnie, repue, s'en alla prendre l'air. Il faisait frais. Le serpent d'or de la Citadelle promenait ses pierres chaudes sur la colline, par-delà la rivière.

Sandibeh avait chaud. Il ouvrit la porte de la maison de Fatia, sortit sur le seuil. Dans le jardin voisin, une joyeuse compagnie. Des femmes, des hommes. *Un homme.* Il ne le remarqua pas tout de suite. Il faisait sombre. Mais il avait quelque chose d'insolite. En pleine nuit, il portait des lunettes noires.

– Chéri ?

Alice tenait Jacques par la main. Il la regarda, lui sourit.

– Oui ?

– Le soleil s'est couché. Tu ne crois pas que tu pourrais enlever tes lunettes ?

Il eut un rire d'homme ivre. Il avait beaucoup bu.

– Tu as raison. J'ai tellement l'habitude de les avoir sur le nez.

L'homme retira ses lunettes et Sandibeh sentit son cœur battre plus fort. Il regarda les personnes qui l'entouraient. Un homme aux cheveux blancs. C'était lui. C'était le père. Et l'homme aux lunettes noires était son client. Il en était sûr. Sandibeh s'enfonça dans l'ombre et regagna la maison de Fatia.

– Alors, mon beau, tu prends le frais ? Tu ne préfères pas t'occuper de moi ?

Elle était nue sur une mer de coussins. Elle passait négligemment ses ongles sur ses seins.

– Fatia. Excuse-moi. Je dois te laisser.

– Comme tu voudras.

Il enfila sa chemise et sortit. Longeant la haie mitoyenne il s'embusqua derrière le tronc d'un cerisier. Dans le jardin voisin, les conversations se poursuivaient, calmes et tranquilles. Un homme, le plus âgé, les interrompit :

– Flora a froid. On retourne à l'intérieur ?

Tous approuvèrent. Tous sauf Jacques.

– Je vous rejoins, dit-il. J'ai un peu trop bu. L'air frais me fera du bien.

– Alice s'approcha de lui.

– Chéri, il faut que je prévienne ma sœur que nous aurons un peu de retard. Tu peux me prêter ton portable ?

– Il est à l'intérieur. Sur la table du salon.

Ils s'embrassèrent et Alice le quitta. Jacques marcha jusqu'à la rambarde. Il était ivre mais ne ressentait plus aucune chaleur dans son ventre. Le sort était levé. Il était redevenu un homme. Plus de flammes, plus de cendres. La vie était là, devant lui. Il la saisirait à pleines mains. Il pourrait se reconstruire. Avec l'aide d'Alice. Et de tous ceux qui l'aimaient. Il tourna la tête pour les regarder à travers la baie vitrée. Sa famille. Les siens. Et cette femme revenue dans sa vie. Puis il observa le ballet des chauves-souris, au-dessus de la rivière. L'alcool lui chauffait le front, c'était une douce ivresse. Il s'appuya à la rambarde. En contrebas, Sandibeh progressait lentement le long de la paroi rocheuse, sans le quitter du regard. Un mètre encore et il pourrait agir.

– Jacques ?

Sandibeh se plaqua à la roche. Plus bas, la rivière brillait sous la lune, entre des buissons de houx et des arbustes aux feuilles vernissées.

Benjamin rejoignit son frère à la rambarde. Ils s'étreignirent.

– Tu vas bien ?

– Je suis heureux.

– Tout va s'arranger. Si tout se passe comme je l'imagine, dans quelques mois, tout cela ne sera plus qu'un mauvais souvenir, je t'emmène à Pittsburgh, toi et Alice vous y installez, tu commences une autre vie.

Jacques rit :

– Et allez donc ! Tu as une façon de tout résoudre, comme une équation !

– L'inconnue, c'est toi qui l'as trouvée, tu le sais bien.

Jacques lui donna une tape sur l'épaule :

– Va nous chercher à boire, frangin, qu'on trinque à l'avenir.

– D'accord.

Sandibeh vit Benjamin s'éloigner. Il s'assura une prise ferme, attendit.

Jacques se pencha sur la rambarde, baissa la tête et ferma les yeux. Il était bien. L'air frais de la nuit entrait dans ses poumons, il se sentait revivre. Une seconde plus tard il fut happé par le vide.

D'un bond Sandibeh avait attrapé ses cheveux et l'avait fait basculer vers lui. Ils roulèrent au sol. Sandibeh ceintura Jacques et le retourna sur le dos. Jacques sentit ses mains puissantes autour de son cou. Il essaya de se dégager, en donnant des coups de genou, des coups de poing. Les deux hommes luttaient au bord du ravin. Jacques vit le ciel noir, distingua les contours de la Citadelle, ce serpent d'or qui assistait, de loin, à son agonie. Ses forces l'abandonnaient. Il ne pouvait crier, il pouvait à peine respirer. Sandibeh serrait toujours plus fort. Jacques suffoquait. Frappait l'air de ses poings. Ses mains essayèrent encore d'agripper le vide, ses yeux se voilèrent. Sandibeh prit le couteau à sa cheville et frappa. Dans un éclair de lucidité, Jacques parvint à détourner le coup. L'arme se ficha sous sa clavicule. Sandibeh lui donna un violent coup de poing à la mâchoire et plaça l'arme à l'aplomb de son cœur. Il allait frapper de nouveau quand il vit s'abattre sur lui une pluie d'éclats de verre. Un liquide ambré coula devant ses yeux. Il se sentit glisser vers le ravin, et, tandis que son corps se déchirait sur les aspérités du roc et sur les ronces tapissant le flanc de la colline, il perdit connaissance.

La bouteille fracassée à la main, Benjamin vit Sandibeh plonger vers l'abîme. Il se précipita vers son frère : Jacques gémissait, son torse était couvert de sang. Benjamin appela à l'aide en criant de toutes ses forces.

# 41

Les yeux mi-clos, Jacques n'entendait qu'une vague rumeur. Il distingua les voix de sa mère, d'Alice et de son père. Une main serrait la sienne, ne la lâchait plus. Celle de Benjamin. Il lui parlait doucement, lui demandant de l'écouter, de ne pas s'endormir. Jacques luttait, il avait envie de voir ce qui se cachait derrière le rideau mince et fragile qui flottait devant ses yeux. C'était comme un voile liquide, comme si la rivière était sortie de son lit pour suivre un cours vertical. Il se sentit soulevé de terre, on lui avait introduit un tuyau de plastique dans la bouche, posé un masque sur le visage. Il flottait. La voix de son frère lui parvenait encore, des mots dansaient autour de lui. Des notes stridentes, le grondement d'un moteur. La main de son frère.

De l'autre côté de la rivière, le serpent d'or se dressa, et, devant Jacques, le ciel ouvrit ses portes immenses, donnant sur un vide infini. Derrière, personne ne l'attendait. Il était seul. Il ferma les yeux. Il les rouvrit quand il sentit une main sur son épaule. Légère comme un souffle. L'ange de l'oubli se pencha et s'apprêtait à poser un doigt sur les lèvres de Jacques quand, se ravisant, il arrêta son geste. Jacques le regardait sans comprendre.

L'ange posa alors le doigt sur ses propres lèvres, sourit et disparut dans un frisson d'ailes blanches.

Un parfum frais et citronné : du cédrat. Il le reconnaîtrait entre mille. Des cheveux qui caressent son visage. Une bouche posée sur la sienne. Il a chaud. Il a soif. Ses paupières sont lourdes.

– Jacques ? Jacques ?

La voix d'Alice. Une chambre, des draps blancs. Il rêve ? Non, il vit.

# 42

Le soleil levant surprit le chef Bekemoï, assis au pied du totem gardant l'entrée de la case du takata blanc. Dans ses mains, une feuille de papier, un fax. Le chien bleu était couché à ses côtés. Bekemoï se leva difficilement. Le fax glissa de ses mains. Le chien sur ses talons, le chef se dirigea vers l'océan, dont le ressac perçait le rideau de bouraos et de cordylines. Au sommet du totem, deux yeux rouges creusés dans le houp le fixaient. Il disparut dans le petit chemin taillé dans la forêt. Alors une saute de vent s'empara de la feuille de papier, la souleva, l'emportant, par bonds et frôlements sur le sable tiède, vers l'ombre fraîche du sous-bois. Au fil des jours et des années, les caractères s'estomperaient, sur le papier lavé par la pluie et corrompu par le sable humide, effaçant le passé, emportant les souvenirs. La vie continuerait, se moquant des hommes, se moquant d'elle-même, triomphant de tout.

DU MÊME AUTEUR

*Aux Éditions Albin Michel*

LES ENFANTS DE LA VOUIVRE, t. 1, prix Louis Pergaud 2004.

LES HERBES NOIRES, t. 2, 2005.

*Composition IGS-CP*
*Impression Bussière, mai 2007*
*Editions Albin Michel*
*22, rue Huyghens, 75014 Paris*
*www.albin-michel.fr*

*ISBN : 978-2-226-17947-0*
*N° d'édition : 25246 – N° d'impression : 071689/4*
*Dépôt légal : juin 2007*
*Imprimé en France.*